新保祐司

詩情のスケッチ
——批評の即興

藤原書店

詩情のスケッチ——批評の即興　目次

第Ⅲ部　楽興の詩情　201

詩情のスケッチ

批評の即興

序　上よりの垂直線

一

「波多野精一論序説――上よりの垂直線」と題した私の批評文は、当時粕谷一希氏が編集長をされていた季刊誌『アステイオン』の平成二年（一九九〇）夏季号に掲載された。

昭和六十二年（一九八七）秋から平成元年（一九八九）夏までの二年間、季刊誌『三田文学』に八回連載した内村鑑三についての批評文を『内村鑑三』として上梓したのは、平成二年（一九九〇）五月のことである。ほとんど波多野精一についての論考と同時であったが、それには次のような事情があった。

粕谷氏に面識を得たのは、私が三十代前半のことだったと思う。三十三歳のときに自費出版した『生きられた領分』をお送りしたところ、特にその中の中島敦論が気に入られたようで、ご自宅にお伺いする機会を与えられた。それ以後、何回かお会いし、いろいろなお話をお聞きすることができたが、『三田文学』に内村鑑三のことを書き出した頃、内村を論ずるなら波多野精一も読む必要があるね、と言われたのである。波多野についての語り口から、粕谷氏が深い愛着を寄せられているのが感じられた。

実は、私は波多野精一という名前は西田幾多郎などとの関係で知ってはいたが、その著作を読んだことはなかった。確かに内村鑑三について書くならば、近代日本を代表する宗教哲学者である波多野精一を考察の対象にすることは必要なことに違いない。そこで、早速に波多野の三部作『宗教哲学序論』『宗教哲学』『時と永遠』を読んだ。深く感銘を受け、内村鑑三の思想と通ずるところについて、連載五回目の「神の言の饑饉」の章で代表作『時と永遠』からいくつか引用した。

その流れの中で、粕谷氏に波多野精一論を書いてみてはどうかと言われ、内村についての連載が終わったあたりから書き始めて、前述したように平成二年の夏季号に掲載されるに至ったのである。

エピグラフには、「俺たちには永遠はまだ失われてはいないのだろうか。」(小林秀雄訳)というランボオの一節を記したが、副題とした「上よりの垂直線」は、カール・バルトの特徴的な表現に触発されて波多野が『宗教哲学』の中で書いていた文章から抜き出した。波多野は、第三章『真の神』の第二節「神秘主義」の中で、「この現実世界に生存するものとして、全く類を異にする全く他のものなる超越的実在に出会ふ時、吾々が直接に受ける衝動は否定そのものである。この世の因果的乃至意味的聯関のうちに安住して居た吾々は、高次の実在の不意の出現に出会ふ時は、あたかも、左右に平穏に延びつつあつた直線が突然現はれ出でたる上よりの垂直線によつて切断されるが如く、連続性の断絶を体験する。これが即ち『無』である。『無』は、世界に於ける聯関の進行と推移とが、全く意外なるかなたの世界よりの障礙物にはたと行当つて、突然の停止をなさしめられたるを意味する。この停止・徹底的停止とともに、この世はそれの実在と意味とを挙げて、全く顚覆する、もはや自ら立ち得なくなる。絶対的実在との衝突は中心よりの徹底的なる破滅である。しかもなほ存在を保つとすれば、あたかも崩れたる家屋が、己の外なる恐るべき何ものかを語るべくわづかに存在を保つやうに、この世並びにそれの中なるわれの存在は、そこにそれ自らの尊厳と威力とを以て臨んだ高次の実在を指し示す何ものかとしての存在以外にはあり得ない。」と書いている。そして、この「上よりの垂直線」のところに細字で付けられた註として、「カール・バルトが好んで用ゐた譬喩 senkrecht von oben」とあった。副題にしたのは、この「上よりの垂直線」というイマージュが、私にとって強烈に覚醒をもたらすものであったからである。

バルトの衝撃的なデビュー作『ローマ書』第二版は、一九二二年に刊行されたが、その中では例えば「キリストたるイエスは我々の知らない平面であって、これはわれわれの知っている平面を上から垂直に交切する。」とか「われわれに向けられた神の憐憫は、あくまでただ奇跡（「上から垂直に」）としてのみ真理である。」という風に出てくる。これを確認するために実に久しぶりに『ローマ書』（吉村善夫訳）を書棚から取り出したが、ページをめくってみると、ほとんど全ページに赤い傍線が引いてあった。三十代の私は、この本を耽読したし、その頃書いていた『内村鑑三』にはバルトからの影響が多くあったと振り返られる。

この『ローマ書』に、私は完膚なきまでに打ち砕かれた。何故、完膚なきまでに打ち砕かれたかと言えば、「時」を超えるものとして「宗教的経験」を有難いと思い込んでいた私は、バルトが「宗教的靄」という言い方をした上で「この靄の中核をなすものは――奇跡(上から垂直に)がなくとも、あらゆる与件を破却しなくとも、生死の彼岸にあるあの真理を度外視しても、神人の間に一種の一致が存しうる、あるいは少なくとも一種の結合可能性がある、とする妄想である。」とする批判によって、いわゆる宗教というものさえも「妄想」として(上から垂直に)打ち砕かれたからだ。そして、打ち砕かれた私は、それから自分を再構築していかなければならなかった。しかも、その再構築は、西洋人ではなく日本人として、また西洋文化の中ではなく日本の文化の中で、それも敗戦後の日本の「戦後民主主義」の中で作業をしなければならなかった。或る意味で「異形」の者、あるいはアウトサイダーとならざるを得なかったのである。その「人間の破砕」(これもバルト的な表現であるが)の中で、近代日本最大のアウトサイダー・内村鑑三にほとんどしがみつくように取り組んだのであった。そして、書き上げた『内村鑑三』は、その後の構築物の「隅の首石」となった。

バルトも『ローマ書』を三十代で書いた。バルト自身が自分の著作で打ち砕かれたに違いない。バルトは、その後『教会教義学』という大著を生涯書き続けるのであるが、吉村善夫は、訳書の「跋」で、「私はこの『ローマ書』以後のバルトに対しては甚だ批判的である。」と書いている。それは、ある意味で正しいが、バルトも、打ち砕かれた後、再構築しなければ生きていくことができなかったのだ。打ち砕かれたままでは、生きていくことができないからである。『教会教義学』は、バルトが営々と祈りと思索の石を積み上げて作っていったゴシックの大聖堂のようなものといえようか。

私は、平成二十年（二〇〇八）に上梓したドイツ・ロマン派の画家フリードリヒについての本『フリードリヒ　崇高のアリア』の終章の末尾に「或る意味で、フリードリヒとは、すでに滅び去ったゴシック的な垂直性を、いいかえれば崇高なるものを精神の裡に打ち建てようとした人間ともいえるのである。」と書いた上で、「私の机の上に、文鎮の代わりに、ベルンの大聖堂で買った、大聖堂を修理した際に出た石の破片が一つある。それを見ながら願う、私の仕事も一つ一つが、この小石のように、何か眼に見えぬ大聖堂のようなものをこつこつと作り上げていくものであることを。」と結んだ。その願いは今も変わらないが、日本人として、日本の文化の中で、作り上げていくとなると、ゴシックの大聖堂というよりも保田與重郎が内村鑑三のキリスト教について「すきや作りのキリスト教」といったことを思い出すならば、やはり「すきや作り」の建築のようなものになっていくのが日本人としての宿命であろうと今では思う。

二

粕谷氏の波多野精一についての文章は、『粕谷一希随想集』全三巻を編集しているときに、初めて眼にすることになった。それは、第一巻「忘れえぬ人々」に収められている「波多野精一の体系――世界観の所在」である。『創文』の平成十年（一九九八）四月号に寄稿されたものであった。私に波多野のことを教えてくれた頃から、十年ほど経ってから執筆されたものである。その中で、波多野の体系が、『宗教哲学序論』『宗教哲学』『時と永遠』の三部作として構成されていることを言った上で、「私自身、一冊を挙げるとすれば『時と永遠』となるだろう。その感動は私の生涯を通じて持続してきている。」と書かれている。

『粕谷一希随想集』第一巻に付した解説で、私は「粕谷氏の青春時に深い影響を与えたのが、近代日本最高の宗教哲学者・波多野精一であることは、粕谷一希論の核心である。」と書いた。粕谷一希とは、戦後日本のジャーナリズムという騒々しい「時」の世界に生きながらも、「永遠」を希求する精神であったのだ。

粕谷氏は、「世俗化の極致までいった現代人こそ自らの不遜さを恥じてもう少し考えるべきテーマ」が波多野精一にはあるのではないかと問いかけているが、それは例えば、「時」と「永遠」の問題である。「現代人」は、「時」の中に埋没して生きている。果たして「俺たちには永遠はまだ失われてはいないのだろうか。」

キルケゴールが、「水平化」という言葉を、普通日本で『現代の批判』と訳されている著作（桝田啓三郎訳）の中で使ったのが、十九世紀半ばのことであった。「要するに、近代は多くの変革を通じて、すでに長らく水平化の方向に向かって進んできた」のであって、「善良な人ならだれでも水平化の遣る瀬なさに泣きだしたくなる瞬間をもつことであろう。」と書いたのであった。波多野精一のいわゆる「左右に平穏に延びつつあつた直線」が、ますます太く強固になって行ったのが、近代ということであろう。今や、現代において水平化の作業はすでに完了したとも言える「時」に差し掛かっているのだ。すべての線が、「水平」線になった。下よりの、即ち人間からの垂直線は、すべて水平線と化したのではないか。人間からの垂直線は、それはあるいは理想主義のこともあり、ヒューマニズムのこともあり、人間の愛というものであることもあるであろうが、それらは結局水平線になってしまう定めなのである。真の垂直線は、常に、絶対的に「上より」のものではないであろうか。下よりの、人間からの垂直線は、真の垂直線ではないのだ。

近代とは、下よりの線が多く引かれた時代であった。その線は、多くは曲線であったし、その中には、実に美しい曲線もあったのである。マルクスの「下部構造」もフロイトの「意識下」も、みな下よりの線であった。それは、ある意味で魅力に満ちた直線や曲線であり、近代の思想や芸術はそれらから形作られたのであった。

今日、水平線が多く引かれ、「水平性」が重く精神にのしかかっているが、そもそも精神として覚醒するのは、それは「上よりの垂直線」に差し貫かれる「時」ではあるまいか。「突然現われ出でたる上よりの垂直線によって切断される」「時」ではあるまいか。キルケゴールは、「少しばかりの」という言葉を痛烈な批判を込めて使っている。「少しばかりの幻想」「少しばかりの決心」「少しばかりの勇気」「少しばかりの信仰」「少しばかりの行動」といった具合に、「水平化」の時代の人間の精神の「微温《ぬるき》」特徴を抉っている。

今日のように、「少しばかりの永遠」と「少しばかりの超越」と「少しばかりの純粋」と「少しばかりの理想」と「少しばかりの彼岸」と「少しばかりの愛」と「少しばかりの絶対」と「少しばかりの他者」といった調子で、全てを「少しばかりの」という及び腰の姿勢で取り扱っている現代の人間は、その「安住し」た文化の中にいる現代の人間は、今や再び「突然現はれ出でたる上よりの垂直線によつて切断される」ことが必要になっているのではあるまいか。もはや、近代は終焉を迎えている。ということは、下よりの線から、人間からの線から、意義あるものが生まれる時代が終わったということなのだ。

私が、水平化の世界に生きつつ、いつも願っていたものは、「上よりの垂直線」を招来することに他ならなかった。そこに「見るべき程の事」は、「不意の出現」をし、そこから詩情が生まれるからだ。そして、人間に出来ることは、それをスケッチすることだけである。

三

「波多野精一論序説――上よりの垂直線」を書いたとき、何故「波多野精一論」ではなく、「波多野精一論序説」と「序説」を付け加えたかはもう覚えていない。原稿を読んだ粕谷氏の意向だったのか、私が最初からこのタイトルで書いたのか、どちらかだったに違いないが、いずれにせよ、序説という言葉が必要だと思ったのは、波多野精一の学問が偉大であり深いものであるから、とても原稿用紙八十枚くらいの分量で論じ切れるものではなく、ここは序説と銘打っておくべきだろうという判断が、その時点ではあったからだと思われる。

しかし、その後、今日まで三十年の間、私は波多野精一を論ずることはなかった。興味、関心が薄れたということではなく、事実、波多野の文章は他の対象を論じたものの中で何度か引用していると思う。だから、何かこの「波多野精一論序説」で、もう「書くべき程の事」は書き切ってしまったという感じを持ったからに違いない。もちろん、序説に書いていないことは沢山あるのだが、それは序説から自ずから引き出されるもので、波多野精一の精神の本質は、その「書くべき程の事」は、この八十枚で尽きているというように思われたのである。今になって思うに、波多野精一については、序説で終えていいのかもしれない。

内村鑑三についての連載の第一回目は、「内村鑑三論序説　我は福音を恥とせず」であった。確かにこちらも「序説」であったが、内村についてはその後、当初五回の予定が八回の連載に増えた。内村の場合は、次から次に「書くべき程の事」が出て来たのである。『内村鑑三』上梓後も、内村については、何回も書いているが、それは、内村鑑三が私の精神の基軸となったからであろう。

もともと、私は、この「序説」という言葉が好きだった。何か深い意味があるように感じていた。まず、デカルトの『方法序説』、これに強い印象を受けた。デカルトは、「私はこの序説において、私のとってきた途がいかなるものであるかを示し、私のいままでの生活を、いわば一枚の画として描いて、めいめいそれについて判断してもらい、世間のうわさからそれについての人々の意見を知り、これを、自分を教育するための一つの新たな手段として、いままでつねに用いてきたものにつけ加えたいのである。」(野田又夫訳)と書いているが、この「一枚の画」は見事なスケッチであった。そして、「私は終日炉部屋にただひとりとじこもり、このうえなくくつろいで考えごとにふけったのであった。」と書いているが、この有名な「炉部屋」にいた「当時二十三歳であった」デカルトにも、「上よりの垂直線」が貫いたであろう。それが、やがて「我思う、故に我在り」となったのだ。それから、ヴァレリーの『レオナルド・ダ・ヴィンチ方法序説』にも斬新なものを感じた。こちらも二十一歳という同じ青春の危機における有名な「ジェノヴァの夜」を通過している。この嵐の夜、ヴァレリーは詩作放棄と知性への集中に転向したが、この夜にも「上よりの垂直線」は、稲妻のように光ったことであろう。

序説とは、ある意味でスケッチを描くことである。デカルトの『方法序説』は、デカルトの雄勁な精神の遍歴のスケッチであった。ヴァレリーの『レオナルド・ダ・ヴィンチ方法序説』は、まさにレオナルド的知性の明晰鋭利なスケッチであった。ヴァレリーはこの『レオナルド・ダ・ヴィンチ方法序説』で、「書くべき程の事」は書き切ってしまったのであろう。その後、ヴァレリーはレオナルドについて『覚書と余談』を書いている。「余談」を書くことしかなかったのである。序説というものは、「書くべき程の事」を書くことと、「ただ書くこと」の違いを考えさせるのである。現在のような高度情報化社会においては、「ただ書くこと」はいくらでもできる。難しいのは、そのいくらでもある事の中から、「書くべき程の事」を見出してスケッチすることなのだ。

伝記文学の傑作を書いたストレイチーが、その『てのひらの肖像画』（中野康司訳）のエピグラフに、ホラティウスの「思想が走るためには簡明さが必要であり、冗漫な言葉で疲れた耳をうんざりさせてはならない。」という言葉を掲げている。「てのひら」に載るような簡潔な伝記こそ、扱う人物の本質が顕れた肖像画であるということだ。いいかえれば、スケッチによってその人物がその人物である所以が描き出されるということである。『てのひらの肖像画』の中では、『ローマ帝国衰亡史』の著者、ギボンも見事なスケッチで描き出されているが、そのスケッチの中に、「バターと卵と塩と香草を寄せ集めてもオムレツにならない」という名言を書いている。

今日では、時間さえかければ誰でも「バターと卵と塩と香草」そしてその他諸々について、知識や情報を「寄せ集め」ることが可能になった。歴史の本は夥しく書かれ、伝記は大作になり詳細を極めるようになった。しかし、見事な「オムレツ」は稀である。本当に必要なのは、ストレイチーのいうように「ほんの数頁のあざやかな肖像画」なのだ。スケッチの「簡明さ」こそ、「思想が走るために」は「必要」だからである。

四

本書の第Ⅲ部は、「楽興の詩情」としたが、これは言うまでもなくシューベルトの有名な「楽興の時」から来ている。六つの短い曲からなるピアノ作品であるが、長いもので七、八分、短いものは、わずか二分程の音楽である。しかし、この「時」は、「永遠」に通じている。シューベルトの音楽ほど「時と永遠」の主題を瞑想させるものはない。『内村鑑三』や「波多野精一論序説——上よりの垂直線」を書いたのと同じころに書いて自費出版した『シュウベルト』の中で、シューベルトの或る三分四十秒の歌曲について、「こんな短い曲を聴いていると、何故か逆に永遠という言葉が思い浮かべられてくるのである……。」と書いたことがあった。

「楽興の時」は、二つの「四つの即興曲」と並んで、シューベルトの独自の世界を形成しているが、「楽興」も「即興」も「上よりの垂直線」によってもたらされたものなのだ。これらの曲にも見られるシューベルトならではの「全く意外なる」の転調は、そのような感じをさらに深める。「即興」は、人間よりの垂直線から生まれるものではない。だから、即興性というものは、「上よりの垂直線」から始まっていることの証しなのだ。楽興とは、音楽の感興だが、シューベルトの感興により世界は新しくされるからである。

小林秀雄、中村光夫、福田恆存による鼎談「文学と人生」の中の、次のようなやりとりを思い出す。

小林　おれは気まぐれだな。僕が書いたノートの中では、最後の「『白痴』について」が一番いいんですよ。

中村　『罪と罰』について」だっていいと思ったね。

小林　あの人の全作品は一貫した告白です。死ぬまで同じことをしていますからね。それをなぞるように書いていくことは、時間をかければできるんですけど、僕はわがままだから、あ同じになっちゃうなと思うとやらなくなってしまう。つまり研究家じゃないんだね。おれは素質的に研究というのは駄目なんだね。即興家だね、おれは。

中村　まあそうだ。
小林　やっぱりおれは日本人だと思った。
その先のところでは、次のようなやりとりがある。
中村　小林さんは今までの仕事が非常に優れているからね。
小林　そんなことないや。
中村　もうこれで向う岸に渡ったというようなものがあるでしょう。
小林　ないね。
中村　まだないですか。
小林　ない。
福田　しかし天分をそれていろいろ暗中模索したということが、小林さんの場合は少いと思うね。早くからその線に入っていると思う。それを自覚したのはある年齢に達してからでしょうけどね。
中村　そうね。即興が間違わないもの。
この「気まぐれ」な「即興家」小林秀雄の文章において、「時」の中に閉じ込められているような近代日本の文学の中では稀な、「永遠」を感じさせる事件が起きた。その「即興が間違わ」なかったのは、それが「上よりの垂直線」に由来していたからだ。それは、例えば「道頓堀のモーツァルト」として「不意の出現」をしたのである。そして、小林が、即興性というものを日本人の特性と考えていたことも興味深いことであり、日本人の精神の宿命とは何かを考える上で一つの導きとなるであろう。

五

キルケゴールは、『現代の批判』の数年後に、この著作は「単独者」の視点からの未来のスケッチを含んでいると書いた。波多野精一は、「未来」という言葉を用いずに、「将来」という言葉をはっきり意識して使った。「未だ来たらず」ではなく、「将に来たらん」である。私も、ここで、「将来」という言葉を使うならば、本書が自ずから示している将来のスケッチには「上よりの垂直線」が引かれているであろう。下よりの線が、夥しく引かれた近代という時代が終焉したからである。しかし、我々の眼は、そういう線に慣れてしまって、「上よりの垂直線」が見えなくなってしまっているのだ。

しかし、近代の終焉後の将来においては、「将に来たらん」との「時は縮れり」の中で、人間は「上よりの垂直線」に貫かれて生きるようになるであろう。そこでは、第Ⅲ部でよく出てくる「エクセントリック」という言葉の意味も正しく理解されるに違いない。そこに、新しい「上よりの」人間像も形成されていくのである。理想的人間像は、近代では「天才」であったが、これからは「使徒」となるであろう。「使徒」こそ、「上よりの垂直線」に貫かれた存在の典型だからだ。そして、そういう「時」の中では、「上よりの」詩情が生れるのである。

第Ⅰ部　見るべき程の事は見つ——平知盛

序章

一

話題の映画『不都合な真実』を観た。このドキュメンタリーが警告している地球温暖化の危機は、すでに内容的にはさまざまなメディアでとりあげられてきたことであり、映像的にもテレビの環境問題をあつかった番組やニュースなどで何回も見てきたようなものではあったが、やはりあらためて事の深刻さに重い心持ちにならざるを得なかった。

アメリカの元副大統領アル・ゴアがブッシュに大統領選で敗れたあと、学校の講堂やホテルの会議室で千回以上も開いてきた、この問題をテーマにしたプレゼンテーションが中心になっているが、テレビよりも映画の大画面で見る、危機的状況はやはり衝撃的である。

タンザニアの最高峰キリマンジャロの雪が大幅に消えてしまっているのを上空から撮ったものや、アルプスの氷河が消えてしまっているのを百年前の絵葉書の写真と比べてみせる映像などで、地球温暖化の事実が実に印象鮮明に伝わってくる。

この映画が映し出す、地球の危機の深刻さを見てきた観客は、恐らく最後に至って、拍子抜けしたような感じを受けるのではないか。私はそうであった。映画の最後に、「私にできる十の事」が一つ一つ出てくるのだが、それが、「省エネルギー型の電化製品や電球に交換しましょう。」「停車中は、エンジンを切り、エコ・ドライブしましょう。」「タイヤの空気圧をチェックしましょう。車の燃費を良くすれば、無駄なエネルギー消費を防げます。」といったものであった。

これらは、「京都議定書」に従おうとしないアメリカに対しては少しの効果があるかもしれないが、地球温暖化の危機には、焼け石に水ほどの意味もあるまい。結局、この程度の変化しか、人類は受けつけないのであろう。

丁度、この映画の上映が始まった頃、二月一日に、地球温暖化の科学的根拠を審議する「気候変動に関する政府間パネル（IPCC）第一作業部会」が、パリで第四次評価報告書を承認した。報告書は、百年後の二十一世紀末には、循環型社会を実現できれば約一・八度、化石燃料に依存し高度経済成長をしつづけた場合には、約四度上昇すると予測している。このように気温が上昇しつづけた場合に地球と人類はどうなるかについては、英国政府の諮問でまとめられた「スターン報告」に描かれている。人類にとって、ほとんど壊滅的といっていい悲惨をもたらすことが示されている。

このIPCCの発表の少し前、一月十七日に、「終末時計」がこれまでの「残り七分」から二分進み、「残り五分」になったと、時計を管理するアメリカの科学誌『ブレティン・オブ・アトミック・サイエンティスツ』が発表した。こういう話題が、つづくものである。

そもそも、この時計は核の危機から来たものであり、一九四七年に初めて登場したときは、七分前であった。アメリカ、ソ連が相次いで水爆実験をした後の一九五三年に「二分前」にまで近づき、両国が第一次戦略兵器削減条約に調印した一九九一年には「十七分前」に戻った。今回の変更は十八回目だそうである。

しかし、今回の大きな特徴は、核の問題だけではなく、気候変動が理由に入ったことである。二酸化炭素の増加による地球温暖化は、二酸化炭素を出さない原子力エネルギーの要求増大につながり、結局核の不安を増加させるという論法だが、そう何も核につなげなくても、地球温暖化そのものが終末時計の残り時間に大きな影響を与えるものであろう。

いずれにせよ、今日我々は、終末時計の針の音が聞こえてくる状況の中に生きている。終末時計の針の下に、生きていることを片時も忘れることはできない。

アメリカ、ロシア、中国、インド、そして発展途上および後進の諸国、いずれを眺めてみても、地球温暖化の無情な流れがくいとめられることはあるまいとの思いを深くするばかりである。

二

『平家物語』に出てくる平知盛という人物、あるいはその「見《みる》べき程の事は見つ」という言葉に鮮烈な印象を受けたのは、この知盛を重視した石母田正の『平家物語』(岩波新書)を読んだことが切っかけだった。

この石母田の本は、『平家物語』について書かれた名著としてよく知られているが、私もそんなことから手にとったのであろう。私は、第一章のI、その十頁ほどが特にすぐれていると思う。知盛のことを書いているところである。この第一章は、「運命について」と題されているが、その中で、次のように書かれている。

《知盛は、物語のなかでは、一方の大将ではあるが、めだたない存在である。清盛、重盛、宗盛、維盛《これもり》等の平氏の主要な人物にくらべれば副次的な人物にすぎないし、教経や重衡《しげひら》等のはなばなしい活躍に眼をうばわれていると、見うしなってしまいそうな人物である。作者の創造した多様な平氏の公達《きんだち》の群像のなかで、見えかくれする程度にあらわれてくる平凡な武将である。しかし平家物語を一読して、忘れがたい印象をのこす人物の一人は、この知盛であろう。》

そして、新中納言知盛の性格を浮彫にしてみせる話をいくつか列挙していくが、まずその子知《とも》章《あきら》の最期である。一谷《いちのたに》の合戦に敗れた知盛が知章と従者一人をつれて屋島に落ちのびようとするが、東国武士に囲まれて、知章が父の身代りとして討死する間に、知盛自身は沖の船に逃れる。そのとき、知盛は宗盛に次のように語る。

《武蔵守に後《おく》れ候ぬ。監物《けんもつ》太郎も討《うた》せ候ぬ。今は心細《ぼそ》うこそ罷成《まかりな》て候へ。如何《いか》なる親なれば、子は有《あ》て親を扶《たす》けんと、敵《かたき》に組《くむ》を見ながら、いかなる親なれば、子の討るゝを扶けずして、か様に逃れ参《まゐ》て候らん。人の上《うへ》で候はば、いかばかり、もどかしう存候べきに、我身の上に成ぬれば、よう命は惜《をし》い者で候けりと、今こそ思知られて候へ。》

知盛は、「思知」った人間であった。自分という人間、そして人間というものを決定的に思い知ってしまった人間なのである。

都落ちに際して、平氏は京都に抑留していた東国の武士たちを斬ろうとした。そのとき知盛は、それを制止して次のように言った。

《御運だに尽させ給ひなば、是等百人千人が頸《くび》を斬せ給ひたりとも、世を取らせ給はん事難《かた》かるべし。故郷には妻子所従等《しよじうら》如何に歎き悲み候らん。若し不思議に運命開《ひら》けて、又都へ立帰らせ給はん時は、有難き御情《なさけ》でこそ候はんずれ。只理を枉《ま》げて、本国へ返し遣さるべうや候らむ。》

石母田は、この知盛の言葉について、「知盛は重盛のように平氏が滅亡すべき運命にあると予言しているのではない。平家にとって運命が開けることもあり得るともいっている。彼はただ自分の一族が滅びるにしても、興るにしても、人間の力の及ばない運命に支配されていることを確信しているだけである。だからここで百人・千人の東国武士の頸《くび》を切っても、平氏の運命が尽きているならば、なんの意味があろうかといっているのである。」と注したあと、知盛の「運命」に対する処し方を分析している。

《また自分と一族、あるいは時代そのものを動かしているところの運命を確信していたからといって、彼がその運命を回避したり、そこから逃れようと努力しなかったのも興味がある。運命にたいする洞察は、むしろ彼を積極的、戦闘的な武将としたように描かれている。都落ちにさいして、平氏一族のなかに裏切者および脱落者がでたことを彼は運命のあらわれと考えたが、そのためにか

えって彼は都落ちに反対して、京都に踏みとどまってたたかうべきことを主張したのである。》

　この知盛の「運命」に対する態度、もしニーチェが知盛を知っていたら、「運命愛」(Amor fati)といったかもしれないもの、一種の力強い矛盾、ここから、壇の浦の乱戦の中での知盛の「大音声」が出てくるのである。

《軍は今日ぞ限る。者共少もしりぞく心あるべからず。天竺震旦《てんぢくしんたん》にも、日本吾朝《わがてう》にも、双《ならび》なき名将勇士と云へども、運命尽《つき》ぬれば力及ばず。されども名こそ惜けれ。東国の者共に弱気《よわげ》見ゆな。》

　この知盛の「大音声」の引用の後、石母田は、次のように書いている。

《いかなる「名将勇士」であっても、運命がつきれば滅びなければならないという確信と、名を惜しむこととが一つになっている。阿修羅のようにたたかっている能登守教経のところに使者をおくって、「能登殿痛《いた》う罪な作り給ひそ。さりとて好《よ》き敵《かたき》か」といわせたのも、運命にたいする抵抗がもはや無意味になったことを知ったからであろう（能登殿最期）。しかしその瞬間まで、彼はたたかうことをやめない人間として描かれている。最期に彼は、「水首梶取共《すゐしゆかんどり》、射殺され、切殺されて」、もはや船を操縦することもできずに、船底に倒れ伏しているなかで、「世の中はいまはかうと見えて候。見苦しからん物共皆海へ入させ給へ」といっている（先帝身投）。平氏の運命が尽きたことを確信した言葉であるが、そのことと、この将帥自身が「艫舳《ともへ》に走り廻り、掃いたり拭《のご》うたり、塵拾《ちりひろ》ひ、手づから掃除」して、「見苦しからん物共」を海に投げいれる彼の行為との結びつきに、新中納言知盛の性格が浮彫されているというべきであろう。女房たちが、「中納言殿、軍《いくさ》は如何に」と口々に問うたところ、知盛は、「めづらしき東男《あづまをのこ》をこそ、御覧ぜられ候はんずらめ」とこたえて、「から〱と」笑ったという。それは女房たちを、「何條《なんでう》の只今の戯《たはぶ》れぞや」とおめき叫ばせたにすぎないが、平家物語の作者は、この知盛の笑い声に、運命を見とどけたものの爽快さを響かせているのであろう。》

　この知盛という将帥が「艫舳《ともへ》に走り廻り、掃いたり拭《のご》うたり、塵拾ひ、手づから掃除」している姿に、私はほとんど崇高なユーモアを感じる。歴史の、運命の、そして人間の実に深々としたユーモアである。

　そして、ついに知盛の最期が語られる。

《新中納言、「見《みる》べき程の事は見つ、今は自害せん。」とて、乳人子《めのとご》の伊賀の平内左衛門家長を召《めし》て、「いかに日比《ひごろ》の約束は違《たがふ》まじきか。」と宣《のたま》へば、「子細にや及候。」と申す。中納言に、鎧《よろひ》二領著せ奉り、我身も鎧二領著て、手を取組《くん》で海へぞ入《いり》にける。》

　石母田は、次のように締めくくる。

《「見《みる》べき程の事は見つ、今は自害せん」という知盛の言葉は、平家物語のなかで、おそらく千鈞の重みをもつ言葉であろう。彼はここで何を見たというのであろうか。いうまでもなく、それは内乱の歴史の変動と、そこにくりひろげられた人間の一切の浮沈、喜劇と悲劇であり、それを通して厳として存在する運命の支配であろう。あるいはその運命をあえて回避しようとしなかった自分自身の姿を見たという意味であったかもしれない。知盛がここで見たというその内容が、ほかならぬ平家物語が語った全体である。》

この「見《みる》べき程の事は見つ」という言葉は、それを知ってから私の精神を貫くライトモチーフのようになった。三十三歳のときの内村鑑三との出会いの直前に執筆したチェーホフ論「思い出されるチェーホフ」の冒頭で、京都の円山公園の夜桜を見たあとの散策における思索の流れを次のように書いたことがある。

≪一体、人間は何を見て、何を聞いて、あるいは何を知って死ぬべきなのか。何を見て、何を聞いて、あるいは何を知れば死んでもいいのか。これだけを思い知って死ぬ、そのようなものは何か。朝《あした》に道を聞かば、夕べに死すとも可なり、と孔子は言ったが、そのような「道」とはどのようなものなのか。そもそもそんなものがありうるのだろうか。昔、二十歳の頃、平家物語を初めて読んだとき、知盛の、見るべき程の事は見つ、という言葉に感動し、僕の生涯のテーマはこの「見るべき程の事は見つ」だと思い込んだものだった。この「見つ」の「つ」の突き刺さるような音が決然としたものを響かせ、未練たらしい余韻は絶っていた。人生に対して、人間に対して、あるいは世界に対して、運命に対して、或る時点で（それは知盛のように死の瞬間かも知れないが）、見るべき程の事は見つ、と言い放つこと、これが世界の無意味な構造から飛翔する一瞬のように思われ、またこの時意識は世界と釣り合うことができるように思われた。しかし、見るべき程の事は見つ、というテーマは手に入れたとはいえ、「見るべき程の事」の内容は少しも分からないのだった。何が「見るべき程の事」なのか、そして僕にはいつそれが現れるのか、これは全く白紙なのだった。今、祇園の夜桜を見た、これは「見るべき程の事」の一つなのか、それも分からない、何も分からないの

だった。》

突然現れた内村鑑三は、私にとって決定的に「見るべき程の事」であったが、その後の私の批評の対象はすべて、結局「見るべき程の事」に他ならなかった。波多野精一も、村岡典嗣《つねつぐ》も、北村透谷も、大佛《おさらぎ》次郎も、その他、多くの人物がそうであった。また、最近の信時《のぶとき》潔と「海ゆかば」は「聴くべき程の事」だったのである。

そして、今日の「終末時計の針の下に」生きているような状況において、この「見るべき程の事は見つ」というライト・モチーフは、一段と深く大きく響くようになった。終末時計の針が進んでも、私は知盛のように「踏みとどまってたたかう」であろう。そして、時に「爽快」に「からからと」笑うであろう。「見るべき程の事」「聴くべき程の事」「生きるべき程の事」は、なくなりはしない。それらを、見、聴き、生きるであろう。この連載は、その経験を表現しようとするものである。

なにかある。本当になにかがそこにある。

二〇〇三年の九月末、ロンドンのヒースロー空港に着いた。中世の古都カンタベリーでの半年間の滞英生活の始まりであった。

空港まで迎えに来てくれた、大学の事務局のKさんの車に乗って、空港を離れ、しばらく走ったところで、あたりの風光を見回していた私は、雲の形が何か日本のものと違うように思った。

「コンスタブルの絵で見たような雲が、やはり浮かんでいますね」というのが、私の第一声であった。雲の風情が特徴的で、英国に来たのだな、という実感がそんなところから湧いたのである。

コンスタブルは、昔から私の好きな画家であった。一七七六年に生まれ、一八三七年に死んだ、英国の風景画家であるが、一歳年上の同じ英国人ターナーとは対照的な作風であった。ターナーが、しばしば英仏海峡を渡ってヨーロッパ大陸に出かけ、二万点に近い厖大なスケッチをのこすような生涯を送ったのに対して、コンスタブルは、ほとんど生まれ故郷を離れなかった。

ターナーの描く自然は、危機を孕《はら》んだ、あるいは破局を迎えようとしているかのような劇的なものであるが、一方コンスタブルの自然は、深い調和に満ちている。

よく画集などでは、ターナーとコンスタブル、そしてドイツ人のフリードリヒの三人がロマン派の風景画と称されて一冊に収められていることがある。この三人は、印象派以前の画家たちであり、印象派を絵画史の主流とみる、これまでの通念では、この三人は印象派にどれだけの影響を与えたかによって、評価されたりしているが、つまらない見方である。

ターナー、コンスタブル、フリードリヒは、印象派の画家たちよりも偉大である。フリードリヒについては、そのような観点から『フリードリヒ　崇高のアリア』と題した本をこの二〇〇八年三月末に上梓したが、他の二人も、それぞれ違ったニュアンスであるが、崇高である。ターナーは、嵐、吹雪、洪水などの自然の暴威を好んで描いた。そこには、美より崇高がある。コンスタブルの自然は、平和な、落ち着いた風景であるが、そこには、美しい風景がたんに描かれているという感じではなく、神がしろしめす崇高な世界であった。

そういえば、『崇高と美の観念の起源に関する哲学的研究』を、同じ英国人のエドマンド・バークが著したのは、一七五七年であった。ターナーやコンスタブル、あるいはフリードリヒの生まれる、ほぼ二十年前のことであり、バークが問題にした崇高の感覚が深く浸透していった時代に生きていたことになる。

コンスタブルの有名な「ビショップ庭園から見たソールズベリー大聖堂」や「干草馬車」などは、ロンドンのヴィクトリア&アルバート博物館で見た。

特に、ソールズベリー大聖堂は、コンスタブルの重要なテーマであり、何枚も描いている。ソールズベリーには、ぜひ行ってみたいと思った。

冬の一日、ロンドンのワーテルロー駅から列車に乗り、西の方、ソールズベリーに向かった。約一時間半の汽車の旅であるが、車窓には、英国の田園風景がつづき、時折り、教会の尖塔が眼に入ったかと思うと、町が現われる。その繰返しであったが、少しも飽きない。

ソールズベリーは、観光客もかなりいたが、初めて見た大聖堂は、滞在しているカンタベリーの大聖堂に比べると、ずいぶん優美である。コンスタブルが好んだのは、やはりこちらの大聖堂であるのが納得できるように思った。コンスタブルは、ソールズベリー参りを何度も行っており、いわばトポスであった。

冬空で、絵の中のような雲は見られなかったが、大聖堂を仰ぎ見ることができただけでもソールズベリーに来てよかったと思った。

コンスタブルは、雲のスケッチを熱心にやった画家であった。ヴィクトリア&アルバート博物館だったか、他の美術館だったか、コンスタブルの雲のスケッチが展示されていた。絶えず動き、変化する雲をスケッチすることにこそ、コンスタブルの写生の神髄があったに違いない。

この雲のスケッチというと、島崎藤村の『千曲川のスケッチ』を思い出す。藤村は、小諸に赴くに際して、ラスキンの『近代画家論』を携えて行った。ラスキンがその中でターナーを論じたことはよく知られているが、雲の研究についても書いている。

『千曲川のスケッチ』の中の「雪国のクリスマス」には、「ラスキンが『近代画家論』の中にある雲の研究の話なども出た。」とあり、次の「長野測候所」の中では、測候所の技手と雲について語り合っている。

「雲の多いのは冬ですが、しかし単調ですね。変化の多いと言ったら、矢張夏でせう。夏は――雲の量に於ては――冬の次でせうかナ。雲の妙味から言へば、私は春から夏へかけてだらうと思ひますが……」

かう技手は言つて、それから私達の頭の上に群り集る幾層かの雲を眺めてゐたが、思ひ付いたやうに、「あの雲は何と御覧ですか」

と私に指して尋ねた。

私も旅の心を慰める為に、すこしばかり雲の日記なぞをつけて見てゐるが、かう的確に専門家から問を出された時は、一寸《ちょっと》返事に困つた。

藤村は、「雲の日記」をつけるほど、言葉による雲のスケッチ、写生にとりくんでいたのである。それは、『若菜集』『一葉舟』『夏草』などの詩人藤村が、青春の過剰な抒情から脱しようとすることでもあった。『千曲川のスケッチ』の序の中に、「もつと自分を新鮮に、そして、簡素にすることはないか」というモットーを掲げている。「これは私が都会の空気の中から脱け出して、あの山国へ行つた時の心であつた。」と藤村は書いている。

 なにかある。本当になにかがそこにある。

私が、英国に半年間の滞在に行くことに決めたのも、日本の「空気の中から脱け出し」たかったからである。そのとき、私は藤村のこのモットーを思い出していた。

私がコンスタブルの風景画をとても気に入っていたのは、コンスタブルのことが梶井基次郎の「城のある町にて」の中に出ていたからかもしれない。

松阪の城跡から峻（梶井）が眺めた風景が、梶井のすばらしいスケッチによってとらえられている。その中に、次のような写生文がある。


遠く海岸に沿つて斜に入り込んだ入江が見えた。――峻はこの城跡へ登る度、幾度となくその入江を見るのが癖になつてゐた。

海岸にしては大きい立木が所どころ繁つてゐる。その蔭にちよつぴり人家の屋根が覗いてゐる。そして入江には舟が舫《もや》つてゐる気持。

それはただそれだけの眺めであつた。何処を取り立てて特別心を惹《ひ》くやうなところはなかつた。それでゐて変に心が惹かれた。

なにかある。本当になにかがそこにある。といつてその気持を口に出せば、もう空ぞらしいものになつてしまふ。

例へばそれを故のない淡い憧憬《あこがれ》といつた風の気持、と名づけてみようか。誰かが「さうぢやないか」と尋ねてくれたとすれば彼はその名づけ方に賛成したかも知れない。然し自分では「まだなにか」といふ気持がする。

人種の異ったやうな人びとが住んでゐて、この世と離れた生活を営んでゐる。——そんなやうな所にも思へる。とはいへそれはあまりお伽話《ときばなし》めかした、ぴったりしないところがある。なにか外国の画で、彼処に似た所が描いてあつたのが思ひ出せない為ではないかとも思って見る。それにはコンステイブルの画を一枚思ひ出してゐる。やはりそれでもない。

では一体何だらうか。このパノラマ風の眺めは何に限らず一種の美しさを添へるものである。然し入江の眺めはそれに過ぎてゐた。そこに限って気韻が生動してゐる。そんな風に思へた。


——


ここで「コンステイブルの画」が「思ひ出」されていることは興味深い。「それでもない」としても、似ている。「気韻が生動してゐる」ものとして連想されているのである。

たしかに、コンスタブルの絵を見ていると、ふと「なにかある。本当になにかがそこにある。」と思う瞬間がある。この「なにか」の発見にこそ、人間の生きる意味があるのであろう。

渡英したのも、この「なにか」の発見をめざしてのことであった。そして、私は、到着して早々の、雲の形の発見を喜んだ。幸先がいいように思われた。

国木田独歩の名作「鹿狩」(芥川龍之介は「最も調和のとれた独歩を——或は最も幸福だつた独歩」をこの小品に見るといった)の中で、鹿狩に連れて行かれた少年(独歩は、いうまでもなく「少年物」を得意とした）は、早朝、起きて、「大空の色と残月の光とで今日の天気がわかる。風の清いこと寒いこと、月の光の遠いこと空の色の高いこと！　僕は必然《きっと》今日は鹿が獲《とれ》ると思った。」と確信を語る。実に、少年らしい、飛躍のある直観である。しかし、この「必然」には、生の希望が輝いている。

私は、車の中で浮雲を見上げながら、この確信を思い出し、私は「必然」、滞英生活で、「なにか」が「獲ると思った」。雲からの確信、天空からの希望であった。

二時間余り走ると、遠くにカンタベリー大聖堂が見えて来た。やがて、車は夕闇の迫る中世の古都の中へすべりこんで行った。

シャルトル大聖堂の上空から切り取られた青空

シャルトル大聖堂は、かねてよりぜひ一度訪ねたいと思っていた。四年前、英国の中世の古都カンタベリーに半年程滞在したのは、一言でいえば中世にひたるためであり、その地にそびえ立つカンタベリー大聖堂を何回も見に行った。しばらくただ眺めているだけであったが、それだけで私にはもう充分なような気がした。中世とは、結局、大聖堂（カテドラル）だからである。

カンタベリー滞在中、中世や大聖堂に関する本ばかり読み耽っていたが、大聖堂のことになると、シャルトル大聖堂が最も美しいという点では諸家の見解が一致していた。やはり、ぜひ一度見ておきたいと強く思った。

かねてから、この大聖堂のことが頭の隅にのこっていたのは、大佛《おさらぎ》次郎の「幻の伽藍」と題したエッセイを昔読んだからである。大佛が、昭和三十六年にヨーロッパに旅行したときのことを書いたものである。この旅は、『パリ燃ゆ』に結実する、パリ・コミューン関係の資料を蒐集するためのフランス行を主としたものであった。

そして、このエッセイには、シャルトル大聖堂を訪ねたときの経験が書かれている。シャルトルは、パリから車で一時間ほどの距離である。

麦畑の間を走るオートルートは、真直ぐに地平に向っている。太陽が空に輝き、逃げ水のような光のかげろいが、行手はるかな路面に、まぶしくたゆたう。自動車のタイヤが熱を加えながらそれに飛びつくと、明るい影は逃げて、さらに行手に遠ざかっているのである。その路面に遊ぶ光がふと蜃気楼か幻覚のように形と色をもってくる。空の青い中に消え入るかと思うと消えない。麦畑が描く地平線から明るい空を目ざして、遠い山のようにくっきりと、寺の伽藍の姿となって立つ。

見えた。といって、私たちは瞳をこらす。麦畑と青空だけで、ほかに何もない地平に、かげろう光の中に幻覚のように現われたシャルトル聖母寺の伽藍である。まだ遠く小さいが、印象は独立した山のように巨大に見える。地平に、ひとつだけ、突兀《とつこつ》と現われるせいもあろう。遥か離れて遠方なのに、大きいな、と、ただ、ひたすらな感銘である。

麦の海を航海してきた舟乗りが最初に見る陸地の影なのだが、聖母の寺なのでフランスの各地から歩いてこのシャルトルの寺の地下の聖母像を見に集る信仰篤い巡礼の人々が、地平にこの出現を見つけたときの感動がどれほどのものだったかは私どもにも推察できる。

大佛は、この「出現」に強く心打たれたようで、「パリからきて地平に大伽藍だけが浮かび出る一瞬が、ものすごいようである。」とも「それにしても、最初に、麦畑の地平線に幻影のように見えたときがいかにも印象が深い。驚嘆をこめた言葉、出現というのがいかにもふさわしい。」とも書いている。「見えた。」という短い一文が、この大佛の「驚嘆」に「ふさわしい」。

私が以前、この大佛の文章を読んだとき深く感銘を受けたのは、この「出現」の感覚であった。シャルトル大聖堂そのものよりも、シャルトル大聖堂の「出現」に何か大事なものが秘められているような感じを受けた。その背景には、当時から、私は、この「出現」というものに心ひかれていたからである。

世界はただ在るのではない。「出現」するのである。もう少し厳密にいえば、世界の意味を秘めたものはただ在るのではない。「出現」するのである。私は、いつもこの「出現」を「待望」しながら生きてきたし、今も生きている。そして、この「出現」を招来するものとして、「批評」の精神と営為はあるのである。

私がシャルトル大聖堂を訪ねたのは、大佛のようないい季節ではなく、冬であった。ユーロスターを使って、パリに行ったら、週に二回、たしか水曜日と土曜日しかシャルトルに行く観光バスがないという。そのときは、どちらの日にも行けず、もう一度それに合わせてパリに出かけた。

バスの前方の車窓から、シャルトル大聖堂の姿が見えだしたとき、私は「出現」という言葉を心の中でくりかえしていた。それはだんだん大きくなってくる。心の中であまり早く近づかないでくれ、大きくならないでくれ、と念じていた。徐々にゆっくりと「出現」してくるという感覚を長く味わいたかったからである。

着いて、見上げると上方の青空を尖塔が突き刺してそびえ立つ姿はたしかに美しい。カンタベリー大聖堂よりはるかに優美である。滞英中に見に行った、カンタベリーと並ぶ英国国教会の拠点、ヨークのミンスターなどは、ほとんど不気味なくらいである。シャルトル大聖堂の優美さと、カンタベリー大聖堂の無骨さやヨーク・ミンスターの怪異さを比べると、英仏両国の文化の違いがよく分かる。

シャルトル大聖堂のステンドグラスの美しさはいうまでもない。堂内を歩いていたら、或る柱に、シャルル・ペギーの名前が彫ってあった。ハッと思って暗がりの中でよく見てみると、たしかペギーが、一九一二年にシャルトルに巡礼したことが書かれてあったと思う。

私は、大学では一応仏文学を専攻したが、仏文学の作家たちをそれほど読まなかった。しかし、昔からシャルル・ペギーの名は妙にひっかかっていた。ペギーのものは何一つ読んでいない。しかし、ペギーという存在、何かの解説で読んだ彼の人と文学は何かひかれるものがあったのである。

シャルトル大聖堂の太い石柱にシャルル・ペギーの名が彫られていたのは、この巡礼がペギーの信仰への復帰に関係しているからである。青年期の社会主義、信仰への帰依以降の神秘主義、また晩年（といっても四十一歳で戦死したのだが）の国家主義のいずれにおいても、「過激」であったこの詩人は、そのエクセントリックさが私をひきつける。

旧友のロマン・ロランという、いい意味での中庸を守った人間が、最晩年に大部なペギー伝を書きのこした。何かエクセントリックなものが、遠くから呼びかけるのを死ぬ前に感じたのであろう。第一次世界大戦が始まるや、熱烈な愛国者として、四十歳を越えた年齢にもかかわらず、志願し、マルヌ大会戦で、その勝利の前日、壮烈な戦死を遂げた、この天才は、「決してごまかしをしない」人間であった。「過激」なまでに「ごまかしをしない」人間が、どのような生き方をすることになるかの一つの見本がここにある。

何か、島木健作を思い出す。島木について一冊の本を書いたのは、もう十七年も前のことだが、私はこのような人間に強く魅せられるところがある。念のために付け加えておくと、私のいうエクセントリックとは、中心からはずれた変わり者という意味ではなく、その人間の中心が外部に決定的に置かれてしまった精神の持ち主ということである。

シャルトルといえば、ロダンも思い出す。近代の彫刻は、ロダンから始まったといわれるが、ロダンは実は、ゴシック芸術を讃美し、地方の大聖堂をいくつも訪ねて、勉強した。岩波文庫に有名な『ロダンの言葉抄』（高村光太郎訳、高田博厚・菊池一雄編）が入っているが、ロダンが語った言葉を様々な人が筆録したものを一冊にしたものである。

この『ロダンの言葉抄』の中には、ゴシックについての発言は余りなく、ロダンを日本に紹介したのが「白樺派」ということもあって、ロダンを「近代」の人と考えがちである。

ロダン自身が書いた文章は少なくて、短文で「ミロのヴェヌスに寄す」というものがある他に、『フランスのカテドラル』という一冊の本がある。これは、ロダンが自発的に執筆した唯一の著作といっていい。

この本の翻訳が『フランスの聖堂』として、昭和二十六年六月に新潮社から、新庄嘉章訳で出ている。この本を以前、古本屋で見つけて、何か気になって買っておいた。それを、カンタベリーに持って行って私ははじめて読んだ。

ロダンがこれほどまでにゴシックの大聖堂の礼賛者だとは思いもしなかった。ロダンは「聖堂の前に立つと、正義感に奮ひ立たせられ、われを忘れて感動してしまふ。精神的な正しさの形象であり、対応である、造形的な正確さ。」と書いている。たしかに、大聖堂は、「美」ではない、「崇高」なのである。

ロダンは、エタンプ、マント、ヌヴェル、アミアン、ル・マン、ソワソン、ランス、ラン、シャルトルの大聖堂を訪問しているが、やはりシャルトルについての記述が最も感動的である。そして、「ギリシャの巨匠よ、ゴシックの巨匠よ、私はかのバルザック像を以て、稍々《やや》諸君に近づかなかつたであらうか？　かのバルザックの像は、人はこれについて銘々好きなことが言へるだらうが、依然として、野天の彫刻に向かつての決定的な第一歩であることには変りないのである……」と書いている。ロダンのバルザック像は、当時スキャンダルをひき起こしたが、私は昔からロダンの彫刻の中でこの作品に最も感銘を受けていたものであった。このロダンの中でも異数の作品が、ゴシックの下に、シャルトルの影の下に作られたことを知って、その魅力の源泉に「近代」を超えたものがあったことが思い当たるのである。

シャルトル大聖堂の側の土産物屋で、掌くらいのステンドグラスを買った。長方形で、厚さが二センチくらい、一面が少し凸凹している。透明で濃い青である。帰国してから家を建てるとき、どこかの壁にはめるつもりだったが、設計の関係で、それはかなわず、今、窓の桟《さん》の上に立ててある。朝の光があたると、あの日の遠いシャルトルの尖塔の上の高い青空が、矩形に切り取られて、今、ここにやって来たようである。何かが「出現」している。

エズのニーチェの道で拾った小石

半年間、英国に滞在していたとき、ヨーロッパ各地をまわったが、当初ニースがその中心地である、いわゆるコート・ダジュールに行く予定はなかった。

歴史的遺跡や文化的遺産がある場所を見てまわることを考えていたので、南仏のリゾート地など頭になかった。マティスやシャガールの美術館があることは知っていたが、特にそのために出かける気にはならなかった。

それに、滞英期間が十月から三月までであり、冬のコート・ダジュールに行くのも気乗りのしないことであった。

しかし、英国に住み始めてしばらくした頃、年少の知人から一月の初旬、マントンで結婚式を挙げるので、ぜひ来て欲しいとの連絡があった。日本からは遠いので、日本にいる友人知人は余り来ないらしい。

マントンは、ニースからモナコを経て急行で三十分ほど東へ行った町である。もうすぐイタリアとの国境である。そもそも、彼がこの地で結婚式を挙げようというのは、ジャン・コクトーが壁画を描いた結婚の間が、市庁舎にあるからである。若い頃、ニースで美術を学んで、現在デザイナーの仕事をしている彼は、その部屋で結婚式をするのが長年の夢であったらしい。

私は、コクトーという才人に余り関心がないので、その壁画に感動もしなかったし、式後、案内されたジャン・コクトー美術館も一通り見てまわっただけであった。

一月初旬であったが、もうすでにミモザが咲き、レモンがなっていた。マントンは、二月から三月にかけて、レモン祭りが開かれるという。

そんなことで、ニースに数日、宿泊することになった。ニースに行ってみると、一月ということもあり、観光客も余り多くなく、海辺で日光浴をしている人もほとんどいなかった。しかし、もう春がそこまで来ているという予感が町にそこはかとなく感じられて、ミモザの美しい黄色が眼に鮮やかであった。

ニースの町を散歩してみると、チェーホフが『三人姉妹』を執筆したホテルがあったりして、ニースが十九世紀からヨーロッパ、あるいはロシアから様々な人々をひきつけた場所であることにあらためて気づかされた。

結婚式の翌日は、現地の人の運転でニース近郊を案内してもらえるように手配してくれていた。高台で車から降りて眺める地中海の青さもすばらしかったが、走りながら、次々と現われてくる、いわゆる鷲の巣村の光景が印象的であった。

鷲の巣村とは、高い丘の上や断崖に家が寄り添うように集まっている村で、コート・ダジュールに百か所ほどあるという。崖っぷちに建っている建物もあり、よくぞこんな高いところに家を建てて住んでいるものだと思う。奇観といっていい。

もともとサラセン人の攻撃から逃れるために、敵の眼から隠れた場所をさがして村を造ったのが始まりだそうだが、ニースから近いところではエズという村がある。海抜四二〇メートル、ぜひ、行きたいと思った。

ニースに戻って、持って来ていた『地球の歩き方』を見てみると、ニースからバスで約二十分ほどの近さである。それに、「ニーチェの道」という記述があったので、眼をひいた。それによると、ニーチェが『ツァラトゥストラかく語りき』の構想を練った道があるという。国鉄でニースからモナコへ向かう途中に、エズの駅があり、そこからエズの村までの山道を登りながら、ニーチェは『ツァラトゥストラかく語りき』第三部を考えたのである。こんなことまで載っているのが、『地球の歩き方』という旅行ガイドブックの他にはないユニークさである。

私は『ツァラトゥストラかく語りき』をはじめニーチェの著作は、若い頃に熱心に読んだものだが、このような伝記的事実までは覚えていなかった。ニーチェが、ニースで何回も冬を過ごしたことさえ記憶になかった。ニーチェといえば、スイスのシールス・マリーアというトポスを覚えていただけである。

エズの町は、一月ということもあり、断崖に建つシャトーホテルも休業中であった。店も閉めているところが多かったが、そのぶん観光客もほとんどいなくてよかった。細い道が迷路のようになっているのも、敵が侵入した際の防衛のためであろう。急な小路を昇ったり降りたりして、村の先端にたどり着くと、地中海が大きく広がっている。ニーチェもこれを眺めたのであろうと思うと、或る感動がやって来た。

村の入口のところに、「ニーチェの道」の案内板があった。ニーチェはこの山道を登ったが、一時間半くらいかかるという。下りは一時間ほどである。私は、冬の晴れた日の午後、この山道を下りてみることにした。

林の中の道をしばらく行くと、地中海沿岸らしい白い石灰質の岩肌が見えてくる。途中に、ミモザなどを原料にする香水の工場が林の奥にあった。半分ほど下りてくると、前方にはほとんど垂直に切り立った左右の断崖に切り取られた鋭い逆三角形の空間が開け、その下半分に地中海の紺碧の海が湛えられている。そして、大きな水晶が今何者かに打ち砕かれたかのように細かな光の粒が水面に散乱している。しかし、夏の光と違って冬の光は眩しくなく柔らかである。その上に広々とした空がのっている。

ほぼ下りきって、後ろを振り返ると、そそり立った大きな白い石灰質の崖がこちらに倒れてくるような感覚で迫ってきた。私は、思わず足を踏んばり、こらえた。そして、腰をかがめたとき、ふと眼を落とすと、白い小石がきれいだった。私は、「ニーチェの道」の記念に、小石を二つ拾って、ポケットに入れた。

日本に戻って来てから、ニーチェの著作を久しぶりに読み直すことになったが、ニーチェがあの道を登って『ツァラトゥストラかく語りき』の構想を練ったのも、一月のことだと知った。たまたま、私が下りたのも一月だった。観光シーズンをはずれた一月に、知人の結婚式があったから、こういうことになったが、この偶然を私はとてもうれしく感じた。『ツァラトゥストラかく語りき』のあの空気は、やはり一月の、冬のものだからである。

詳しくいえば、ニーチェがニースで冬を過ごしたのは計五回であるが、『ツァラトゥストラかく語りき』の第三部の想を練りながら、この山道を登ったのは、一回目の滞在のときで、ニーチェは四十歳である。

『この人を見よ』の中で、ニーチェは次のように書いている。

それに続く数週間、私はジェノヴァで病床に伏した。次いで私はローマで憂鬱な春を過ごした。生きるだけが精一杯——それは容易なことではなかった。もともとローマはツァラトゥストラの詩人にとっては地上最悪の地であるし、それに私が好んで選んだ土地でもなかったので、ことのほか私はうんざりしたのである。私は逃げ出そうと試みた(中略)夏には私はツァラトゥストラの思想の最初の稲妻が私にきらめいたあの聖なる土地へ帰って行って、そこで『ツァラトゥストラ』第二部の構想を得た。十日間で十分だった。いつの場合も、つまり第一部の時も、最後の第三部の時も、私は十日以上の日数を必要としなかった。その年の冬、初めて私の生の中へと輝き入って来たニースのおだやかな空のもとで、私は『ツァラトゥストラ』第三部の構想を得――書きあげた。三部全体を通して一年とはかかっていない。ニースの景色の中にある多くの目立たない一隅や丘などが数々の忘れがたい瞬間をとおして私に捧げられ、私の文の中に織り込まれている。「古き板と新しき板とについて」と題するあの決定的な部分を私はニースの駅からあの驚くべきムーア人の岩城エーツァ（エズ）に至る坂道を難儀して登りながら詩作したのであった、――筋肉の軽快は私の場合いつも、創作力が最大に湧き出る時が最高であった。肉体が霊感を受けているのだ。「霊魂」については言わずにおこう……しばしば踊っている私を見た人があるかもしれない。あの頃私は疲労など全く覚えずに七時間も八時間も山道を歩き続けることができた。よく眠れたし、よく笑った――、私は一つの完全な強健と忍耐とを保持していた。

（川原栄峰訳）

私は、あのとき、山道を下りながら、時々小暗い林の中に入ったりすると、何か「歴史」の中に、ニーチェの「夜」の中に、あるいはニーチェの「狂気」の中に入っていくような気がした。私は、ニーチェの「肉体」を感じた。若い頃にはニーチェを偉大な哲学者として読んでいたが、等身大のニーチェをそのとき、ふと感じたのである。

ニーチェは、様々に誤解されてきたし、これからも誤解されつづけるであろう。『この人を見よ』の中で、ニーチェは自ら次のように断わっている、「ドイツ人はニュアンスを感じる指を持たない――ところが困ったことに！　私はときたら一個のニュアンスそのものなのだ」と。

ニーチェの思想を、その「ニュアンス」においてとらえるということ、その感覚を私はエズの山道を下りる「筋肉の軽快」の中に、感じとったようである。

下山の途中で、前方に開けた紺碧の海が何度目かに出現したとき、『ツァラトゥストラかく語りき』のライトモチーフの一つ、「人間は超克されなくてはならないところの何ものかである」という言葉を思い出した。ニーチェの「肉声」で聴くようであった。

エズのニーチェの道で拾った小石二つは、いつも窓辺に置いてある。今、初夏の光を浴びた白っぽい石を手に取って掌に載せながら、「人間は超克されなければならないところの何ものかである」という言葉を口の中で繰り返してみる。この言葉を、空ろな大言壮語ではなく、小石の確かな充実した重さとして感じとるために。その言葉は深い「ニュアンス」として理解され、日常生活で日々刻々に、実践されなければならないからである。

マーラーの第三番の“long Adagio”

カンタベリー大聖堂では、月に一度位、土曜日の夜にコンサートが開かれた。

大聖堂の中で音楽を聴くというのは、日本では経験できないことなので、滞英中、ヨーロッパ大陸のどこかに旅行しているとき以外は、すべて出かけようと思った。結局、一回行けなかっただけであったと思う。

二〇〇三年の九月末に着いて、一か月後の十月下旬にコンサートがあった。演目を見ると、マーラーの第三番である。少し困惑した。大聖堂の中での音楽は、ぜひ聴きたいのだが、曲目がマーラーなので、どうしようかと迷ったのである。

私は、マーラーが好きではなかった。というよりも食わず嫌いといった方がいいかもしれない。昔、学生の頃、クラシック音楽の名曲といわれるものを大体聴いてみようと思っていた。だから、たしかマーラーの第一番「巨人」を、ブルーノ・ワルターの指揮によるもので聴いたのだが、心ひかれなかった。何か嫌な感じであった。それ以来、マーラーの交響曲はほとんど聴いたことがない。

第五番の第五楽章は、ヴィスコンティの『ベニスに死す』に使われたこともあって、有名な曲だが、私にはやや通俗的なように思われる。ヴェネツィアに旅したときの音楽的経験として、「ヴェネツィアのチャイコフスキー」を執筆したのも、ヴェネツィアといえばマーラーが連想されるのを、あえて避けたのである。

そんな風であったので、渡英前の二〇〇二年の春に、桶谷秀昭氏との対談「保田與重郎をめぐって」をしたとき、次のようなやりとりがあった。保田與重郎は、西洋音楽をどう聴いたかということに話が移っていき、桶谷氏が「ちょっと音楽の話をしましょう。」といって、以下の対話がつづく。

桶谷 （中略）脇にそれるが、私はブルックナーを聴いていると、マーラーは何だったかと全然聴く気がしなくなってしまう、これは何でしょうか。

新保 ブルックナーとマーラーというのは長い交響曲を多く書いたというようなことで、マーラー、ブルックナー・ブームというのが、一時たまたまセットであったということにすぎないと思います。音楽的には全然違うものです。ですから分かれますね。やはりブルックナーの好きな人はマーラーを聴かないし、マーラーの好きな人はブルックナーは聴かない。小澤征爾はマーラーしか演奏できないが、朝比奈隆はブルックナーで、マーラーは一切しない。

桶谷 しないですね。

新保 小澤征爾はブルックナーはできないが、マーラーは得意としている。この二人の違い。そういえば、年末に、朝比奈隆が亡くなりました。

桶谷　ＮＨＫでの追悼演奏会を見ました。

新保　正月に二つの対極的な顔を見ました。朝比奈隆の、演奏が終わったあとにステージに出てくる顔というのは実に立派な顔で、まさに保田與重郎と同じ世代です。それに比べてウィーンフィルのニューイヤーコンサートに出てくる小澤征爾の顔はずいぶん違いますね。朝比奈隆と小澤征爾の顔の比較は日本文明論として立派に成り立つのではないかと思います。

桶谷　私も小澤征爾はどうも、何だかいかがわしい感じがいつも付きまとって。

新保　結局、「文明開化の論理」の究極です。日本人として世界一のウィーンフィルに行き、そこの指揮者になった。これは「文明開化の論理」から言えば最高なんですね。

桶谷　そうですね。

新保　朝比奈隆は大阪フィルという日本のオーケストラで、ブルックナーをやり続けるという、ある意味ではこれは「明治の精神」ですね。

桶谷　そうですね。

新保　そういうふうに捉えてもいいのではないかと思います。

桶谷　朝比奈隆のインタビューなどを断片的に聞くと、やはり人間が立派ですね。実に芸術家ぶらない。

新保　そうですね。

桶谷　あれは非常に立派だ、惜しかったですね。信時潔、朝比奈隆、やはりこれは日本の音楽家としていいですね。保田與重郎がブルックナーを聴いたら、やはり何かインプレッションがあったのではないかと思うんですけれども。

新保　それは面白い想像ですね。

桶谷　マーラーはどうかというと……。

新保　マーラーはダメでしょう。

桶谷　ダメでしょうね、やはりブルックナーでしょうね。

桶谷氏もブルックナー派であり、私もブルックナーを大変愛好するので、マーラーについてずいぶん辛い点をつけているが、保田與重郎もやはりブルックナーではないかというのは、正確な想像であろう。

いずれにせよ、こんな風にマーラーを考えていた私は、カンタベリー大聖堂でのコンサートに、大聖堂の中に入ることを楽しみにして出かけたのであった。マーラーの三番は、あまり期待していなかった。例によって、長いに違いないので、大聖堂の堅い木の椅子に座っているのは大変だろうなと、そんなことを気にしていた。

その夜、私は第三番を初めて聴いたのである。マーラーの交響曲の中でも最も長大な曲で、演奏に約一時間四十分もかかる。しかし、終わったあと、私は少しも長く感じなかった。

この曲はどういう構成になっているかも知らなかった私は、当日のプログラムで第四楽章に、アルトの独唱があることに注目した。それも、その歌詞がニーチェの『ツァラトゥストラかく語りき』の中の「酔歌」からとられているという。

長大な第一楽章が激しく鳴り響き、ああマーラーらしいな、と思った。そして、第二楽章、第三楽章。

第四楽章が始まるとき、アルトの歌手が大聖堂の太い柱の陰の説教壇に現われた。ニーチェの詩を歌うのに、これほど似合った場所があるだろうか。彼女が歌うのを聴きながら、だんだん私は吸い込まれていった。

おお、人間よ、心せよ！
深い真夜中は何を語るか？
「わたしは眠っていた、わたしは眠っていた――、
深い夢からわたしは目ざめた。――
世界は深い、
昼が考えたより深い。
世界の苦痛は深い――
快楽は――心の悩みよりもさらに深い。
苦痛は語る、過ぎ去れ！　と。

しかし一切の快楽は永遠を欲する――、
――深い、深い永遠を欲する！」

（吉沢伝三郎訳）

第五楽章の児童合唱、女声合唱、そしてアルト独唱の歌声が止むと、最後の第六楽章が静かに開始される。この楽章に、マーラーは“Langsam. Ruhevoll. Empfunden”（ゆるやかに、平静に、感情をこめて）と指定している。プログラムには、この楽章のことを、“long Adagio”と書いてあった。私は、この表現が何故かとても気に入った。

たしかに、この楽章は、三十分弱かかる“long”な楽章であるが、“Adagio”でこんなに長くつづく曲もない。三十分くらい、ゆっくり延々と演奏される“Adagio”を聴きながら、不覚にも私は涙が出た。

大聖堂の中の雰囲気も作用したのかもしれない。この“long Adagio”は、たしかに「深い、深い永遠を欲」している。大聖堂も、「深い、深い永遠を欲する」人間たちによって建てられたものである。カンタベリーに半年滞在することにしたのも、中世にひたるためであった。中世とは、「深い、深い永遠を欲」した時代であり、私も「深い、深い永遠を欲する」精神から、ここ中世の古都カンタベリーに来たのである。そういう心の状態にあったから、不覚にも涙が出たのであろう。こんな日本から遠い土地で、マーラーの“long Adagio”を聴くとは、思いもしなかったことである。

マーラーは、この楽章について、或る書簡の中で「私の作品は、階段的な上昇で発展してゆくあらゆる段階を含む音楽的な詩となっている」と書いている。たしかに、この“long Adagio”は、平坦につづくのではない。「階段的」に「上昇」していく。そして、それはついにクライマックスに達するのである。

もともと、私は“Adagio”が好きな人間である。“Adagio”といえば、ヴァレリーがヴィリエ・ド・リラダンを論じている中に、この“Adagio”という表現があったことを思い出す。ヴィリエ・ド・リラダンは、私が卒業論文でとりあげたフランスの十九世紀の詩人、作家で、齋藤磯雄の名訳で知られる。『残酷物語』や『未来のイヴ』、『アクセル』などが代表作であるが、私は齋藤氏の訳で、学生の頃愛読した。

リラダンを論じたものは本国のフランスでもあまり多くないが、ヴァレリーがリラダンについて講演したときの断片のようなものがのこっていて、末尾が「ヴィリエのアダージョ……」となっていた。

これは、実に印象深く私の心にのこった。恐らく、ヴァレリーは、リラダンの文体が、アダージョで鳴っているように聴こえることをいいたかったのであろう。

それを読んだときから、私が願っていたのは、自分の文体が「階段的な上昇で発展してゆくあらゆる段階を含む音楽的な詩」の要素、そういう“Adagio”の祈りを持っていることであった。コンサートが終って外に出ると、中世の古都の上には真暗な「夜」が降りていた。それは、「世界は深い、昼が考えたより深い」と語りかけてくるようであった。

ヨークの宿の「笑う騎士」

ロンドンのキングス・クロス駅から、北方ヨークの町に向かったのは、十一月の末であった。あいにくの雨模様の午後である。

列車に乗って一時間半ほどすると、左側の車窓の先に、丘陵が広がっている。所々に、樹が立っているばかりである。

夕方にはまだ、大分時間があるにもかかわらず英国の十一月末は、日が短い。うっすらと夕闇が忍び寄っているようである。

その方向には、『嵐が丘』の舞台となったハワースの町があるはずだが、雨の細い冷たい垂直線の林立を通して眺める風色は、いかにも淋しい。そして黒ずんだ雲が慌しく形を変えながら動いて、不気味である。何か、今にもヒースクリフのような人物が、馬車にでも乗って、遠くの丘の上を通り過ぎて行くような風情であった。

ロンドンから二時間ほどでヨークに着くと、ほとんどどしゃぶりの雨になっていた。やっとの思いでホテルにたどり着く。かなり激しい雨が降りつづいているが、ホテルにいてもしょうがないので、町に出た。

ヨークは、ヨーク・ミンスターで有名な中世の古都である。私が滞在していた英国東南部のカンタベリーとは、英国国教会の本山として並び立つ存在である。ヨーク・ミンスターの方がカンタベリー大聖堂よりも大きく、英国最大のゴシック建築である。

雨の中、かなりの人出である。こんな雨には英国人は慣れているのであろう。一向に平気な顔をして歩いている。城壁が町をとりまいている。そして、シャンブルズの通りは、中世そのままの姿をとどめているので有名な場所だが、そんな狭い石畳の路を歩いていくと、靴はぬれてくるし、不愉快きわまりないが、ただ歩いていく。

ミンスターに、雨やどりをかねて入る。地下に降りると、ローマ時代の遺跡が展示されている。ヨークの町は、もともとローマ時代に出来た町であり、その上に歴史が積み重なって、今日の姿になっているのである。こんな部厚い歴史にぶつかると、現代という一つの時代など吹き飛んでしまうようである。

そして、地上に出てくれば、今度はすばらしく高い天井と圧倒的なステンドグラスである。これもまた、永遠性によって、現代をかき消してしまう。

町を歩いていると、クリスマス・プディングを売っている店があって、人が並んでいる。英国の有名な食物なので、以前食べてみたが少しもおいしくない。さらに歩いていくと、仮設の遊園地のようなものがある。乗っても少しもおもしろくないような遊具である。

ヨークは一応観光地であろうが、夕方六時前には、レストランは閉まってしまう。中華とイタリアンはやっているという。ヨークにまで来て、中華やイタリアンを食べることもない。ヨーク・ミンスターの近くのホテルに入って、その中のレストランで食事をする。英国の料理は、相変らずおいしくない。

窓から、ミンスターがライト・アップされているのが見える。ミンスターの壁に、紫、青、赤の三色の光が交互にあてられ、そこには雪の結晶の図柄が浮かび上がっている。ただ、それが繰返されるのを、眺めていた。ミンスターは、暗闇の空間を実に不気味な形態でくりぬいている。

レストランを出ると、もうとっぷりと暗い。町角に張られたポスターが、雨に濡れている。その一枚を見ると、ゴースト・ツアーの案内である。幽霊を見に行くツアーである。たしか一人五ポンドくらいであった。ホテルまでの道のりの途中で、十数人のグループが、怪傑ゾロのような、黒いマント、黒い服の男に導かれて歩いていくのと出会った。このイベントの参加者なのであろう。たしかに、ヨークの町は、幽霊でも出そうな雰囲気に満ちている。

地図には、リチャード三世博物館というのが出ている。リチャード三世といえば、シェイクスピアの初期の傑作史劇『リチャード三世』を読んだときの不気味さを思い出す。

冒頭の独白の場面で、グロスター公リチャード（後のリチャード三世）は、「道は一つ、思いきり悪党になって見せるぞ」（福田恆存訳）という言葉を吐く。「ありとあらゆるこの世の慰みごとを呪ってやる。筋書はもう出来ている、けんのんな序開きがな」とつづける。

この悲劇の中では、実に十人ほどの人物が殺される。残忍な陰謀を企て、ついに王位につく、この「悪党」をめぐる、血ぬられた歴史は、ヨークの町の城壁、石畳の路、ミンスターの巨大な壁などに反映しているように感じられる。ゴースト・ツアーに参加した人々は、たしかに、亡霊と出会えるに違いない。

ホテルにもどってみると、ホテルの名が、Hotel Cavalier で、騎士ホテルとでもいうものであり、パンフレットや名刺には、フランス・ハルスの肖像画の傑作「笑う騎士」が白黒で印刷されていた。ヨークの町中を、実に不気味な感じを受けながら、宿にたどりついた私は、ここでもまた、いやなものが待っていたことに打ちのめされた。

このハルスの「笑う騎士」は、昔、何かの画集で見たときから印象にのこっていた。ハルスの名前を知ったのは、中央公論の『世界の名著』のデカルトの巻の口絵であった。そこには、フランス・ハルスの筆になるデカルトの肖像画が使われていた。デカルトのこの有名な肖像画を描いたことからも分かるように、ハルスは、デカルトと同時代の高名な画家であった。十七世紀オランダの画家であり、同じオランダのレンブラントより二十歳くらい年上である。死んだのは、一六六六年であり、レンブラントはその三年後の一六六九年に死んでいる。

レンブラントに比べると、知名度は低いが、事実、ハルスは死後忘却され、十九世紀のフランスにおいて再評価されることになった。マネなどによってである。

「笑う騎士」は、ロンドンのウォレス・コレクションにあり、ヨークに行くより前にロンドンに出かけたとき、立ち寄り、実物を見ていた。ハルス、二十六歳のときの傑作であり、たしかに存在感は極立っている。

ハルスは、肖像画に、動きと瞬間の輝きを導入した画家であり、そういう対象を生き生きととらえる斬新な作風は、たしかにマネなどにとっては驚きであり、大きな影響を与えたに違いない。

「笑う騎士」でも、この騎士は「笑」っているのである。その瞬間を見事に写しとっている。騎士の衣装の描写のすばらしさもさることながら、この微妙な動感がハルスの真髄である。

この「笑う騎士」は、普通、ほほえみの表情であり、この抑えられた微笑は、幸福の自覚、あるいは自己満足のあらわれのようにいわれることが多い。

しかし、私は、この「笑う騎士」を、はじめて見たときから、そのようには感じなかった。それは、この男の冷笑的な眼つきの印象がまず私を強く打ったからである。この冷笑的な眼は、ハルスの他の絵にも時々見られるものである。例えば、「果物と野菜売りの女」に描かれた、振りむく女の視線は、見る者の心を射《い》すくめる。

このシニカルな眼光は、ウォレス・コレクションで実物を見たときも、印象は変わらなかった。この「笑う騎士」の騎士は、冷笑している。何を、世界を、人間を、と私は感じたのである。

『リチャード三世』の新潮文庫の口絵には、「ロバート・ヘルプマン扮するリチャード三世」の舞台写真がのっている。たしかに「悪党」の顔である。しかし、私はリチャード三世の身体は「美しい五体の均整などあったものか」というべきものだったとしても、人相は、こんな見やすい「悪党」

の顔つきではなく、かえって「笑う騎士」のような人相の方がふさわしいような気がする。ちょっと見ると、いい顔をして、ほほえみを浮かべている。しかし、眼光は、氷のように冷たい。その冷笑は、他人を笑っているのではない、世界を、人間全体を冷笑しているのである。

ヨークのような暗い町の宿で、ハルスの「笑う騎士」の冷笑に出会うとは思わなかった。そして、「眠られぬ夜」の中で、中島敦の「牛人」が思い出された。「世界のきびしい悪意」を不気味なまでに表現した作品である。

この「牛男」について次のように書かれている。

> 眼の凹んだ・口の突き出た・黒い顔は、極く偶に笑ふとひどく滑稽な愛嬌に富んだものに見える。こんな剽軽な顔付の男に悪企など出来さうもないといふ印象を与へる。目上の者に見せるのは此の顔だ。仏頂面をして考へ込む時の顔は、一寸人間離れのした怪奇な残忍さを呈する。儕輩の誰彼が恐れるのは此の顔だ。意識しないでも自然に此の二つの顔の使ひ分けが出来るらしい。

「牛男は黙つて冷笑するばかり」とか「牛男の顔に会体《ママ》の知れぬ笑が微かに浮かぶ」とか書かれている。そして、牛人に餓死を強いられる叔孫は、ついに次のように思うのである、「人間離れのした冷酷さを湛へて、静かに見下してゐる。其の貌は最早人間ではなく、真黒な原始の混沌に根を生やした一個の物のやうに思はれる。叔孫は骨の髄まで凍る思ひがした。己を殺さうとする一人の男に対する恐怖ではない。寧ろ、世界のきびしい悪意といったものへの、遜《へりくだ》つた懼れに近い。最早先刻迄の怒は運命的な畏怖感に圧倒されてしまつた。今は此の男に刃向《はむか》はうとする気力も失せたのである」。

闇夜がおおっているヨークの町には、夜中雨が降りしきっていた。雨音が、時に激しくなった。その町の一角にあるホテルの一室で、私の浅い眠りの中には、昼間から夜にかけて見たヨークの町の風景の数々、ハルスの「笑う騎士」の冷笑、『リチャード三世』のせりふ、「牛人」の「世界のきびしい悪意」などが入り乱れてあらわれた。

翌朝、まだ雨は降っていた。もうヨーク観光を切りあげて、ロンドンに帰ることにした。

駅の方へ歩いていくと、ウーズ川を渡る。雨による増水で、中原中也の「冬の長門峡」にあるように川の「水は、恰《あたか》も魂あるものの如く、流れ流れてありにけり。」であった。その川面に向って、私は雨の中を傘をさして長い間立ちつづけていた。

雪のコッツウォルズ

オックスフォード大学のアリスター・マクグラス教授を訪問したのは、一月の下旬のことであった。ウィクリフ・ホールの所長も兼ねる教授に、オックスフォードの町の一角にある、そのホールで会見するために出かけたのである。

教授は、私と歳が一緒だが、今日、世界で最も活躍している神学者の一人で、著作も多く、そのうちの大半が日本語に翻訳されている。

英国の古都カンタベリーでの滞在中に、ぜひ、訪問したいと思っていたが、この日の昼食を共にして、その後、一時間ほど会見できることになったのである。

ケント大学の博士課程で学んでいる日本人のH君に車の運転と通訳を頼んで出かけた。カンタベリーから、ロンドンを迂回してオックスフォードまで、車で二時間半くらいかかったろうか。

オックスフォードの町は、想像していたのよりは大きく、雑然とした感じであったが、それにしても重厚な風格は充分であった。マクグラス教授と、昼食も含めて二時間ほど、今日の世界、神の問題といったことをめぐってあれこれ話したのは、緊張したが充実した時間であった。

カンタベリーに滞在して、四か月、こんな刺激的な会話をしたのは久しぶりであったので、快い余韻を味わいながら、今夜の宿泊地コッツウォルズに向った。

コッツウォルズは、有名な田園地帯であるが、オックスフォードから車で一、二時間ほどなので、オックスフォードに行くなら、せっかくだからコッツウォルズに一泊しようということにしたのである。

真冬のコッツウォルズには、さすがにあまり観光客は来ないようである。美しい田園風景の中を車で走っていても、ほとんど他に車を見ない。

夕方、宿に近づいた頃のことであった。宿は、H君が、ボートン・オン・ザ・ウォーターというコッツウォルズのリトル・ヴェニスとも呼ばれる村にとっておいてくれていた。

その村に入ったと思ったら、突然、雪が降り出し、だんだん大雪になってきて、ついには前が見えないほどになった。急いで宿の方向を探して、やっとのことで見つけ、たどりついた。

もっと手前の道を走っているときに、あんな雪が降り出していたら、どうなっていただろうと語り合った。立ち往生して、大変なことになっていたかもしれない、まだしもいいときに降り出してくれた、と胸をなでおろした。

宿の窓から見ると、もう一面の雪景色である。ちょっと小止みになったので、外に出てみると、夕暮れの光の中に、雪の白さに包まれた、小世界があらわれた。石造りの小さな家が静かにたたずんでいる。そして、小さな川が村の中心を流れ、その小川のところどころに低い石橋がかかっている。人はほとんどいない。何か、一種の桃源郷に入りこんでしまったように感じた。

翌朝、朝食の前に散歩に出ると、朝陽の光の下、この桃源郷は、白い雪や川の水面がきらきらと輝き、石の家や橋は、雪をかぶっていて、ところどころ古びた色彩をのぞかせているばかりである。コッツウォルズの雪の朝は、現代からかけ離れたトポスのような雰囲気をかもし出していた。

宿の食堂で、窓の外の雪景色を眺めながら朝食後のコーヒーを飲んでいると、ふと夏目漱石のことが思い出された。数週間前に、漱石のロンドンにおける下宿の最後のところ、五番目の建物を見に行った。ロンドンの中心部から、思いの外、遠いところであった。漱石は、ついにこんな下宿に引きこもったのかと思うと感慨深いものがあった。妻鏡子宛の書簡の中で「近頃は神経衰弱にて気分勝れず甚だ困りをり候」と書いているが、「夏目狂セリ」の報も飛んだほどの、このロンドン生活をのちに振返って、『文学論』序の中で「ロンドンに住み暮らしたる二年はもつとも不愉快の二年なり。」と書いた。

英国留学の最後に、漱石はスコットランドに旅行をした。そのとき、エディンバラから列車で二時間ほどの小さな町「ピトロクリ」に寄った。この地が漱石は気に入ったようで、のちに『永日小品』に収められた「昔」の中で、次のように書いている。

ピトロクリの谷は秋の真下にある。十月の日が、眼に入《い》る野と林を暖かい色に染めた中に、人は寝たり起きたりしてゐる。十月の日は静かな谷の空気を空の半途《はんと》で包《くる》んで、ぢかには地にも落ちて来ぬ。といつて、山向へ逃げても行かぬ。風のない村の上に、いつでも落附いて、凝《じつ》と動かずに靄《かす》んでゐる。其《そ》の間に野と林の色が次第に変つて来る。酸《す》いものがいつの間にか甘くなる様に、谷全体に時代が附く。ピトロクリの谷は、この時百年の昔し、二百年の昔にかえつて、安々と寂《さ》びて仕舞ふ。人は世に熟《う》れた顔を揃《そろ》へて、山の背《せ》を渡る雲を見る。その雲は或時は白くなり、或時は灰色になる。折々は薄い底から山の地を透かせて見せる。いつ見ても古い雲の心地がする。

ロンドンの煤煙の中、「不愉快」に生きていた漱石は、スコットランドの小さな町に一つの桃源郷を見出した如くである。

コッツウォルズの小さな村の雪景色を眺めていると、この村も「全体に時代が附」いている。「世に熟れた」風情である。ボートン・オン・ザ・ウォーターの村は、雪景色となって「この時百年の昔し、二百年の昔にかえつ」たようであった。

車で、コッツウォルズの村々をいくつか回ることにした。そして、昼食時に着いたのは、バイブリーの村であった。ここは、かのウィリアム・モリスが、「英国で最も美しい村」と称したことで有名である。

雪がのこっていて、歩きにくい。石造の家が並んでいる風景は、よくガイドブックなどにのっているほど有名だが、今日のように雪が積っていると、田舎の不便な道そのものである。「この時百年の昔し、二百年の昔にかえつて」しまって、ぬかるんでいる。

この村も小川に沿っているが、その川には鱒が泳いでいる。そういえば、バイブリーには鱒の養殖場がある。しかし、冬の季節なので、また昨日突然の雪も降ったので、訪れる人も二、三人見かけたにすぎなかった。小さい村が、たんに貧しい村にも見える。これが、昔のコッツウォルズなのかもしれない。

スワン・ホテルに入って、昼食をとる。鱒料理である。食事をしながら、H君に、ロンドンのはずれにあるウィリアム・モリス・ギャラリーに行ったときのことを話す。

地下鉄のヴィクトリア・ラインの終点からタクシーで十分くらいのところにあった。モリスが少年時代を過ごした家が、ギャラリーとなって公開されている。

モリスの作品、あるいはラスキン、ラファエル前派といった関連のある人々の展示があった。たしかに、このラファエル前派の画家たちの画や、モリスの「アーツ&クラフツ」運動、そしてラスキンの思想などは、十九世紀英国の近代文明の圧迫というものの反動として生まれたものに違いない。モリスは、産業文明から遠く離れた風景として、コッツウォルズのバイブリーを愛したのであろう。漱石が、ロンドンを逃れて、スコットランドの「ピトロクリ」に見出したものもそれに近いものであった。

展示品を見ていくうちに、ラファエル前派の代表的画家の一人、バーン=ジョーンズの絵がいくつかあったが、「音楽」と題されたものがあった。これを私は、はじめて見た。そのとき、あ、これが、嘉村礒多の「崖の下」に出てくる「バアーンジョン」の絵ではないかと思いあたった。私が、嘉村礒多論を書いたのは、三十三歳のとき、もう二十年も前のことである。「神の細き静かなる声」と副題し、嘉村の小説が「音楽的」であることを指摘したが、そのときは、この絵の現物を見るということをしなかった。それが、ここロンドンのはずれで見ることになるとは思いもしなかったことである。

「崖の下」という暗い小説は、次のように終わる。

鼠色のきたない雨漏りの條《すぢ》のいくつもついてゐる部屋の壁には、去年の大晦日の晩に一高前の古本屋で買ひ求めた、ラファエル前派の代表作者バアーンジョンの「音楽」が深い埃を被《かぶっ》て緑色の長紐で掛けてあつた。正面の石垣に遮られる太陽が一日に一回明り窓からぎらぎらと射し込んだ。そして、額縁に嵌《は》められた版画の中の、薔薇色の美しい夕映えに染められた湖水や小山や城に臨んだ古風な室でヴァイオリンを静かに奏でてゐる二人の尼僧を、黒衣の尼さんと、それから裾を引きずる緋《ひ》の襠《うち》かけを纏うた尼さんの衣を滴る燦《きらびや》かな真紅に燃え立たせた。圭一郎は溢れるやうな酔ひ心地でその版画を恍惚と眺めて呼吸をはずませ倚り縋るやうにして獲がたい慰めを願ひ求めた。現世の醜悪を外に人生よりも尊い蠱惑《こわく》の芸術に充足の愛をささげて一すぢに信を獲る優れた悦びに心を駆って見ても、明日、前途に、待望むべき何れ程の光明と安住とがあるだらう？　とどのつまり、身に絡まる断念の思ひは圭一郎の生涯を通じて吹き荒むことであらうとのみ想はれた。

…………

この最後の「…………」の一行は特徴的なものであって、嘉村のいうにいわれぬ思いがそこに詰めこまれている。それにしても、昭和初期の東京の片隅の「部屋の壁」、「鼠色のきたない雨漏りの條のいくつもついてゐる部屋の壁」と、バーン＝ジョーンズの「音楽」の残酷なまでの対比ほど、ラファエル前派の秘めていた「現世の醜悪を外に人生よりも尊い蠱惑の芸術に充足の愛をささげ」ようとした悲しい意図を露呈させるものもないであろう。

漱石の「ピトロクリ」にも、「…………」はあったであろう。私も、コッツウォルズの雪景色を見て回り、ロンドンに戻る車の中で、「…………」を噛み締めていた。

ル・コルビュジエの「休暇小屋」

二年前（二〇〇七年）の夏、岩波文庫の広告に、ル・コルビュジエの『伽藍が白かったとき』があったので、注意を惹かれた。

ル・コルビュジエは、かねてより関心がある建築家であり、この書名がとても面白く感じられたからである。原題は、『Quand Les Cathédrales Étaient Blanches』であり、一九三七年（昭和十二年）に出た本である。

一九三五年に、ル・コルビュジエはニューヨークの近代美術館から招かれて、初めてアメリカを訪れた。四十八歳のときである。そして、三か月程滞在し、アメリカ文明の長所と短所、美と醜を見てとった。その印象記が、この本である。

「伽藍」と訳されている「Les Cathédrales」は私としては「大聖堂」と翻訳したいところである。その方が、ル・コルビュジエが指しているのが、中世ヨーロッパに建てられたゴシックの大聖堂であることが明確にできるように思われる。

「原著まえがき」の中に、ル・コルビュジエは、次のように書いている。

ある夏の真昼のことであった。私は、パリの言いようもなく青い空の下、セーヌ河の左岸をエッフェル塔に向って全速力で車を走らせていた。一瞬、私の目は青空の中の白い一点に惹きつけられた。それはシャイヨー宮の新しい鐘楼であった。私は、ブレーキをかけて眺め、突然、時の深みに引きこまれた。そうだ、中世伽藍《カテドラル》はかつて白かったのだ。真白で眩《まばゆ》く、そして若かったのだ——黒く汚れ、古びたものではなかったであろう。時代全体が新鮮で若かったのだ。……ところで今日は、そうだ！　今日も同じく若くて瑞々しく新しい。今日も同じく世界が始まるのだ……。（中略）

伽藍《カテドラル》はフランスのものであり、マンハッタンはアメリカのものである。心の奥底に神の摩天楼への思いをこめてこの二十歳の新鮮な都市を眺める、なんという良い機会であろうか。中世の生命力に溢れる心をもって、この新しい世界の場ニューヨークを眺めること。中世？　今日われわれはそこにいるのだ、残骸の上に秩序だてなければならない世界、かつて古代の残骸の上に伽藍《がらん》が白かったように。

そして、「力と調和の時代への希望に高ぶる一人の男の永遠の反応の書となろう。今日、ついに世界の歴史のページがめくられるのだ。」と結んでいるが、この「時代への希望に高ぶる一人の男」ル・コルビュジエは、戦闘的な前衛精神の持ち主であり、機械時代の「大聖堂」を建てなければならないと提言したのである。

そこから、ル・コルビュジエの都市計画論、例えば有名な「輝く都市」の主張が生まれてきたので、「伽藍が白かったとき」の感覚を「時の深み」において受けとったこの「高ぶる一人の男」は、中世初期の「世界再建」の時代との「同時性」に生きたいと希ったのである。

同書の第二部「U・S・A」のプロローグは、「ブルゴーニュのベネディクト修道士、ラウール・グラベールの年代記」からの引用文である。


キリスト紀元千年よりおよそ三百年、ほとんど全世界、ことにイタリアとガリア地方においてバジリカ聖堂が建て直された、大部分はまだ美しく、修理の必要がなかったにもかかわらず。しかし、キリスト教徒たちはわれ先により高雅な教会堂を建てようと、互いに壮麗さを競っているかのように見えた。

……

世界全体が一致して、古代のボロ衣を振い落し、白い教会衣を装っていたと言えようか。


これが「神の摩天楼」の建築への大いなる意志というものであった。ニューヨークの「摩天楼」という神なき「摩天楼」とは本質的には異なっていたといわざるを得ない。ル・コルビュジエの「若いアメリカの創りだした摩天楼の再編成」への期待などを考えると、ル・コルビュジエの根本的錯誤がこの差違を無視して突き進んだことにあったように思われてならない。この突進が、しかし、ル・コルビュジエのモダニストたる所以であった。

ル・コルビュジエの弟子であった日本人の建築家、前川国男が、同書に「まえがき」を寄せているが、それを『伽藍が白かったとき』と新しい中世を待望し、新しい伽藍の建立を希うコルビュジエに遥かに声援を送りたい、と同時に中世伽藍の白かった頃は随分いやらしいものだっただろうという、そして『新しい伽藍』は旧くなっても恐らく美しい廃墟とはならないだろうという私自身の稚拙な疑問にこたえて貰いたいと思う。」と結んでいる。

ニューヨークの、あるいは現代の「摩天楼」という「新しい伽藍」は「美しい廃墟」になることはない。これが、「神の摩天楼」とのはっきりした違いである。

では、「大聖堂が白かったとき」に、その建築する人間の精神の中にあったもので、現代の「新しい伽藍」を建てる人々にないものは何か。ル・コルビュジエは、同じような「世界再建」の意志を見ようとしたが、世界中に、砂漠のドバイにまで、「摩天楼」が建てられる今日では、その欠如を深く反省してみなければなるまい。

こんなことを考えていると、五年前の冬に南仏を旅した折、ル・コルビュジエの建てた作品を訪れたことが思い出される。

マルセイユの郊外に、ル・コルビュジエの理想の集合住宅を体現したといわれる「ユニテ・ダビタション」（Unité d'Habitation）がある。

ピロティに支えられ、浮き上がったような十七階建ての大きなアパートである。ヴェランダの仕切りが、赤、緑、黄などの原色で塗られていて、一見しただけで、普通のアパートではないことが分かる。

三三七戸の住宅が入っているそうだが、商店街、郵便局、幼稚園も備えた、ひとつの町のように形成されていて、まさに「ユニテ」（住居単位）として都市の一つの細胞なのである。

四階が、ホテルになっているので、一泊してみた。外見や建物の内を見てまわるだけではなく、一泊でもいいから、住んでみることが必要だと思ったからである。

エントランスや廊下、あるいは店舗の周りなどには、住民の家族が楽しそうに歩いている。「ユニテ・ダビタション」に暮らすことに満足しているように感じられた。

ホテルの小さなレストランで夕食をとったが、管理人の男が作る家庭料理のようなものであった。ホテルの部屋もアパートの一室という感じでシンプルであった。ただ、原色を所々に使ってあるのが特徴的といえた。

夕暮れ、屋上に上がってみると、マルセイユ市街、そして地中海までが一望できる。このアパートそのものが大きな船のように感じられてくる。

一九五二年に完成したアパートだから、もう半世紀以上経っている。しかし、全く現役の建物として、住民が生き生きとして暮らしているのは、やはりル・コルビュジエの建築の持っている力によるところが大きいであろう。

もう一つ、カップ・マルタンにある「休暇小屋」（cabanon Le Corbusier）にも行った。カップ・マルタンは、モナコとマントンの間にある町である。マントンからイタリア国境までは、数キロの近さである。

カップ・マルタンの海辺に、ル・コルビュジエは、マルセイユの「ユニテ・ダビタション」が完成したのと同じ年に、夏の休暇を過ごすための「休暇小屋」を建てた。

この小屋は、外からはいつでも自由に見ることができるが、内部の見学は、インフォメーションセンター主催のガイド付きツアーでのみ可能とのことであった。

申込んで、行ってみると、冬場ということもあったのであろう、他に見学客はいなかったので、ゆっくり見てまわることができた。

しかし、不思議な小屋である。わずか八畳足らずの丸太小屋である。その狭いスペースに、テーブル、ベッド、洗面台、トイレなど生活するのに必要なものの最低限が備えられている。

この、考え抜かれたコンパクトさに感銘を受ける。そして、特に印象的なのは、窓の切り方である。額縁のような大きさの窓から、カップ・マルタンの入江の風景が見える。地中海の青い海が、切り取られることで浮き上がってくるように感じられる。

ル・コルビュジエは、仕事に疲れたとき、この風景を眺めて、休息していたに違いない。一九六五年、七十八歳のとき、小屋の下に広がる海で泳いでいて、心臓発作で死んだ。その日、海に呼ばれているように感じたのかも知れない。

機械文明時代のモダニズム建築を提唱したル・コルビュジエが晩年、たどり着いたのがこの「休暇小屋」であったかという思いで、私はこの小屋の中にしばらく佇んでいた。そして、このル・コルビュジエの道程は、今日、深刻な危機を迎えた文明と人間にとって、きわめて重要な示唆を与えているように思った。

人間は、ついにこのような小屋のような文明に住めばいいのではないか。もちろん、たんなる小屋ではない、考え抜かれた末の小屋である。ル・コルビュジエ自身も実は「近代への疑惑」を懐いていたことは、次のような文章からも察せられるであろう。

ベルギーの炭坑地帯のぼた山は大きさで人を驚かすが、作者の意図を欠くから感動を呼び起さない。意図のなかに偉大さがあるのだ。ニューヨークの摩天楼によって再び人類は巨大な建築を築くようになったが、それはジャズと同じで考えて作られたものではなく、単なる出来事である。しかも摩天楼はまだジャズが達した点にまでも到っていない。

異郷にて五十の年も暮れにけり

リヒャルト・シュトラウスの『四つの最後の歌』は、私の「特愛」の曲である。この作品は、シュトラウスの死の前年に作曲された傑作で、文字通り「白鳥の歌」である。

しかし、この曲を知ったのは、そんなに古いことではない。たしか、二〇〇三年の春のことで、五十歳になったばかりであった。それまで、リヒャルト・シュトラウスといえば、『ドン・ファン』や『ツァラトゥストラかく語りき』、あるいは『英雄の生涯』といった交響詩を作曲した「才人」という印象が強くて、余り積極的に聴いてみることはなかった。だから、この『四つの最後の歌』の存在は知っていたが、まだ耳にしていなかった。

それが、その年の春、ふとしたことからこの曲を聴いてみたのである。聴いたとたんに、驚いた。すばらしい音楽であった。こんな曲をこれまで知らなかったことを悔んだ。しかし、或る意味では、この曲を聴くのに、五十歳になっていることは必要だったのかもしれない。

というのは、このシュトラウスの「白鳥の歌」は、生の疲労と死の予感がテーマとなっているからである。

四つの歌の第一曲から第三曲までは、ヘルマン・ヘッセの詩、最後の第四曲は、ヨーゼフ・フォン・アイヒェンドルフの詩である。

第一曲「春」、第二曲「九月」、第三曲「眠りにつこうとして」、第四曲「夕映えの中で」、すべて感銘深い名曲だが、特に第三曲と第四曲は白眉である。

第三曲の、ソロ・ヴァイオリンの間奏は、何かたとえようもなく美しい。そして、ヘッセの詩もいい（セル盤のCDの解説書による）。

眠りにつこうとして

一日の営みに私は疲れ果てた、
私の切なる願いを、星のきらめく夜が
やさしく受け入れて欲しいものだ、
疲れた子供を抱きとるように。

手よ、一切の行為をやめるがよい、
額よ、一切の思考を忘れるがよい、
いま、私の感覚のすべては

ひたすら眠りに沈みたがっている。
そして、魂は誰にも見張られることなく
自由な翼を張って漂おうとしている。
夜の魔術的な世界の中で、
深く、千倍にも生きるために。

ヘルマン・ヘッセの文学については、私の世代になるとそれほど愛好するということはなくなっているが、ヘッセは、一九九五年に『人は成熟するにつれて若くなる』という翻訳書が出た頃から、復活したようである。その後、一九九六年に『庭仕事の愉しみ』、一九九七年に『わが心の故郷アルプス南麓の村』といった本がたてつづけに出版されて、老年をいかに生きるべきかについての深い智恵を蔵した作家という評価を得たのである。

私がヘッセに興味を持ち出したのも、これらの本によってである。私が浅草のマンションから鎌倉に転居したのが、一九九六年二月末で、初めて小さな庭があった。その頃出たヘッセの『庭仕事の愉しみ』に影響を受けて、きゅうりやトマトなどの野菜を栽培したりした。小さなもの、地に近いもの、ささやかな生命、そういうものをいつくしむ心をようやく私は学ぼうとしていた。

ついに、二〇〇八年六月には、そのままずばり『老年の価値』(岡田朝雄訳)と題された本が出た。

ヘッセは、一九一九年、四十二歳のとき、「アルプス南麓の村」であるモンタニョーラに移り、八十五歳で死ぬまで生涯この地を愛し住んだ。モンタニョーラは、スイス最南端のティチーノ州、ルガーノ近郊の村である。

『老年の価値』には、この土地を愛したヘッセの詩、断章、書簡などが収められている。すべて、老年の成熟に至った一人の詩人の叡智に満ちた言葉である。

この『老年の価値』という本には、ヘッセの写真がたくさん載っているのも魅力の一つだが、「モンタニョーラからルガーノ湖を望む」と説明書きが入っている写真がある。ヘッセが帽子を後手に持って、湖を望んで佇んでいる、いい写真である。その他、モンタニョーラの村のあちこちの風景の写真を見ていると、二〇〇三年の年末、五十歳のとき、モンタニョーラを訪ねたときのことが、油然と思い出される。

滞在していた英国から、スイスに旅をしたのは、十二月の下旬のことであった。チューリヒ、バーゼル、ベルンなどをまわったあと、ルツェルンから列車に乗って、ルガーノに向かった。雪景色の中を、列車は進む。一面の雪と山の姿、ときどきあらわれる小さな町などを眺めていると、何か俳句を作りたくなってきた。ヘッセゆかりのモンタニョーラに行くのが目的なので、ヘッセのことを思っていると、何か小さな感動といったものを大切にしたくなったのかもしれない。

車中吟

雪の村十四五軒もありぬべし

よく見れば暖炉の煙あがりたり

雪深し家には何をする人ぞ

これがまあスイスの旅か雪五尺

通過する駅には赤き冬帽子

目覚めればまだ雪景色つづきたり

途中、ルガーノの手前のベリンゾーナという町で下車した。十五世紀の古城が三つある歴史的な町である。モンタニョーラのあるティチーノ州の州都でもある。この古城は、世界遺産に登録されている。

雪の降る中、古城まで登った。ローマ時代からの戦略的拠点だった土地で、たしかに城から見まわすと、南ヨーロッパとアルプス以北の要であることが分かる。雪が積もった古城は、さらに古城になった趣きである。

雪積もる十五世紀の古城かな

再び、列車に乗って、ルガーノに着く。ルガーノは、リゾート地として有名だが、年末に来る人もあまりいないらしく、寒々としている。風も冷たく、ルガーノ湖の水面も冷え冷えとしている。

湖に低く動かず冬の雲

湖畔にて暖炉の煙まばらなり

雪積もるルガーノ湖畔の夜景かな

ルガーノに一泊して、翌日モンタニョーラに向かった。タクシーで、十分か二十分くらいだったろう。近郊の小さな村である。この村には、宿が一軒しかない。しかし、モンタニョーラの宿に、やはり泊まりたかった。たしか、ヘッセの翻訳家として著名なドイツ文学者、高橋健二氏の本の中にこの宿のことが紹介されていた。高橋氏も泊ったに違いない。小さな宿だが、女主人も品のある人で、宿もこざっぱりしていていい。

宿から、モンタニョーラの町の方に歩いていった。雪が積もっていて、歩きにくい。郵便局に面した広場に出る。この辺が、村の中心なのであろう。

今は記念館になっている、ヘッセの旧宅の方に向かう。

栗の実を雪の中から見つけたり

古い街並の路地をたどっていくと、ヘッセの家に出た。しかし、年末で休館であった。あまり、がっかりもしない。部屋の中をのぞいてみたところでどうなるものでもない。私は、ヘッセの家の前に立ったことで充分満足であった。そして、その先に歩いていくと、ルガーノ湖が見渡せる畑のようなところに出た。この辺をヘッセは、散歩したに違いない。前述した写真が撮られたのも、ここらであろう。

その夜、疲れているのに、珍しく私は眠れなかった。窓の向こうに、月が出た空が広がっている。そして、ルガーノの近郊のどこかの教会がライトアップされて、夜の闇の中に、それだけが、浮かびあがっている。とても美しい眺めであった。

眠られぬままに、私は、その光を浴びた教会を眺めていた。そのうちに、スケッチブックをとり出して描き出した。そういえば、ヘッセも水彩画をよく描いた。「近年、絵を描くことに熱中するようになってから、私は文学としだいにある距離をもつようになりました。」とヘッセは或る書簡に書いている。私は、こういう言葉に深い共感を覚えるようになった。

年の瀬の眠られぬ夜モンタニョーラ

そして、スケッチを描きあげたあと、スケッチ帳の左隅に、次のような句を書き入れた。

異郷にて五十の年も暮れにけり

リラダンの墓に献花する齋藤磯雄

私の卒業論文は、ヴィリエ・ド・リラダンについてであった。

高校二年生のとき、小林秀雄の批評文に触れて、文芸批評家になりたいと思ったくらいだから、ランボオやボードレール、あるいはヴェルレーヌ、マラルメといった詩人の作品は大学生になってから、すでに読み散らしていたが、リラダンという名前を知ったのは、大学生活も三年目を過ぎようとしている頃であった。

『ヴィリエ・ド・リラダン全集』全五巻が、齋藤磯雄の翻訳で東京創元社から刊行されたのである。そのときの内容見本を手にとって、私は「直《ただ》ちに」ひきこまれた。

新約聖書のマタイ伝に「かくて、ガリラヤの海辺をあゆみて、二人の兄弟ペテロといふシモンとその兄弟アンデレとが、海に網《あみ》うちをるを見給ふ、かれらは漁人《すなどりびと》なり。これに言ひたまふ『我に従ひきたれ、さらば汝らを人を漁《すなど》る者となさん』かれら直ちに網をすてて従ふ。更に進みゆきて、また二人の兄弟、ゼベダイの子ヤコブとその兄弟ヨハネとが、父ゼベダイとともに舟にありて網を繕ひをるを見て呼び給へば、直ちに舟と父とを置きて従ふ。」（第四章一八～二二節）とあるが、ここに二度も繰返し出てくる「直ちに」という言葉こそ、信仰の要諦であろう。

そして、それは信仰にとどまらず、人間の思考、認識にとっても極めて重要なものである。小林秀雄が、ベルクソン論の中で、ベルクソンその人からの示唆を受けて、多用した「直知」という、物の知り方に通ずる。「直知」の「直」には、「直ちに」へと導く力があるのである。それに対して、熟考や論理を積み上げていく緻密な思考は、「直ちに」への決断力、あるいは起爆力を生まないのである。

このような「直ちに」の呼びかけを、私は『ヴィリエ・ド・リラダン全集』の内容見本から聴いたのである。この内容見本は、三十五年後の今日も大事にとってある。表紙と裏表紙がばらけてしまっているが、今でもこれを手にすると、何か二十一歳の自分が蘇ってくるような気がする。

A5判の内容見本が実に、格調高く出来上っていた。表紙には「夢見る人々と嘲笑ふ人々に捧げられた壮麗な幻想と苛烈な諷刺リラダン文学の全貌！」と書かれ、リラダン伯爵家の家紋が入っている。その家紋には、下の方に「VA OULTRE」という文字がある。「超えて、その彼方へ行け」という意味であることを齋藤磯雄の説明で知った。

この全集が出た昭和五十年頃というのは、私にとっては卑俗極まりない時代としか映っていなかった。そんな私は「超えて、その彼方へ行け」と「呼び給」ふ人を求めていたに違いない。

表紙をめくると、「刊行のことば」があり、「ヨーロッパ文明の爛熟期といはれる十九世紀後半のフランス文壇に屹立する孤高の文豪ヴィリエ・ド・リラダンは、終世反俗的姿勢を崩さず、格調高き理想主義に依つて、小説、戯曲、詩の各分野にわたり独自の境地を開き、象徴主義の先駆となつたのですが、その豪華絢爛たる夢想と峻厳苛烈な文明批評は、同時代作家をはるかにぬきんでて、二十世紀の今日、益々陸離たる光彩を放ってをります。」と書き出されている。この「終世反俗的姿勢を崩さず、格調高き理想主義に依つて」というのは、訳者齋藤磯雄の生き方そのものでもあった。「屹立」とか「孤高」とか、「独自の境地」といった言葉は、当時の私を強くひきつけたものである。

頁をめくると、「頌」として、まずフランスの文学者からはマラルメ、ヴェルレーヌ、アンリ・ド・レニエ、レミ・ド・グールモン、ヴァレリーのリラダンについての評語が引用されていた。これが、また私のリラダン崇拝を激しくかきたてた。

マラルメは、「天才！　我々はこのやうに彼を理解しました。」と言い、「到る所まさしく神の言葉！」と讃嘆している。ヴェルレーヌは、「韻文の作品こそ比較的に少いが、ヴィリエ・ド・リラダンは当代の何びとにもまして詩人であり、少くとも今世紀の最も正真正銘なる詩人と相拮抗する詩人である。彼には詩人の感受性、顫動《せんどう》、閃光があり、更に、最高度に鳴り響く豊かな言語を有し、それは言ふべきことを壮麗に言ひ尽してそれ以外は何一つ言はない。」と評している。

ヴェルレーヌは、この文章に見られるように立派な批評家である。酔っ払いの詩人のように誤解されがちだが、全くそんなことはない。ボードレールの言うように、近代の詩人は、精神の根底に、鋭敏な批評家を蔵していなければならない。ヴェルレーヌの場合、それがよく分かる。「顫動」と「閃光」の語が、新鮮である。「詩人の感受性」くらいでは、どうにもならぬのである。さらには、「最高度に鳴り響く豊かな言語」というのは、「何よりも音楽を！」と歌った人らしい。

特にすばらしいのは、「それは言ふべきことを壮麗に言ひ尽してそれ以外は何一つ言はない。」という批評である。私には、これが詩のように感じられる。言わなくてもいいこと、あるいは言うまでもなく分かり切っていること、さらには、言うべき価値がないことなどが、当時の日本のジャーナリズムの世界では語られ、書かれているように私は思っていた。そんな中で、「言ふべきことを壮麗に言ひ尽してそれ以外は何一つ言はない」という禁欲的な美学は、心を打つものであった。

ヴァレリーは、「ヴィリエは、全領域にわたって、語の音楽的な、造形的な、暗示的な『効力』を、そのさまざまな配置の価値を、その深遠な美を、その遠く離れたつながりを、迅速に把握し、『思索』の強烈なエッセンスを含む綜合的にして雄勁なる文章の、こよなく多産な発明者となります。」と書いている。

この『思索』の強烈なエッセンスを含む綜合的にして雄勁なる文章」に、全集を読んでいくと、さまざまに出会うことになったが、このような「文章」は、私が、自らの文章の理想とするところとなった。

これらフランス文学の天才たちの評言につづいて、日本の文学者、仏文学者たちの推薦文がのっていた。小林秀雄、澁澤龍彦、辰野隆、寺田透、日夏耿之介、丸谷才一、吉田健一、渡辺一夫といった顔ぶれである。

小林秀雄は、「学生時代、フランスのサンボリストの文学を耽読してゐた。手前勝手な夢想を追ふひどく怠惰な学生だつたので、学校の講義などは、出来るだけ敬遠する事にしてゐたが、辰野先生のリイル・アダンの『コント・クリュエル』の講義には、その魅力に心を奪はれてゐた。今度、東京創元社から、齋藤磯雄氏の訳で、全集が刊行されると聞き、近頃の快事と思つた。リイル・アダンの文章は、その全く独創的な発想の故に、非常に難解なものであり、齋藤氏のやうな研究者との、幸運なめぐり合ひがなければ、その全作品のわが国への紹介などとても行はれる事ではないからだ。この異様な才能の全貌を知る好機が与へられた事を、喜んでゐる。」と書いている。

このような、マラルメ、ヴェルレーヌ、ヴァレリー、小林秀雄といった、当時の私にとって「神々」といっていい文学者たちの「頌」の言葉によって、リラダンに対する尊崇の念はいやが上にも高まっていったが、しかし、この内容見本の中で、私を最もひきつけたのは、一枚の写真であった。最後の頁に、「ヴィリエの墓に菊花を献ずる訳者」という説明文が下にあって、齋藤磯雄が、リラダンの墓に参っている白黒の写真がのっていたのである。

パリのペール・ラシェーズの墓地の一角で墓石の上に菊花を献じている齋藤磯雄の姿は、何か深く精神的なものを感じさせるものであった。

『ヴィリエ・ド・リラダン全集』刊行の十年ほど前に、齋藤磯雄は「ヴィリエ・ド・リラダンの墓」と題した随筆を書いている。初めて詣でたのは、「パリの秋も闌《た》けた十月の下旬であった」という。

白い御影石を台座にして、幅一メートルあまり奥行は二メートル半もあらうか、黒い花崗岩の一枚石が低く横はつてゐる上を、橅《ぶな》の葉とおぼしい朽葉が、殆ど蔽ひつくすやうに散り敷いてゐる。その花崗岩の、厚さ二十糎ばかりの正面に刻まれた三行の文字。

A. de VILLIERS de L'ISLE-ADAM
NÉ À ST-BRIEUC LE 7 NOVEMBRE 1838
MORT À PARIS LE 18 AOÛT 1889

（オギュスト・ド・ヴィリエ・ド・リラダン
一八三八年十一月七日サン・ブリウに生れ
一八八九年八月十八日パリに死す）

一切の虚しい装飾を絶ち、簡素の極、おのづから森厳。――跪いて拝し、遠く東洋の果てなる国より一崇拝者の来たれるを告げた。

そして、このときは門限のため香華を供えるいとまがなかったので、「短い間を置いて」二回目に詣でて、献花の宿願を果たすことになる。写真はこのときに撮られた。

地下鉄の階段を昇って外へ出ると、墓地に沿ふメニルモンタン街には、無数の菊の花が薄い日ざしを浴びて嬋妍《せんけん》と咲き匂つてゐた。クリザンチームはこの国では「死者の花」だといふ。朱色の大輪が多い。

秋菊佳色あり、露に裛《うるほ》うてその英《はな》を掇《と》る——六朝詩人の詩句が、無数の世紀をよぎり、ふと脣《くちびる》に浮んだ。そこで私は、東邦の游子として、叢中の菊、籬下の菊に近い小輪を探し、漸くそれを見出して買ひもとめた。黄菊白菊。仔細に眺め入ってもパリの花とは思へなかつた。——幽棲の花、流謫の花。万霊節とはいへ、広大な墓地はそゞろあるきの人影もまばらであつた。長い割栗石の迷路もこのたびは迷はず、再び墓前に額づいて、その落葉を払ひ、遂に、さゝやかながら宿志の花を献げることができた。黒花崗岩の上に、黄と白とがあざやかであった。

……

内容見本の写真は、白黒であったから、「あざやか」な「黄と白」ではなかった。齋藤磯雄の後ろは、白い壁になっていて、その上に前方の柱や、「樵」の樹の黒い影が映っている。その夕日影の中で、齋藤磯雄のいわゆる「知的アリストクラートといふのかな、今では全く絶えてしまった一種族の、最後の人」に、菊花を献じているのである。

この姿が私を打ったのは、人間とは何ものかに献花する存在であるべきなのだ、という思いが強くやって来たからであった。人間など所詮下らぬ存在である。それは、ただ尊崇するものを心に持ち、それに献花するという行為（象徴的な意味で）を「宿志」として持続することによって、ただその一点において、何か価値ある者であるにすぎない。そのことに思い至らしめてくれたのが、この一枚の写真であった。

キルケゴールの通過

フィンランド、スウェーデン、ノルウェー、そしてデンマークの北欧四か国をまわったのは、一九九九年の夏のことであった。もう十年ほど前のことである。

フィンランドは、シベリウス、スウェーデンは、ストリンドベルイ、ノルウェーは、イプセンとグリーグ、そしてムンク、といった具合に、若い頃から親しんだ作家や音楽家、あるいは画家の故地を訪ね、その風土の中で作品に触れてみたいという気持ちからであった。

デンマークは、キルケゴールだった。キルケゴールを読んだのは、大学生になってからで、中央公論社の『世界の名著』に入っている一冊（責任編集　桝田啓三郎）によってであった。

その巻頭の桝田氏による「キルケゴールの生涯と著作活動」を読んだとき、一枚の写真がきわめて印象的であった。「ギーレライエの記念碑」と下に説明書きが入っている。何の変哲もない、自然石のままと思われる記念碑が、縦にやや長い楕円のような形をして台座に突き刺さったように建っている。右側はゆるやかな凸凹を描いている。あんまり厚くはないようだが、全体にどっしりした感じである。

白黒の写真だが、その石碑の表面に書かれた文字は読める。左上に、セーレン・キルケゴールの名が刻され、一八一三年の生年と一八五五年の没年がその下方に見える。

右の下半分のあたりに、「真理とは、イデーのために生きること以外の何であろう」というキルケゴールの言葉が彫られていると桝田氏の文章の中にあるが、写真では少し見えにくい。この言葉をキルケゴールが手記に誌した一八三五年という決定的な年が、この文字の下に小さく刻されているようである。

コペンハーゲンのあるシェラン島の北端、対岸にはスウェーデンが見える、ギーレライエの岬の先端に、この記念碑は建っているという。一九三五年、この決定的な手記を書いた一八三五年から百年経った年にそれを記念するためとのことである。

写真には、記念碑がその写真の全体を占め、わずかに後方に岬に生えている樹らしきものが少し写っているだけで、それ以外は空である。

この北方の岬の先端に打ち捨てられたように建っている石碑（恐らく、桝田氏が撮ったものではないかと想像された）を見たとき、私は、ここに何か「実存」というものが写っていると感じた。実存主義というような用語に収って、流通しているものではなく、もっと生《な》まで、裸の「実存」というものの感覚が迫ってきたのである。

この言葉がある手記は、キルケゴールが二十二歳のときに書かれた。同じような年齢にあった人間が、特にこのような手記に心ひかれたのは当然であろう。

この年の夏、青年キルケゴールは、ギーレライエを中心に旅をして、その思想の核心に到達したとされる。八月一日の日付でそれを書きとめたが、桝田氏の解説の中に、それが引用されていた。

……私に欠けているのは、私は何をすべきか、ということについて私自身に決心がつかないでいることなのだ。それは私が何を認識すべきかということではない。……私の使命を理解することが問題なのだ。神はほんとに私が何をなすべきことを欲したもうかを知ることが重要なのだ。私にとって真理であるような真理を発見し、私がそれのために生き、そして死にたいと思うようなイデーを発見することが必要なのだ。いわゆる客観的真理などをさがし出してみたところで、それが私に何の役に立つだろう。哲学者たちのうちたてた諸体系をあれこれと研究し、求められればそれについて評論を書き、それぞれの体系内に見られる不整合な点を指摘しえたにしたところで、何の役に立とう。——堂々たる国家論を展開し、あらゆるところから抜き取ってきたきれぎれの知識をつなぎ合わせてひとつの体系にまとめあげ、ひとつの世界を構成しえたにしたところで、私がその世界に生きるわけでなく、ただ他人の借覧に呈するというにすぎないのでは、私にとって何の役に立とう。——キリスト教の意義を説明することができたところで、個々の多くの現象を解明しえたところで、それが私自身と私の生活にとってそれ以上の深い意味をもたないとしたら、それが私に何の役に立つだろう。……真理というものが、私がそれを認めようが認めまいがおかまいなく、信頼して身をゆだねさせるよりも恐怖の戦慄を呼び起こしながら、冷たくそして裸で私の前に立っているとしたら、そのような真理が私に何の役に立つだろう。もちろん、私は、認識の命令を承認すべきことを、この命令のゆえに人々のうえに働きかけることができるのだということを、否定しようとは思わない。しかしそれにはその命令がいきいきと私のなかに取り入れられなくてはならぬ。私がいま最も重要なことだと考えるのは、それなのだ。それをいま私の魂は、アフリカの砂漠が水を求めるように、渇き求めている。私に欠けているのは、まさにこれなのだ。

そして、この先に「真理とはイデーのために生きること以外の何であろう」というキルケゴールの生涯のモットーが出てくるのだが、私はキルケゴールにおけるほど、イデーが血肉化されているという感じを受けたことはなかった。その頃、すでに私はヴァレリーのテスト氏の、「発見は何ものでもない。困難は血肉化することにある。」（小林秀雄訳）を知っていたが、この血肉化という言葉が、決定的な一語のように思われた。

小林秀雄は、デビュー時には「批評とは他人の作品をダシにして自己を語ることである。」と言ったが、晩年には「批評とは無私を得る道である。」と色紙に書いた。私は、キルケゴールの著作の中に、批評の真髄を感じとっていったが、それを小林にならって標語的にあらわすならば、「批評とはイデーを血肉化する道である。」ということになるような気がする。

『世界の名著』の解説で、この記念碑を見たときから、一度その場に立ってみたいものだと思っていたので、九年前に北欧四か国を旅した際、デンマークでは、ギーレライエの岬に行ってみたいと考えていた。

しかし、コペンハーゲンに着いてみると、そう簡単に行けるところではないことが分かってきた。シェラン島の左隣のフュン島のオーデンセは、アンデルセンで有名な都市で、オーデンセとアンデルセンのことは、旅行ガイドの類にいくらでも出ているが、キルケゴールはアンデルセンに比べると全く観光向きではない。シェラン島の北端のギーレライエのことなど、眼にしたガイドブックのどこにものっていない。結局、日程の都合もあり、諦めたが、今にして思うとその方がよかったかも知れない。本にのっていた白黒の写真は、キルケゴールの「実存」が石化したような感じが充分したからである。

コペンハーゲンの図書館の中に、キルケゴールの資料室があると知って、出掛けた。どんなものがあったか、もうあまり記憶にないが、机とかが置いてあったように思う。いずれにせよ、大した展示ではなく、生前、キルケゴールがこの都会で「単独者」として生きたことがしのばれた。『世界の名著』の解説に、内村鑑三のことが出ていたことをそのとき、思い出した。「内村鑑三の共鳴」という小見出しのあと、次のような内村の文章が引用されていた。

「デンマルクの思想家クリーケゴード曰《いわ》く『キリスト教は解するに最も難《かた》き宗教なり、余はこの世において未《いま》だ曽《か》つて真正のキリスト信者を見たることなし。されども、解するの難きは、その誤謬なるの証拠に非ず。一人のキリスト信者なきは、余が信者たり得ざるの理由となすに足らず。余は全世界に一人の信者なきも独《ひと》り確実なるキリスト教の信仰に達せんと欲す』と。然《しか》り、実に然り、極東の日本国に生れし余も、未だ曽つて余の理想に合う信者一人をも見しことなしと雖《いえど》も、不肖余の如き者もまた彼れクリーケゴード氏の言にならい、少くとも日本国に於ける唯一のキリスト信者たらんことを希《ねが》う」

今から百年前に、内村鑑三はこう書いたのである。やはり、さすが内村鑑三である。『世界の名著』の口絵には、コペンハーゲンのスナー・ゲーゼ通りの写真が使われている。説明には、「キルケゴールの生家跡から広場を隔てた東南の街並みは、今日でも、当時そのままに残っている。ヴァンクンステン辻とホイブロプラッス広場を結ぶこの通りもそのひとつ、キルケゴールの姿もここによく見かけられた。」とある。

図書館から、この界隈に移動して、広場に面したレストランでお茶を飲んでいた。窓からは広場が見え、時折り人が通り過ぎていく。ふと、ティーカップをおいて眼をあげると、一人の男が足早に通過していった。桝田氏の解説には、「右と左と不揃いなズボンをはき、シルクハットをかぶり、ステッキを小脇にかかえ、やせぎすで、猫背の、異様なキルケゴールの漫画」が当時の雑誌に載ったことが書かれていた。この漫画が絵葉書になって売られていたので私は買った。通過した男は、その絵葉書の男に何か似ていた。その瞬間、キルケゴールの血肉を見たという思いに私は刺し貫かれたのであった。

「ラズモフスキイをくれ」「何番ですか」「三つともくれ」

昨年（二〇〇六年）の晩秋の或る夕暮れのことであった。その頃、思い屈することが多く、その日も気分が沈みがちであった。書斎にいるのも苦痛になってきたので、思い切って外出することにした。駅前の喫茶店に入ると、客もほとんどいなかった。椅子にすわって少し落ち着くと、ラズモフスキー第一番の第一楽章がかかっているのに気がついた。今、かかったばかりらしい。実に久しぶりに聴く感じであった。

ベートーヴェンのこの曲は、実に不思議な魅力に満ちた音楽で、昔から繰返し聴いたものだが、思い返せば、このところこの曲を何故か余り聴く機会がなかった。

小林秀雄は、その有名な「モオツァルト」の中で、トルストイがベートーヴェンのクロイツェル・ソナタのプレストを聴いて「異常な昂奮を経験した」といい、やがてトルストイは小説『クロイツェル・ソナタ』を執筆して、「この奇怪な音楽家に徹底した復讐を行つた」と書いた。

ベートーヴェンは、いうまでもなく「偉大な音楽家」だが、どうもこの音楽家には「奇怪な音楽家」と呼びたくなるような一面がある。それがはっきりとあらわれているのが、例えばトルストイが「異常な昂奮を経験した」このヴァイオリンソナタ第九番クロイツェル・ソナタであるが、私が最もそのように感じる曲は、弦楽四重奏曲第七番ラズモフスキー第一番なのである。

喫茶店で、偶然ラズモフスキー第一番がかかっていたことで、気分は落ち着いていった。ヴィトゲンシュタインが、ブラームスのピアノ四重奏曲第三番を聴いて三回自殺を思いとどまったという話を思い出した。そこまで思っていた訳ではないが、ラズモフスキー第一番を聴いて、不思議な力が湧き上がってくるのを感じたのは確かである。

この曲を第二番、第三番とともに、はじめて聴いたのは、多くのクラシック音楽と同様に、大学生の頃だが、この曲をめぐっての小林秀雄の文章も強く印象にのこっていた。

小林は、モーツァルトと違って、ベートーヴェンについては、具体的に挙げている曲は極めて少ない。「モオツァルト」の中で、前述したトルストイにおけるクロイツェル・ソナタと同じような例として、ゲーテにおける第五交響曲に触れていたり、「表現について」の最後に、弦楽四重奏曲の最後の第十六番について論じたりしている程度である。対談などでも、もちろんいくつか出てくるが、いずれにせよ数曲にすぎない。

その中で、ベートーヴェンの曲の中でも通俗性がほとんどないラズモフスキーのことが出てくるのは、実に興味深い。それは「蓄音機」という昭和三十三年の随筆で、「戦争直後、モオツァルトについての考へをまとめ上げた時、もうしばらく音楽とはお別れだ、といふ気が、ふとしたが、事実さうなつて了つた。」と書いた上で、次のようにつづけている。

其後、私は絵の世界に没頭する様になつた。長年使つてゐた電蓄も破損したまゝ放つてあつたし、ＳＰレコードは、書庫の一隅に、埃をかぶり、瓦石の山となつて、何とかして下さいよ、屑屋も持つてかないんですか、と家内がこぼす始末になつてゐた。最近になつて、やつと絵画に関する積年の想ひを吐露してみると、しばらく絵とはお別れだといふ気になつた。と思つたら急に音楽が恋しくなつた。（中略）何しろ十年ぶりでレコードに還るのである。何を聞いても面白くて仕様がない。ハイ・ファイ技師がくれたシュワンのカタログを開けてみると実に壮観であるが、十年の空白のせゐで、見当がつきかねるのである。生れて初めて、ＬＰレコードを、銀座に買ひに出かけた。可愛らしい小娘が控へてゐる。「ラズモフスキイをくれ」「何番ですか」「三つともくれ」「演奏者は何にいたしますか」「それが、わからないのだが、何がいゝんだね」「お好き好きです」「新しい奴ほど音がいゝだらう」「はあ、録音はよろしくなつてをりますが、演奏には少し癖がございます」「では、その癖のある奴をもらつとかう」。私は全く満足してゐるのであつて、皮肉な気持ちはいさゝかもない。誤解しないで欲しい。

小林とこの「小娘」との会話は、なかなかの名問答といってもよく、特に「ラズモフスキイをくれ」「何番ですか」「三つともくれ」は、巧まざる深みがある。それにしても、小林が、ＬＰレコードを銀座に初めて買いに行ったとき、まずラズモフスキーの三曲だったことは意味深いものがある。

そもそも、小林の言動には、偶然のように見えて、何か必然性と深い意味を秘めているようなものが多くあるのだが、これなども考えようによっては印象的なエピソードであろう。

小林が、ベートーヴェンの交響曲などよりも、弦楽四重奏曲のような緊密な音楽を愛したであろうことは容易に想像がつくし、その中でもえてして人々が好みそうな後期の弦楽四重奏曲群ではなく、中期の傑作の一つ、ラズモフスキーであったことも、あらためて小林の耳のよさを感じるのである。

ラズモフスキーの三曲は、ベートーヴェンの有名な作品群に比べれば、知る人ぞ知る音楽に入るかもしれないが、吉田秀和が『私の好きな曲』で、二十六曲とり挙げている中にラズモフスキーの一番を選んでいるのはさすがである。

その中で「この曲が、私たちを打つ、その根源にあるものは、失敗の恐れにめげずに、ほとんど不可能と思われることを敢行する、そのモラーリッシュな勇気である。」と書かれているが、喫茶店でラズモフスキー第一番がかかっているのを聴いて、私が何か内発的なエネルギーを感じたのも、このベートーヴェンの「モラーリッシュな勇気」を注ぎこまれたからに違いない。

それにしても、第一楽章の開始からもう私は心とらわれる。何と緊密な偉大さであろう。壮大な交響曲よりも、例えば第三番エロイカよりも、この弦楽四重奏曲の方がたった楽器四つで、無限の広大さを獲得している。間然するところがない。

次の第二楽章、これは本当に驚くべき音楽である。『私の好きな曲』では、「はじめてこの曲をきいた時も、私は、この楽章の異常さに、まず、目をみはった。」と書かれているが、私も同様な印象を受けた。これは何だといった驚きであった。「これはまずリズムの音楽として、傑作である。それから、転調の点でも、燦《さん》然たる新しさと意外さとできくものを、息つくひまのないほどひきずりまわす。第三に、モチーフの精妙な網細工のような操作も、きくものの注意を絶えずひきつけずにおかない。」とあるが、私もこの第二楽章を聴くと、「ひきずりまわ」されてしまう。音楽鑑賞といったのんきなものではない。ここには、音楽のデーモンがあらわれているようである。

また、この第二楽章については、「交響曲においても、また、ほかのどんなジャンルにおいても、類をみない作品であり、独創性の極みにおける創造と呼ぶほかないようなものである。」とあるが、ベートーヴェンにおける創造のデーモンがいかんなく発揮されている音楽といっていいであろう。

実は(というよりも或る意味で当然といっていいが)、このラズモフスキー第一番は当初評判がよくなかった。悪評であったといった方がいいかもしれない。この第二楽章の冒頭のリズム動機をチェロが奏したとき、聴衆が皆んな笑い出してしまい、演奏中止になってしまったことがあったと伝えられている。また、あるチェロ奏者は、そのリズム動機のせいで、楽譜を踏みつけたという話もある。

セイヤーの伝えるところによると、ベートーヴェンに対して、ある演奏者は「こういう作品は、別に音楽だとお考えではないんでしょうね」と言ったという。ベートーヴェンは「ああ、これはあなたのためというわけではない、あとの時代のためですよ」と答えたというが、ベートーヴェンはこんな風にいうしかなかったから、こういったまでである。ラズモフスキー第一番は、「あとの時代のため」の音楽でもないのである。

ラズモフスキー第一番は、特に第一楽章と第二楽章はそもそも「音楽」を超えている。ベートーヴェンという音楽家は、「音楽」を超えた音楽を創造するデーモンを抱えていた。だから、「奇怪な音楽家」なのである。

ボードレールは、あらゆる真の文学者は、あるときには文学を嫌悪するものであるといったが、こういう嫌悪を抱いていない文学者の「作品」にもう私は退屈でつきあう気が全くしなくなった。「文学」を超えた文学にしか興味がなくなった。ベートーヴェンも、「音楽」に強い嫌悪を抱いていたに違いない。だから、ラズモフスキー第一番のような、いわば非音楽が創造できたのである。

第三楽章のアダージョ・モルト・エ・メスト（この上なくゆっくり、そして悲しく）について、吉田は「これは、ベートーヴェンが書いた最も深刻に憂鬱な音楽の一つになった。」と評しているが、この「メスト」、「悲しみ」はたしかに「疾走」しない。ふと、これは中原中也の「汚れつちまつた悲しみに／今日も小雪のふりかかる／汚れつちまつた悲しみに／今日も風さへ吹きすぎる」みたいな音楽だな、と思った。中也は三十歳で死んだが、ベートーヴェンもこの曲を作曲したときは、まだ三十代の半ばだったのである。

この「メスト」を聴いていると、徐々に私の「憂鬱」も秩序づけられていくようであった。私の愛聴盤は、カペー四重奏団の戦前のものだが、カペーは、人間の作ったいかなる作品もベートーヴェンの弦楽四重奏曲群に及ばないと絶賛している。そして、それらの曲は、人生のエヴァンゲリスト（福音史家）なのだという。私の心も音楽の神に「ラズモフスキイをくれ」と呻《うめ》いていたのであろう。

信時潔作曲「紀元二千六百年頌歌」

世は、相変らず暗い影におおわれている。さらに、昨年（二〇〇八年）の終わりあたりから、急激に景気の悪化が一段と深まった。当分、それは陰鬱の色彩を濃くしながら、つづくことであろう。そんな気分が滅入るような時代に生きている中で、久しぶりに気持ちを明るくしてくれることがあった。

「SP音源復刻盤　信時潔作品集成」というCD六枚組が発売されたのは、昨年十一月十九日のことであったが、この作品集成が、十二月十九日、文化庁の芸術祭で、レコード部門の大賞を受賞したのである。

そもそも、この六枚組のCD集が、日本伝統文化振興財団から、信時裕子氏の百四十頁に及ぶ詳細な解説書付きで発売されたことそのものが、近来の快事であった。

それが、今度は、文化庁の芸術祭で、大賞を受けたということは、二〇〇五年に『信時潔』を上梓して、「海ゆかば」の作曲家として戦後の長きにわたって、不遇の位置におかれていた信時潔を復活させようとした私としては、とてもうれしいことである。とともに、たしかに時代は変わりつつあるという実感を得たことであった。

この作品集成は、戦前から戦後の初期にいたる時代に、SPレコードに録音された信時潔の作品、全百十一曲をCD六枚組に復刻したものである。

その中には、もちろん歌曲も名作「沙羅」をはじめとして入っているし、文部省の唱歌も、有名な「電車ごっこ」「一番星見つけた」などが収められている。

ピアノ曲も「木の葉集」などの代表作が収録されているし、約九百曲作曲した校歌の中では、名高い「慶應義塾々歌」や「東京開成中学校校歌」が入っていて、約百七十曲作曲した社歌・団体歌としては、岩波書店の歌「われら文化を」（高村光太郎作詩）や「日立製作所行進曲」（大木惇夫作詩）、「三菱の歌」（岩崎小彌太作詩）など興味深いものが収められている。もちろん、「海ゆかば」も「海道東征」も入っている。

この六枚組のCDを通して聴いてみて、最も感銘深かったのは、「紀元二千六百年頌歌」と「やすくにの」であった。この二曲については、今回のCD化で私は、はじめて聴くことができたのである。

「やすくにの」のすばらしさは、いずれ書きたいものと思っているので、今回は「紀元二千六百年頌歌」をとりあげることとしたい。

「紀元二千六百年頌歌」を私は久しく聴きたいと思っていた。というのは、かつて桶谷秀昭氏の名著『昭和精神史』を読んだとき、この曲についての記述が心に深く響いていたからである。第十三章「新体制と皇紀二千六百年　日本文化の世界構想」の中に次のように書かれている。

昭和十五年はまた皇紀紀元二千六百年に当つてゐた。その祝祭が十一月十日、十一日に二日間をかけて国家的行事としておこなはれた。

神武創業の肇国神話に由来するあたらしい日本の世紀の意味づけは、おほむね為政者において為されたが、どうもこの行事は、新体制運動との組み合はせによつて意識された面が圧倒的に大きい。

たとへば、この祝祭のために放送局が全国民から賛歌を公募して、「金鵄《きんし》輝く日本の……」ではじまる行進曲が宣伝され、ひろく歌はれたが、あの軽薄なくらゐ明るい歌詞と曲は、新世紀における日本の躍進をたたへてゐた。

しかし、このとき紀元二千六百年奉祝会制定によるもうひとつの頌歌が、式典歌として登場したが、その荘重な旋律の、「遠すめろぎのかしこくも　はじめたまひしおほ大和」ではじまる曲は、小、中学校の講堂で歌はれたほかは、世間にひろまらなかつた。歴史的回想を主題とする、この沈痛な曲が、軽薄な明るい行進曲の蔭に置き忘れられたのは、この国家的行事に動員された大衆的動向の実質を暗示してゐるやうに思はれる。

ここで桶谷氏は、「荘重な旋律」「沈痛な曲」と評しているが、その先のところでは「立派な曲」

ともいっている。

たしかに、この曲はすばらしい。聴いていると、「歴史的回想」に自ずから誘われるようである。詩は、日本中世文学者の風巻景次郎である。風巻は、北原白秋による「海道東征」の詩についての註も書いていた。今日、風巻の著作は、岩波文庫で『中世の文学伝統』を読むことができるが、次のような歌詞である。

一、遠《とほ》すめろぎの　かしこくも
はじめたまひし　おほ大和《やまと》
天《あま》つ日嗣《ひつぎ》の　つぎつぎに
御代《みよ》しろしめす　たふとさよ
仰《あふ》げば遠《とほ》し　皇国《くわうこく》の
紀元《きげん》は　二千　六百年

二、あを人民《ひとぐさ》に　い照《て》る日《ひ》の
光《ひかり》あまねき　おほ八洲《やしま》
春のさかりを　さく花の
薫《にほ》ふがごとき　ゆたかさよ

仰げは遠し　皇国の
紀元は　二千　六百年

三、大《おほ》わたつみの　八潮路《やしほぢ》の
めぐり行《ゆ》きあふ　八紘《あめのした》
ひじりのみ業《わざ》　うけもちて
宇《いへ》とおほはん　かしこさよ
仰げば遠し　皇国の
紀元は　二千　六百年

「金鵄輝く日本の……」ではじまる行進曲で、桶谷氏が「軽薄なくらゐ明るい歌詞と曲」と評しているのは、「紀元二千六百年」という曲である。「頌歌」がついていない。

桶谷氏の記述では、この「紀元二千六百年」が流行したあとに、「紀元二千六百年頌歌」が「登場した」かのようにもとれるが、事実は、「紀元二千六百年頌歌」が先に作曲され、演奏されたあと、「紀元二千六百年」が世に「登場した」のである。

今回の六枚組のCDの作品集につけられた信時裕子氏の詳細な解説書の中で、このあたりの事情について説明されている。

「紀元二千六百年頌歌」は、作曲されたのが、昭和十二年秋で、「海ゆかば」の直後に書かれている。信時潔、時に五十歳、円熟期に入っていたに違いない。「海道東征」は、このあとの作曲である。昭和十三年四月十日、「紀元二千六百年総裁奉戴式」で初演された。

五月三日付文部省検定を受けた楽譜には「師範学校・中学校・高等女学校・実業学校音楽科・尋常小学校高等小学校唱歌科教師用及児童用」と記されていた。

そして、この曲が発表された昭和十三年の七月には、文部省から各県へ学校の唱歌の時間に歌わせるという通牒も出され、「国民歌謡」として放送されたり、各社からレコードが発売された。

桶谷氏が「小、中学校の講堂で歌はれた」と書かれていたのは、この「通牒」によって、そうなっていたのであろう。

各社からレコードが発売されたということについては、たしかにこのCD六枚組に、二種類の録音が収められていることからも分かる。コロムビアのものが、東京音楽学校の合唱によるもので、ポリドールのものが、帝国海軍軍楽隊の演奏、歌は奥田良三である。私は、後者の方を好む。奥田良三の張りつめた声と軍楽隊の響きが、この曲が時代の中に孕んでいた緊張と悲劇を表現しているように感じられるからである。

しかし、このように「通牒」が出されたり、レコードが発売になっても、「紀元二千六百年頌歌」は当時、小学生だった桶谷氏の記憶にあるように「世間にひろまらなかつた」のである。紀元二千六百年奉祝会が意図した「愛国行進曲」のような普及を達成できなかった。解説書には、当時の守屋秋太郎・内閣紀元二千六百年祝典事務局による発言「あの歌は私等素人ではよく知りませんが、むづかしいらしいのであります」「歌の性質として家庭とか、蕎麦屋の出前持が『愛国行進曲』を歌つて居るやうには普及しにくい」が紹介されている。

そして、結果的にこの「紀元二千六百年頌歌」を儀式用と位置づけ、別に奉祝国民歌「紀元二千六百年」の作詞・作曲を懸賞募集するという策がとられた。「紀元二千六百年頌歌」が初演された年の翌年、昭和十四年のことである。

当選した「紀元二千六百年」は、作詞は増田好生、作曲は森義八郎であった。「『金鵄輝く日本の……』ではじまる行進曲が宣伝され、ひろく歌はれた」のである。この曲は替え歌の方が有名なくらいで、当時の煙草の銘柄「金鵄」にひっかけて、「金鵄輝く日本の……」を「金鵄上がって十五銭……」という風に物価上昇を皮肉って歌ったという。

信時潔、あるいはその「海ゆかば」や「海道東征」は、「戦後民主主義」の「大衆的動向」の中で、「置き忘れられた」が、実は戦時中も、その「荘重な旋律」の「沈痛な曲」の故に「置き忘れられた」のである。その芸術性の高さによって、時代の「動向」に乗ることはなかった。

「海ゆかば」は、時代の「動向」ではなく、時代の「深所」に突き刺さったことによって、奇蹟的に「世間にひろま」ったのである。

戦後は、「紀元二千六百年頌歌」も「紀元二千六百年」も一緒くたに否定した。それが「戦後民主主義」というイデオロギーの傲慢と粗雑であった。人間の精神、あるいは文化は、もっと繊細な精神でとらえなければならない。「紀元二千六百年頌歌」の方を今日の日本人は、あらためて耳を澄して聴くべきである。そうすることで、真に深い「歴史的回想」を経験することができるであろう。「耳ある者は聴くべし」。

信時潔作曲「やすくにの」と「武人の真情」

CD六枚組の「SP音源復刻盤　信時潔作品集成」の中の白眉の一つは、「やすくにの」である。この曲も「紀元二千六百年頌歌」と同様に久しく聴きたいと思っていたが、今回のCD化で初めて聴くことができたのである。実に心を慄わせる音楽である。

CDをかけてこの曲が流れてきたとき、何か初めて聴いたのではないような気がした。心の奥深くに眠っていた音楽が、静かに目覚め、蘇ってくる思いであった。「海ゆかば」もそういう音楽である。

この曲をかねて一度聴きたいと願っていたのは、次のようなエピソードを何かの本で読んで感銘深かったからである。

昭和三十八年、信時潔は七十六歳のとき、文化功労者として顕彰された。死の二年前である。そのとき、NHKラジオの番組「朝の訪問」でインタビューを受けた。

アナウンサーに、長い作曲生活を通じて、最も感銘深かった歌は何かと問われ、信時はこの「やすくにの」であると語り、自ら独唱したというのである。アナウンサーは、「海ゆかば」を挙げることを暗に予想していたのではないかと思われる。少し意外な発言であった。

しかし、「SP音源復刻盤　信時潔作品集成」に付けられた信時裕子氏の解説書によって、この曲が作曲された経緯を知ると、この信時の思いも分かるように思われる。「海ゆかば」も「紀元二千六百年頌歌」も作曲を依頼されて作った曲であった。その他、多くの音楽もそうである。

その中で、この「やすくにの」が特異なのは、この曲は信時が自ら作曲を思い立ったということなのである。昭和十八年九月に作曲したとみられる。歌詞（大江一二三作歌）は、次のようなものである。

靖国の宮に御霊《みたま》は鎮まるもをりをり帰れ母の夢路に

この歌は、「支那事変」の初めに若くして戦死をとげた立山英夫中尉の英霊に捧げられたもので、当時の部隊長大江一二三少佐が、立山中尉の郷里で町葬が行われる日に電報に託して届けた。

この話を紹介した津下正章著『童心記』がＪＯＡＫより朗読放送された。

『主婦之友』の昭和十八年十一月号には、楽譜が掲載され、次のような解説がのっている。

作曲家信時潔先生は、この歌が、朗読放送されるのを偶然聴かれ、その真情に深く感動、直ちに作曲されました。『童心記』の著者も、「この歌こそは、中尉に捧げられたものであるが、同時に靖国の神とまつられた全将兵に捧げられたものであり、またその全母性に寄せられた涙の感謝である。しかも一部隊長大江少佐の美しい温情であり、熱禱であると共に、全将校全部隊長が寄せる亡き部下とその母への『武人の真情』なのである」と述べてをられますが、信時先生は「作曲したのも全くこの心持ちです。」とおつしやつてをられます。主婦の友社から既に発表いたしました「靖国神社の歌」「日本の母の歌」につづいて、靖国のお母様方に、この歌をお捧げいたしたいと存じます。

「海ゆかば」が昭和十二年にラジオから流れてきたとき、当時中学生だった、芥川賞作家の故阪田寛夫氏は、賛美歌のように聴こえたと思い出を書いているが、この「やすくにの」は、「海ゆかば」よりもさらに賛美歌のような雰囲気を持っている。

深々とした鎮魂である。靖国問題は、相変らずかまびすしいが、それをめぐる「言論」にかかわっている人は、まずこの「やすくにの」に深く心をひたさなくてはならないであろう。そういう人たちのほとんどは、この曲を聴いたことがないだろう。こういう魂の音楽に深く心を根差さないで、「言論」がなされている限り、そういう「言論」は時代と共に消え去り、また同じようなものが発生してくるという、空しい繰返しにおわるのである。

このCDに入っているのは、昭和十八年九月の録音である。解説書には、「日本放送協会の部内用に作られたもので、調査により今回初めて金属原盤の所在が明らかになったが、SPレコードは未確認。」とある。

まさに、この「やすくにの」を、戦後の長い間、日本人は耳にしてこなかったのである。こういう戦前の魂の音楽を、全く忘れ去って平気であり、靖国問題も政治問題として大騒ぎしてきた日本人の戦後とは、果して何であったのであろうか。

日本人が「戦後レジーム」を超克するためには、こういう「やすくにの」のような音楽を虚心に聴くことからはじめなくてはならないのではないか。

『主婦之友』の文章の中に「武人の真情」という印象深い言葉があった。こういう「真情」を取り戻さなくては、歴史の回復も何もあったものではないのである。

信時潔は「作曲したのも全くこの心持ちです。」といった。サムライ・クリスチャン吉岡弘毅の三男として生まれた信時潔という人も、また「武人」であった。「芸術家的な、余りに芸術家的な」芸術家ではなかった。信時は、大江少佐の「武人の真情」に「深く感動した」。信時潔自身が「武人の真情」の持ち主だったからである。

そして、「武人」は「軍人」と等しくはない。大江少佐は、「武人」であって、「軍人」ではなかった。大東亜戦争は、「軍人」ばかりではなく、「武人」も戦った「戦《いくさ》」であったのである。大東亜戦争とは、「武人」が戦った、史上最後の「戦」であったと、あと半世紀もすれば、歴史的に回想されるのではないか。

西南の役で、西郷軍は新政府軍に戦って敗れたが、それは、西郷軍という「武人」の集合が、新政府軍という「軍人」の軍隊と戦って、「偉大なる敗北」をしたということに他ならない。

それを踏まえていうならば、大東亜戦争とは、日本全体が西郷軍という「武人」になって、アメリカ軍という「軍人」と戦ったということになるのではないか。そして、それは「偉大なる敗北」に終ったのである。決してみじめな「敗北」ではなかった。

「武人」は、「軍人」という単に戦争をする人間以上のものを、何か「真情」ともいうべきものを持っている。だから、「武人」は「軍人」と戦えば、必ず敗れるのである。「偉大なる敗北」を宿命づけられている。

それは、例えば大江少佐のように和歌を詠んで、戦死した部下に捧げたりするのである。そこにおいて、戦争は「戦」であって、やはり人間の行為であり、あえていえば「文化」の範疇のことなのである。

三島由紀夫は、もちろん「武人」であった。だから、日本刀を持ち、辞世の和歌も詠んだ、「益荒男がたばさむ太刀の鞘鳴りに幾とせ耐へて今日の初霜」。この「武人」が、自衛隊という「軍人」たちに、「檄」を飛ばしても通じなかったのは当然である。

大東亜戦争における「武人」ということでは、今村均大将のことがまず頭に浮かぶ。今村大将については、角田房子著『責任——ラバウルの将軍今村均』によって多くのことを知ったが、その中で、私の精神の軸である内村鑑三のことが次のように出てきたときは、とてもうれしかったし、今村均という人間の深所も分かったような気がした。

巣鴨から釈放された後のある日、今村は作家野村胡堂の家へ、戦中に寄贈された本の礼を述べに行った。

十年の昔、一九四四年(昭和19)に、野村胡堂は参謀本部の一将校の来訪を受け、次のようにいわれた。

「実はラバウルの司令官今村大将が、陣中で読みたいから内村鑑三全集を送れといってきました。発行所の岩波書店はじめ方々を探しましたが、入手出来ません。そこへ、金子少将から野村胡堂先生がお持ちだと聞きましたので、……いかがでしょうか、おゆずり願えますまいか」

野村は「一両日考えさせてもらう」と答えて、将校を帰した。この全集は、東大在学中に病死した野村の一人息子一彦の遺品で、最後までこれを愛読した一彦は本のあちこちに鉛筆の書き入れを残していた。気軽に手離せる品ではない。

野村は、夕刻帰宅した妻に相談した。そして「差し上げた方がいいでしょう。一彦も、いやとは申しますまい」という妻の言葉に心を決して、全集を渡した。おそらく夫婦とも、無教会キリスト教を唱えた宗教家で評論家でもあった内村鑑三の全集を陸軍大将が求めていることに、奇異の感を抱いたであろう。野村は間もなく、参謀副長が全集を携えて南太平洋をラバウルへ飛んだ――という知らせを受けた。

「奇異の感」と書いているが、それはこの「陸軍大将」を「軍人」と見るからなので、「武人」とすれば、何も「奇異」ではないのである。この全集は、飛行機が海に落ち、今村の手に入ることはついになかったのであるが、野村胡堂は「内村鑑三全集と今村均」と題したエッセイの結びに「ラバウル十万の将兵を無謀な玉砕に追いやることなく、地下に潜って百年持久の計を樹《た》て、貴重な生命を救い得たのは、戦陣の中に、内村鑑三全集を読みたいと考えたその魂であったと思う。玉砕の名は美しいが、忍びがたきを忍んで、十万の生命を助けたのと、今から考えて、いずれが本当の勇気であったか。私は、南の海に呑まれたせがれの愛読書を、必ずしも、惜しむものではない。」と書いた。

「武人」は、こういう「魂」を持っているのである。「武士道に接木されたる基督教」といういい方を内村鑑三はした。そして、内村と信時潔の実父、吉岡弘毅は、サムライ・クリスチャンとして親密な交流があった。だから、信時潔の「やすくにの」の音楽は、「武人の真情」を深々と歌いあげたものとなったのである。

日本解体の時流に抗する「遺臣」

神田の古書店街には、学生時代から時々足を運び、いくつか思い出深い本に出会ったりしたが、そういう中でも、小宮山書店で邂逅した創元文庫の『ロマ書の研究』は、私の生涯にとって最も重要な著作であった。

『ロマ書の研究』は、内村鑑三の代表的著書である。今日、鑑三の著作は岩波文庫に、『代表的日本人』『後世への最大遺物・デンマルク国の話』『余は如何にして基督信徒となりし乎』があるが、『ロマ書の研究』は入っていない。

「教養主義」からすれば、前三者のような著作は許容できるが、『ロマ書の研究』のような「基督教」の神髄を説いたものは、はずれるということであろう。日本の「知性」の偏向、あるいは空虚さが露呈している。『ロマ書』は、新約聖書に収められたパウロ書簡の中の代表的なものだからである。

創元文庫（これもずいぶん昔になくなった文庫である）から、『ロマ書の研究』が出たのは、昭和二十六年であった。上下二冊である。小宮山書店の階段の壁を使った棚に、この文庫本の古本が上下二冊、千円で陳列されていた。

忘れもしない、昭和六十一年の秋の一日のことだった。三十三歳の私は、特に何を買うという目的もなく、古本屋の何軒かを見てまわっていて、ふと、この文庫本二冊の背の文字に気づいたのである。

この文庫本は今でも大事にしているが、上巻の方は背が破れてしまい、セロテープで補強してある。ずいぶん茶色に変色してしまって、ロマ書の研究という文字も、内村鑑三という名前も見えにくくなっている。

しかし、その時は、幸運なことにその文字も読めて、心を留めた。というのは、その数年前に、正宗白鳥論を書いていた私は、白鳥に深い影響を与えたのが、内村鑑三であり、その代表作が『ロマ書の研究』だと知っていたからである。

しかし、その程度のことであった。もし、上下二冊千円が、もっと高かったら、買わなかったかもしれない。そんな感じだった。

その邂逅まで、私は鑑三という名を、ただ近代日本における偉大な名前の一つとして知っていただけであった。その著作も読んだことはなかった。前述の岩波文庫などは、当時の私の「教養主義」的傾向から買った記憶はあるが、恐らく読まないままに何処かへいってしまっていたのである。

だから、私は鑑三に何か目的があって近づいたという訳ではなかった。何か或る視点を持ってとらえようとしたのでもなかった。鑑三の「何か」を「利用」しようなどとは考えもしなかった。「キリスト教」という宗教を知ろうというような気も全くなかったのである。

その後も、古本屋街に度々行ったが、この創元文庫版『ロマ書の研究』を見かけることはついぞなかったので、極めて稀なことに出会ったのであろう。

『ロマ書の研究』に付する序」(大正十三年七月五日)は、次のように書き出されている。


余に一生の志望があつた。それは日本全国に向つてキリストの十字架の福音を説かん事であつた。此《この》志望は余が明治十一年、札幌に於て始めてキリストを信ぜし時に起つた者《ママ》である。爾来星霜四十年、其《その》実現を待つも到らず、時に或は志望は夢として消ゆるのではあるまい乎と思うた。

然れども機会は終に到来した。神は余の為に所を備へ給うた。それは東京市の中央、内務省正門前、近くに宮城を千代田の丘に仰ぐ所、大日本私立衛生会の講堂であつた。余は此処に大正八年五月より同十二年六月まで満四年に渉り、日曜日毎に聖書を講ずるの自由を許された。


鑑三は自ら「余の生涯の最高潮に達した時」と呼び、「余はロマ書を講じて実は余自身の信仰を語つたのである。」と告白している。ここには、「宗教」という言葉はなかった。ただ「信仰」という言葉があった。「キリストを信ぜし時」とあって、「キリスト教を信ぜし時」とは書いていなかった。ここで「宗教」と「信仰」の決定的な違いを知らされたのであった。

昭和四年五月（死の十か月ほど前）の日記に鑑三は書いている。

五月二十七日（月）半晴　久しく品切れであった『羅馬《ろま》書之研究』の新版（第六版）が出来て非常に嬉しかった。何と云ふても此《この》書は我が著書中の中堅である。之に対し自分は一の聖き誇りを禁じ得ない。明治大正の日本に於て神が此書を作すの光栄を教会の人に与へずして無教会信者の自分に下し給ひしことを感謝せざるを得ない。此は監督たり神学博士たるに数等優さるの光栄である。日本人は当分の間此書に依りてキリストの福音の何たる乎を学ぶであらう。大会堂を建ずとも此書を遺して置けば福音は自づから我同胞の間に拡がるであらう。七百頁の大冊の新たに我前に横はるを見て讃美の歌の新たに我心の底より挙るを覚ゆ。

私も、「此書に依りてキリストの福音の何たる乎を学」んだ者である。そして、内村鑑三について一冊の本『内村鑑三』を上梓したのは、四年後のことであった。私はもう、三十七歳になっていた。

「爾来星霜」二十年になろうとしている。二十年間、私は内村鑑三を軸として、日本の近代のさまざまな問題、いろいろな人物をとりあげてきたが、振返ってみると、私は自分のことを内村鑑三の「遺臣」と規定するのが一番いいのではないかと考えている。

「遺臣」といえば、栗本鋤雲《じょうん》のことを思い出す。鋤雲は、徳川幕府の「遺臣」である。幕末には、小栗上野介とともに幕府を支えようとしたが、パリの万国博覧会訪問のためにフランスに滞在しているとき、幕府の瓦解を知った。鋤雲の才能を評価した新政府から出仕の誘いもあったが、幕臣としての忠義の故に、謝絶した。維新のとき、鋤雲は四十七歳であった。鋤雲に「淵明先生燈下書を読む図に題す」という有名な漢詩がある。

門巷蕭条《しょうじょう》として夜色悲し
鵂鶹《きゅうりゅう》の声月前の枝に在り
誰か憐れむ孤帳寒檠《かんけい》の下《もと》
白髪の遺臣楚辞《そじ》を読むを

鋤雲は、自らを「白髪の遺臣」と称した。この「白髪の遺臣」は、たんに徳川幕府の「遺臣」だったのではない。明治維新によって滅ぼされたもの、徳川の世に在った美しいもの、偉大なるものが「瓦解」していく中で、保守しつづけようとするものの「遺臣」だったのである。現実の政治体制の「遺臣」だったのではない。精神史的な意味における「遺臣」だったのである。

文芸評論家の中村光夫は、後半生に小説や戯曲を書き出したが、栗本鋤雲を主人公にした『雲をたがやす男』を書いたのは、たしか私が中村さんの鎌倉扇ヶ谷の家を何回か訪問した頃だったと思う。

私は、二十三、四歳の大学生で、当時中村さんは六十代の半ばだったろう。鋤雲を、雲を鋤すと読み下し、男とつづけたところが新鮮だった。

若い頃、名文家として知られた鋤雲に文章を習った島崎藤村は、晩年、畢生の大作『夜明け前』の中で、鋤雲を生き生きと描き出している。いずれにせよ、この栗本鋤雲という人物は、魅力ある男であり、今日のような日本の「瓦解」の時代においては、その「白髪の遺臣」として節を守ったところが、特に光を放ってくるように思われる。

幕府側の「遺臣」としての鋤雲に対して、薩長側としては、西郷隆盛も「遺臣」というべき人物であった。島津斉彬に抜擢された西郷は、名君斉彬に対して絶対的な忠義の心を保持していた人であった。

斉彬亡き後は、斉彬の「遺臣」であった。現実には、島津久光の家臣であり、禄をもらい、生殺与奪の権を握られ、現に島流しとかの目にあっているのであるが、精神においては、斉彬の「遺臣」なのである。

今は亡き斉彬は、西郷を現実にどう左右することもできない。現実の利害など発生しない。しかし、そのような存在に対して、畏れを抱きつづけられたということ、そこに西郷隆盛という人物の偉大さがある。

内村鑑三が『代表的日本人』の中でとりあげた五人は、西郷隆盛、上杉鷹山、二宮尊徳、中江藤樹、日蓮上人だが、冒頭に西郷を論じた理由も、西郷の「遺臣」的な姿勢、何か眼に見えぬ偉大なるものに対する感覚を持っていたところにあるであろう。

西郷隆盛は、島津斉彬の「遺臣」であった。栗本鋤雲は「白髪の遺臣」であった。薩長側と幕府側の違いはあるが、いずれも今はないものへの忠義を固く守ることにおいては同じである。

翻って思うに、真に保守の人間とは、何ものかの「遺臣」であることではないか。現実的勢力のあれこれの家臣であることではないであろう。特に今日の日本の解体状況、いわば「瓦解」のさ中においては、「遺臣」として生きるのが実は精神史を支えることになるのではないか。

私は、そういう意味で、自ら、内村鑑三の「遺臣」と称しているのである。そして、この自己規定が、今後の道程を揺るぎなく歩ませてくれるに違いないと考えている。

内村鑑三という「基督者」と「遺臣」という武士道的なものをつなげることは別に変なことではない。「武士道と基督教」については、「神の恩恵により純粋無雑の武士の子」(『代表的日本人』の独逸《ドイツ》語版跋)たる鑑三が繰返し語ったところである。

死の二か月前、最後に今井館聖書講堂の壇上にあらわれて、「パウロの武士道」につき一言述べたのが、鑑三の「白鳥の歌」であった。

だから、パウロとはイエスの「遺臣」なのである。ペテロももちろんイエスの「遺臣」なのである。使徒といういい方よりも、私は武士道の香りがする「遺臣」という呼び方を好む。日本の「瓦解」のただ中にあって、「日本」の永続を支えることに尽忠するのが、「遺臣」に他ならない。

三好達治の「おんたまを故山に迎ふ」

『三好達治詩集』(岩波文庫)は、大学生の頃、繰返し愛読した。
日本の近代詩人たちの中で、三好達治は深い共感を持って愛する詩人の一人である。小林秀雄の「アラン『大戦の思ひ出』」(昭和十五年)の中に、三好達治のことが出てくる。

ボオドレエルの「悪の華」の極く自由な散文訳といふものについて空想した事がある。詩の翻訳といふ様なものは、どう苦心したところが、非常に原形とは異つたものを創り上げるより他はないものだから、原詩の形に拘泥せず、いつそ散文に訳して了つた方が、却つていゝだらうと考へた。三好達治君に会つて、その話をしたら、彼も偶然同じ事を考へてゐた。その後、或る書店の依頼で「悪の華」を二人で共訳する機会があり、二人は期せずして、それを試みたのであるが、巧くいかなかつた。詩人も一家をなすと強情我慢なもので、激論の種は限りなく現れて、仲々楽しかつたが、何しろ、彼が泊りがけで僕の家にやつて来て、ビールなどを飲み、何か彼か言ひ乍ら、十二三行といふ速力では、やがて書店の方で呆れ果て、そのまゝになつた。

中原中也は、小林秀雄にとって「悪縁」であったが（「私は中原との関係を一種の悪縁であつたと思つてゐる。」「中原中也の思ひ出」）、三好達治とは、「仲々楽しかつた」ようである。それは、河上徹太郎、今日出海との「鼎談」（昭和四十六年）の中の、次のようなやりとりの中にも感じられる。三好達治は、昭和三十九年四月に六十四歳で死んだ。こんな風に回想される人物は、懐かしい人柄に決まっている。

河上　この三人が寄れば三好のこと自然に思い出してくるね。

今　弔辞がよかったな、河上の。

小林　ぼくは詩人というのは、三好達治が死んでから疎遠になっちゃったな。彼が死んで、詩人にはもうみんなお別れだといったような感じを持ってしまった。三好はフランス文学をやって、問題はフランス語と、日本語のことだと思った。そこへ、詩人としてまともにぶつかった人だよ。あの人は萩原朔太郎を尊敬していた。ぼくは朔太郎の詩もほんとうにおもしろいと思うけれども、彼はまともにぶつかっていないね。三好が、それを朔太郎のあとにやった。あと、それをやってる人あるか、ぼくはよく知らないけれども。それが三好の一番おもしろいところだな。中年以降、三好を一番苦しめたのは漢詩と俳句だよ。

河上　石川淳がうまいことをいっていた。三好という人は、自分の弔歌を、自分で書いた人だって。

小林　そうだと思うね。三好論はもっと書かれなければいかんね。

河上　とにかく、このごろつまらなくなったのは、詩とポンチ絵、漫画だね。

小林　やはり、抽象的になったんだな。

河上　漢心《からごころ》か。ポンチ絵も詩も漢心になっちゃったからおもしろくない。もののあわれでなくなっちゃったんだよ。ぼくに三好を紹介したのは今だからね。

今　ぼくは同級なんだけれども、一年間ものをいわなかったよ。国籍がちがうと思っていた。

河上　君がおれを紹介したのは、あのころ今ちゃんは飲めなかったろう。「おれは飲めないんだけれども、おまえなら三好と一緒に飲めるだろう、ちょっと会ってやれ」といって紹介したんだよ。

今　あのころ三好はよく遊びに来ていたな、毎日だよ。

小林　三好なんていうのは仏文にいたのがおかしなことだな。あいつはフランス語なんか少しは読めたのかな。

河上　自分のことをたなに上げていうね。

小林　全くそうだな。

小林や河上が編集をしていた『文學界』の昭和十三年十月号に発表されたのが、「英霊を故山の秋風裡に迎ふ」である。三好は、この年の九月号から編集同人として参加していたのである。のちに「おんたまを故山に迎ふ」と改題された。これこそ、三好達治の絶唱といっていいであろう。「支那事変」で戦死した兵士の「おんたま」が故郷の海辺の町に帰りたまうのに、旅人として立ち会った詩人が、鎮魂歌《レクイエム》として歌った詩である。

おんたまを故山に迎ふ

ふたつなき祖国のためと
ふたつなき命のみかは
妻も子もうからもすてて
いでまししかの兵《つは》ものは　つゆほども
かへる日をたのみたまはでありけらし
はるばると海山こえて
げに
還る日もなくいでましし
かのつはものは

この日あきのかぜ蕭々と黝《くろず》みふく
ふるさとの海べのまちに
おんたまのかへりたまふを
よるふけてむかへまつると
ともしびの黄なるたづさへ
まちびとら　しぐれふる闇のさなかに
まつほどし　潮騒《しほさゐ》のこゑとほどほに
雲はやく
月もまたひとすぢにとびさかるかたゆ　瑟々《しつしつ》と楽の音きこゆ

旅びとのたびのひと日を
ゆくりなく
われもまたひとにまじらひ
うばたまのいま夜のうち
楽の音たえなんとして
しぬびかにうたひつぎつつ
すずろかにちかづくものの

荘厳のきはみのまへに
こころたへ
つつしみて
うなじうなだれ

国のしづめと今はなきひともうなゐの
遠き日はこの樹のかげに　鬨《とき》つくり
讐《あだ》うつといさみたまひて
いくさあそびもしたまひけむ
おい松が根に
つらつらとものをこそおもへ

月また雲のたえまを駆け
さとおつる影のはだらに
ひるがへるしろきおん旌《はた》
われらがうたの　ほめうたのいざなくもがな
ひとひらのもののいはぬぬの

いみじくも　ふるさとの夜かぜにをどる
うへなきまひのてぶりかな

かへらじといでまし日の
ちかひもせめもはたされて
なにをかあます

のこりなく身はなげうちて
おん骨はかへりたまひぬ

ふたつなき祖国のためと
ふたつなき命のみかは
妻も子もうからもすてて
いでまししかのつはものの
しるしばかりの　おん骨はかへりたまひぬ

小林秀雄は、島崎藤村の『夜明け前』をめぐっての合評会（『文學界』昭和十一年五月号）のあとに付した「後記」に、「日本の作家だ」と題をつけている。この歴史小説を書いた藤村という作家は、何といっても「日本の作家だ」としかいいようのないものを内に持っていることを感じとったのである。「もう一つ感服したのは、作者が日本といふ国に抱いてゐる深い愛情が全篇に溢れてゐる事」と書いている。

この三好達治の「おんたまを故山に迎ふ」を読むと、まさに「日本の詩人だ」としかいいようがないと感ずる。そういう傑作である。昭和の戦争は、こういう、何か万葉の防人《さきもり》にさかのぼるような詩を生み出しえたのである。

「はるばると海山こえて」や「つゆほども　かへる日をたのみたまはであけらし」「かへらじといでましし日の　ちかひもせめもはたされて」といった詩句には、昭和の戦時中（昭和十二年作曲）の名曲「海ゆかば」の歌詞である大伴氏の言立《ことだて》「海行かば　水漬《みづ》く屍《かばね》　山行かば　草生《む》す屍　大君の辺《へ》にこそ死なめ　顧みはせじ」が反響しているように感じられる。

冒頭に、『三好達治詩集』を愛読した、と書いたが、その頃は、処女詩集『測量船』のめくるめくような多様な詩の開花や『南窗《なんそう》集』『山果集』に収められた愛唱すべき四行詩などに心ひかれていたように思い返される。この「おんたまを故山に迎ふ」という詩には、当時の私は余り注意しなかった。

この絶唱について、文庫の解説で桑原武夫は「戦争詩は収録しなかった。しかし『おんたまを故山に迎ふ』、『列外馬』、『ことのねたつな』などは意味深い作品であるので、とくに採用した。」と書いている。三好は、戦争詩を多く作ったが、それらの中でたしかに、この「おんたまを故山に迎ふ」は別格といっていい。ようやく、私にもそれが分かったのは、十年くらい前からである。

略年譜をみると、大正四年（十五歳）のところに、「家計を助けるため中学を二年で中退し、官費の大阪陸軍地方幼年学校に入学。」とあり東京陸軍中央幼年学校本科を経て、大正九年（二十歳）のところには、「陸軍士官学校に入学。」とある。そして、大正十年（二十一歳）で、陸軍士官学校を中退している。

『三好達治全集』の月報2に、詩人の竹中郁が「はるかな頃」という一文を寄せている。その中で、東京陸軍中央幼年学校時代の三好を知っている人の思い出話を引用している。「カーキ色の軍人服を着てやってきた」三好少年について、「なにしろ達ちゃんはなあ、天皇陛下のためなら今ここででも腹を切ってみせる、というぐらいのコチコチや、どない云うてもそれをまげなんだもんなあ」とその人は回想している。

この三好少年が、陸軍士官学校を中退後、京都の第三高等学校へ進む。そこで、梶井基次郎と宿命的な出会いをする。そのあと、東京帝国大学文学部仏文科へと進学して、小林秀雄、河上徹太郎、今日出海などと知り合う。そして、小林とボードレールの『悪の華』の共訳などを試みるまでに至る訳である。

ここでは、やはり、精神の「接ぎ木」が起きているのであり、何か、深く日本的なるものに、フランス文学という西洋的なものが接ぎ木された。小林が、三好という詩人は、日本語とフランス語の問題にまともにぶつかった人だといっているのは、正確である。

かかる精神によってこそ、昭和の悲劇は「おんたまを故山に迎ふ」という絶唱となって歌われたのである。そして、「ふたつなき祖国のためと」「還る日もなくいでましし　かのつはもの」こそ、「国民」という名に価する日本人であろう。今日の日本列島には、「住民」や「市民」、あるいは「人民」までもがいるが、「国民」はいなくなってきているのではあるまいか。

「祖国」を思う国民意識の覚醒こそ、今後の保守の再生に不可欠であろう。

日本思想史に鳴った「切り裂くような能管の音《ね》」

私が、日本思想史学者、村岡典嗣《つねつぐ》について「村岡典嗣――学問の永遠の相の下に」と題した評論を執筆したのは、一九九二年のことである。それにつづけて、村岡の日本思想史研究の核心と見てとったものから、日本思想史の「骨」といわばいうべき中心軸について論じた「日本思想史骨」を書き、さらにその問題が島崎藤村の畢生の大作『夜明け前』につながることから、「信仰の『夜明け前』」へと展開させた。そして、これらの、いわば日本思想史骨三部作を一冊にまとめて『日本思想史骨』を上梓したのは、一九九四年の春のことであった。

それからもう十余年が経った。その間に、北村透谷、内村鑑三、大佛次郎、そして小林秀雄といった本来の仕事の領域である近代以降の対象をとりあげて批評文を書き、さらにはブラームスをはじめ、クラシック音楽をめぐってエッセイを執筆したり、音楽の関係で「海ゆかば」の作曲家、信時潔にとりくんだりした。だから、村岡が主な研究対象とした、本居宣長や平田篤胤など江戸の思想家のことを考察することはしばらくほとんどなかった。

そもそも村岡典嗣という日本思想史学者に出会ったのも全く偶然だった。宗教哲学者、波多野精一について「波多野精一論序説――上よりの垂直線」を書いたのが、村岡論の二年前の一九九〇年であるが、この波多野論を考えている途中で、波多野の教え子であった村岡という人物を知ったのである。

波多野精一が田中美知太郎に宛てて書いた書簡などに、村岡の人間と学問がスケッチされていて、それによって村岡とその日本思想史研究に興味を抱いたのだった。

それまでの私は、特に近代以前の日本思想史に関心を持っていなかった。大学でフランス文学を専攻し、近代日本の文学者たちについて批評文を書いてきた私にとって、それは或る意味で当然であり、ただ晩年の小林秀雄が本居宣長をライフワークとしたことからも、やはりいずれ江戸の思想史にとりくまなければいけないときが来るのかなと思っていたにすぎない。

もちろん、村岡と出会う以前にも、宣長をはじめ江戸の学者の文章やそれらを論じた著作のいくつかを読んだことはあったが、ほとんど全くといっていいほど面白くなかった。というよりもよく分からなかったといった方がいいだろう。

それが、村岡の著作を読んでみて、はじめて本居宣長が「すっきり」と分かったし、日本思想史のクリティカルな点が見えてきたのである。作家として通っているが、実はユニークな哲学徒であった田中小実昌が波多野精一の学問と文章を、「すっきり、さわやか」と評したことがあるが、村岡の日本思想史学も、「すっきり」としていたのである。

晩年に宣長にとりくんだ小林秀雄ですら、「年齢」という四十八歳のときの文章の中で次のように書いている。

日本の古典文学に親しみを覚えたのは、四十過ぎてからだ。古美術に親しんだのもその頃からだ。元来私は研究的態度には欠けてゐる方で、いつも行き当りばつたりに読書して来たから、それまでに古典を開けてみる偶然の機会は幾度もあつたが、開けてみて自然に道が開けて来るのを感じた経験は一つぺんもなかつた。

四十過ぎた頃というのは、有名な「当麻」「無常といふ事」「西行」「実朝」「平家物語」「徒然草」などを執筆した時期、昭和十七、八年を指している。そして、次のようにいわれていることは、「文学」についてだけではなく、「思想」についても同じであろう。日本の古典においては、「文学」と「思想」は溶け合っているからである。

例へば、若い人から、「徒然草」の一体何処が面白いのかと聞かれる様な場合、私は返答に窮し、かう答へるのを常とする、面白かないが、非常な名文なのだ、と。日本の古典文学は、頭脳的に読んでも殆ど何んの利益も齎《もたら》さぬものばかりで、文学により頭脳の訓練をする為には、西洋の近代文学を読むのが、どうしても正しい様である。

なかなかの「名答」であるといっていいであろう。小林は、実は内心、宣長も「面白」くなかったに違いない。それでも「非常な名文」であると片意地なまでに思い込んだのである。

といった次第で、村岡論を書き上げてしまってから、江戸の思想家たちに関心を向けることは、この十余年ないままに時が過ぎた。それが、最近、西尾幹二氏の近著『江戸のダイナミズム』を読んで、久しぶりに日本思想史を考察する機会を与えられた。この大著は、実に多岐に渡る思想史上の諸問題に触れていて、村岡典嗣とその周辺しか読んだことがなく、宣長全集や徂徠全集すら持っていない私のような無学の者には、ところどころ理解できただけであった。「批評的センス」だけを頼りに盲蛇に怖じずの精神で、論じてみせるほど私は無恥ではない。日本思想史について無知ではあるが、世に多くいる無恥な人間ではない。

しかし、漫然と通読しているうちに、例えば次のようなくだりに注意をひかれた。日本の神道を、「外来の思想を厚化粧のごとくまとった神道」と「化粧を落して神道本来の裸形に近くなった神道」の二つに分けた上で次のように書かれている。

これら（儒教や仏教と習合した神道のこと——引用者註）に対してしばらく経ってから、いや、こんどは儒教も仏教もだめだ、『古事記』の神話に立ち戻れと言ったのが本居宣長の「古学神道」ということになります。彼の弟子の平田篤胤は、厚化粧のほうに回り、幕末になってキリスト教と習合するというおかしな話になってしまう。もっとも宣長も「聖書」を読んでいたという説もあることはあるので、キリスト教の影響もあったかもしれません。

ここが、日本思想史の最もクリティカルな点である。そして、村岡典嗣は、決して「おかしな話」とはしなかったのである。村岡は、代表的論文「平田篤胤の神学に於ける耶蘇教の影響」で、平田の神学におけるキリスト教（耶蘇教）の影響という衝撃的な事実を発見し、しかもその影響が、決して「厚化粧」的なものではなく、内心の欲求、いわば「内発的」なものであることを論じた。国学とキリスト教の出会いの中に、村岡は、日本思想史に「切り裂くような能管の音《ね》」が鳴るのを聴いたのである。「耳ある者は聴くべし」。

この「切り裂くような能管の音《ね》」という表現は、司馬遼太郎のものである。司馬とドナルド・キーンの対談『世界のなかの日本――十六世紀まで遡って見る』の第六章「日本人と『絶対』の観念」の中で、次のようなやりとりがある。

キーン　また、これはちょっと特殊な話ですが、平田篤胤は、キリスト教の本を中国語訳で読んで、いろいろヒントを得ました。神道はこういう宗教だと、彼は一つの神をつくりたかったのです。それが産霊《むすび》の神です。

天照大神にはまったく触れていません。

司馬　平田篤胤は、天之御中主神《あめのみなかぬしのかみ》という『古事記』の最初のところに一度だけ出てくる神を最高神にしたようですね。

キーン　はい。これは明らかにキリスト教の影響が非常に濃かったからだと思います。しかし、そのような信念はつづかなかった。彼の弟子たちには同じような考えを持つ人はいなかったし、平田篤胤の晩年の作品にもありません。彼は仏教を嫌っていましたが、神道だけでは十分対抗できなかった。キリスト教をもって仏教を攻撃することが可能だったので、それは魅力的なものだったでしょう。

そして、大分先のところで司馬は「平田篤胤が、絶対神とまではいきませんが、最高神というものをつくったということで、まとまった思想をつくりあげたと、キーンさんがおっしゃったことには、私も賛成です。」といっている。

このところのやりとりについて、「懐しさ」と題した「あとがき」の中で、司馬は「この対談のなかの平田篤胤における天之御中主神《あめのみなかぬしのかみ》の指摘にいたっては、切り裂くような能管の音《ね》をきく思いがした。」といっているのである。ずいぶん強い表現である。司馬は、日本思想史において、ここで何か決定的に重要な、クリティカルな事件が起ったことを直観していたに違いない。

それは、同じ章の中の「日本人の苦しさ」という小見出しのついたところで、司馬が次のように「日本人は非常に苦しいんです。」と語っていることからも察せられるのである。この「苦しさ」があればこそ、「切り裂くような能管の音《ね》」は、聴こえるのだからである。

司馬　ヨーロッパでは、キリスト教以前の土着のいろいろな信仰がアイルランドのハローウィンや、アメリカのサンタクロースのようにキリスト教の副次的な宗教行事となっていて、それでカトリックという大きな船は浮力をつけていた。しかし神学者たちはそんなことを信じていないわけですから、それ以来、神はあるのか、ないのか、――あった、あった、あったんだぞという、一千数百年やり続けたその偉大な思想の営みがヨーロッパをつくった。

だから、「絶対」という大うそ、これがあったればこそヨーロッパができたけれども、日本は目で見たものしか信じない相対的世界でした。それが、明治維新でヨーロッパの方角に向かって出発した。いまも私たちは半分洋服を着ているものですから、一パーセントぐらいヨーロッパ人のつもりでいるかもしれませんが、日本文化、日本文学ということで見ると、どうもヨーロッパとはちがう。日本文化や日本文学を特異なもの、ユニークなものだとする意味ではないんですが。

だから、日本人は非常に苦しいんです。そこで、「だから日本文化はいいんだ」と言うとしたら、それはたんにナルシシズムにすぎません。かといって日本文化そのものを否定したら、われわれは一瞬も存在できません。日本人の悲劇とまではいえないんですが、ときどきイスラム教徒を見ていると、彼らは幸福だろうなと思ってしまいます（笑）。

この「苦しみ」が、「患難」といえるところまで深まった人間の耳に、「切り裂くような能管の音《ね》」が聴こえてくるのである。「目で見たものしか信じない相対的世界」に生きていることが本当に「苦しい」と思うに至って、やっとこの「音《ね》」は届く。「喜ばしき音づれ」のようにやって来る。

私は、それを村岡典嗣の論文「平田篤胤の神学に於ける耶蘇教の影響」を読んだ時に聴いた。その「音《ね》」は、深く美しいものであった。その「音《ね》」の余響の裡に、内村鑑三はたちあらわれたのだからである。

日本思想史という、「古典文学」とほぼ同じくらい「面白」くなく、「頭脳的に読んでも殆ど何んの利益も齎さ」ない世界の中で、この「切り裂くような能管の音《ね》」は、「聴くべき程の事」の数少ない一つであろう。それをすでに聴いた人間は、まだ聴いていない人間とは何か決定的に違う次元を日本思想史に見てとるように思われる。私は、村岡典嗣という学者によって、日本思想史における「聴くべき程の事」を聴くことができたことを今生の深い喜びの一つとするものである。

第Ⅱ部

北の国のスケッチ

序章

一

イギリスの作曲家、ディーリアスの存在を知ったのは、昨年（二〇〇二年）の秋も末のことであった。勤務先の大学が、山梨県東部の、郡内《ぐんない》と呼ばれる地方にあり、遠方なので、週に一回は大抵、泊っている。宿泊した翌朝は、八時前には研究室に入って、講義の下調べなどをしているが、人気《ひとけ》のない研究棟の五階の窓から見えるキャンパスには、まだ学生の姿もなく閑散としている。

向かいの山並みを一人、ぽつねんと眺めていると、ふと澄んだ淋しさといった感じが湧いて来ることがある。この辺りは、一年で秋の紅葉の季節が最も美しいのだが、ディーリアスを知った晩秋には、すでに冬枯れの風情であった。

下調べをしながら、NHKのFM放送をBGMとしてかけていることが多い。この時間帯は、クラシック音楽の番組で、この日、ふと耳を傾けると、次はディーリアスの「北の国のスケッチ」です、といった紹介が聞こえたのである。タイトルに、まず心惹かれるものがあったし、ディーリアスについては実は名前も知らなかったので、集中して聴く気になった。

流れて来たのは、遥かなる音楽であった。これほど遥かなところから聴こえてくるような感じを与えられたのは、極めて稀である。聴覚の尖端でしかとらえられない響きの繊細さと魂を蕩揺させる波のような曲の進行とが強い印象をのこして、曲は三十分ほどで終ったが、終ってしまうと音楽の輪郭はぼやけて明確に思い出すことが難しかった。これが、遥かなる感覚をもたらしたのであろう。

早速、その日、図書館に行って、ディーリアスについて調べてみると、一八六二年、イギリスの「北」、ヨークシャーのブラッドフォードに生まれて、一九三四年、フランスのグレ＝シュール＝ロワンで歿した作曲家で、両親はともにドイツ人であった。イギリスの作曲家といえば、エルガー、ホルスト、ヴォーン・ウィリアムズ、ブリテンの名前といくつかの作品は知っているが、彼らと並ぶディーリアスだけは何故か接したことがなかった。これは、私が普段、関心を持つ音楽が、ドイツやフランス、あるいはロシアのものだからであろう。イタリアやスペインなどの作曲家は余り聴かないし、イギリスのクラシック音楽に至っては、「大作曲家」が出なかったこともあり、注意を払うことがなかった。

しかし、ディーリアスの音楽を聴いて、「マイナー・ポエット」といういい方にならうならば、「マイナー・コンポウザー」もいいものだな、と思った。一八六二年生まれといえば、ドビュッシーと同年であり、マーラーやリヒャルト・シュトラウスとも同世代である。ディーリアスは、彼らのような、音楽の世界に革新をもたらした「大作曲家」ではないが、「大作曲家」の亜流になることなく、「マイナー・コンポウザー」としてのよさを実現した人には違いない。それを私は、「北の国のスケッチ」を聴いて以来買い集めた、ディーリアスの数枚のCDによって確かめた。

「北の国のスケッチ」(North Country Sketches) は、四つの部分から成り、それぞれ、秋、冬の風景、ダンス、春の進展、と名付けられている。ディーリアスはフランスやノルウェー、アメリカなど外国に暮らすことが多かったが、この作品は、少年時代を過ごしたヨークシャーの思い出から作曲したものである。特に、冬の風景と題された曲の中には、「北」の詩情の或る究極的なものが鳴っている。

その他に、「二つの小オーケストラのための小品」(「春初めてのカッコウを聞いて」「川の上の夏の夜」)とか、「そり乗り(冬の夜)」とかの佳品があるが、初期の交響詩に「丘を越えて遥かに」(Over the Hills and Far Away) という印象的な曲がある。これも、ヨークシャーの丘の心象とされるが、この「遥かに」という言葉は、ディーリアスの核心にあるものだと感じられる。「高い丘の歌」は、CDの中に見当らないのでまだ聴いていないが、曲の中央部に付けられた副題は、「遥か遠くで――大いなる孤独」である。ディーリアスの音楽は、聴く者を「Far Away」に連れ去る。私が「遥かなる音楽」という第一印象を受けたのは、やはり間違ってはいなかった。

ジャンケレヴィッチが、アルベニス、セヴラック、モンポウという三人の作曲家を扱った本の翻訳が昨年出版された。タイトルは、『遥かなる現前』(La présence lointaine) である。私は、アルベニスというスペインの作曲家しか知らなかったが、この三人もいわば「マイナー・コンポウザー」であろう。ディーリアスも、この本の中にとり入れられてもよかったように思われる。ディーリアスの音楽も、「遥かなる現前」といってもいいからである。

そして、ディーリアスの音楽において、特に深い思いがこめられて「現前」する「遥かなる」ものは、イギリスの「北」、ヨークシャーであり、ノルウェーをはじめとするスカンディナヴィアである。「北」とは本来的に、「遥かなる」ものなのである。「南」は、それと比べると近い。これが「北」の精神性のよって来たるところであろう。精神性とは、結局「遥かなる」ものへの憧憬だからである。そして、批評とは、それを「現前」させることに他ならない。

二

ここまで、ディーリアスの「北の国のスケッチ」をめぐって書いて来たが、というのも、私はこの連載で、私の「北の国のスケッチ」を書いてみたいからである。私の本籍地は、北海道の江差である。正確にいえば、ずいぶん前に、単に事務的な問題から父が現在住んでいる横浜に本籍を移してしまったから、事実はもう本籍地ではないのだが、私の意識上の本籍地は、いまだに江差である。子供の頃、学校の書類などで本籍地を記入するとき、本籍地が現住所と同じ、あるいは東京のどこかの友達の中にあって、子供心に自分が何か「遥かなる」ところから来たる者という感じを持ったことを思い出す。生まれたのは、当時父が勤務していた仙台だが、四歳で東京の世田谷に移ったので、仙台時代の記憶はほとんど無い。かえって住んだこともない江差の方が私の意識の上に重みを持っている。

祖父がそこで「新保商店」という雑貨商を営んでいるとき、父が生まれたので本籍地になったのだが、祖父は高田中学を出たようなことを言っていたらしいから、新潟県の高田市出身なのであろう。それが、江差より北の瀬棚という所に渡って来ていて、そのうち江差に移り、商店を開いた。

その後、朝鮮に渡って、朝鮮人参の栽培を手がけたり、函館に進出して、かなり成功したりといった具合だが、函館の大火ですべてを失って、東京に来た。中央郵便局に勤めて、目黒に住んだが、江差の近くの湯ノ岱にある農場の管理を頼まれて、また渡道する。それから、営林署に勤めた後、中国に渡り、秦皇島で商社を経営するが、「支那事変」が起きてからは駄目で、昭和二十年六月、敗戦前に、徐州で死んだ。六十三歳であった。

戦後の昭和二十八年に生まれた私は、もちろん会ったことはないし、困窮のうちに中国の地で死んだ情景のことを聞いていたくらいに過ぎない。しかし、祖父の生ま身の思い出がない故にかえって、祖父について聞かされたほとんど唯一のものである、その死に方の印象は鮮烈であった。北陸の、恐らく貧農に生まれた一人の男が、北海道に渡って生涯何やかややってみたが、結局、運も悪かったし、時代の波の中ですべてうまくいかなかったということであろう。こういう人生は、無数にあったに違いないが、私は何故か、祖父が「失敗者」であることが、子供の頃からうれしかった。「成功者」というものが必然的に持ついやらしさが、私には耐えられなかった。当時の北海道の「失敗者」には、失敗することによって「北」の精神的エートスの存在を証明しているような場合があるように思われ、私はやはり身内の者として祖父をそのような人間として見たかったのである。

しかし、私が祖父の生涯のことをこの程度でも知ったのは、つい最近のことである。江差にも、大学生時代に北海道旅行のついでに寄ったことはあるが、当時は特別な感懐は湧かなかったように思う。青年時代の私の精神は、他のことに充分忙しかったのである。江差に行ったのは、その一回だけである。しかし、私は今年五十歳になる。やはり人並みに、自分のルーツを確認したくなって来たのであろう。

現在、私は鎌倉に住んでいるが、フランスのグレに隠栖したディーリアスが、ヨークシャーを思い出しつつ、「北の国のスケッチ」を作曲した顰みにならい、遥かに、北海道、あるいはもっと広い意味の「北の国」を望んで、私の「北の国のスケッチ」を書いていこうと思う。対象は、人物、作品、歴史、風景、名産等多岐にわたるであろうが、ライトモチーフとして「北方の精神」が鳴っているはずである。願わくば、そこに「遥かなる」ものの「現前」がもたらされんことを――。

空知川の川音

一

中谷宇吉郎の先生である寺田寅彦は、周知の通り夏目漱石の愛弟子であった。漱石の「独歩氏の作に徘徊趣味あり」と題された文章の中に、寅彦が出て来る。国木田独歩が三十八歳で死んだのは明治四十一年の六月二十三日のことだが、その直後に出た『新潮』の「国木田独歩号」に寄せたものである。

「余は個人として国木田独歩氏を知らぬ。」と書き出され、「古く、新体詩なんかを書いて居た当時、独歩氏の姓名だけは知つて居たが、小説家としての独歩氏は全く知らなかつたのである。」とつづけたあと、次のように書いている。

所が、或る日理学博士の寺田寅彦氏が来て、「独歩集」を読んだかと云ふ。一向知らないと云ふと、大変面白いから是非読んで御覧なさいと云ふ。寺田寅彦氏の「独歩集」が面白いと云つた意味は、其頃流行の小説と違つて居て、新らしくて面白いと云ふのである。確か幸田露伴氏の「天うつ浪」と相前後して出た時だと記臆《ママ》して居る。兎《と》に角《かく》、寺田氏は非常に褒めて居た。世間では斯う云ふ小説を何故黙つて居るであらうか、今少し褒めなければならぬ筈だと、頻りに残念がつて居た。

独歩の第二小説集『独歩集』が出たのは、明治三十八年七月のことであった。第一小説集『武蔵野』の出版は四年前の明治三十四年だが、一部で清新さが評価されたものの、時流に合わず、ほとんど問題にされなかった。『独歩集』もそれに近いものであったろう。寅彦が「世間では斯う云ふ小説を何故黙つて居るであらうか、今少し褒めなければならぬ筈だと、頻りに残念がつて居た」くらいだからである。

独歩の文名が急激といっていいほどに一躍あがったのは『独歩集』の出た翌年明治三十九年三月に、第三小説集『運命』を刊行してからである。周知のように、この前後の数年間は、日本の近代文学の流れを決定した時期である。いわゆる自然主義が、文壇の主流を占め、その後の日本の文学の宿命が生まれたのであった。

独歩の第三小説集『運命』は、この風潮に迎えられるところとなった。このことが、独歩の文学に対する誤解によるものなのか、また独歩自身にとって幸いしたのかどうか、これはここで論ずることではない。

興味深いのは、寺田寅彦の独歩発見が、「世間」より早いことであり、独歩の価値を認めたのが、文学者ではなく、「理学博士」の科学者であったことである。寺田寅彦は、名随筆家として知られるが、それはたんに文学趣味があったというようなことではあるまい。独歩の文学ほどある意味で、「文学」的でないものは少ないからである。それを「大変面白い」といった寅彦は、独歩の精神の根底にある、「驚く」ということ、「驚異」を深く感ずる魂に共感したのに違いない。

例えば、独歩の有名な「牛肉と馬鈴薯」の中で、独歩その人とおぼしき人物は、「宇宙の不思議を知りたいといふ願ではない、不思議なる宇宙を驚きたいといふ願です！」「死の秘密を知りたいといふ願ではない、死てふ事実に驚きたいといふ願です！」というようなことを語り、「必ずしも信仰そのものは僕の願ではない、信仰無くしては片時たりとも安《やすん》ずる能はざるほどに此宇宙人生の秘密に悩まされんことが僕の願であります。」と信仰について深く微妙な表現をしている。

そして、最後に、「僕は人間を二種に区別したい、曰く驚く人、曰く平気な人……。」といっているが、独歩その人や寺田寅彦は、本質的に「驚く人」であったといえるであろう。この a sense of wonder が、科学と文学、あるいは宗教のジャンルを越えて、真の精神が共通して根差す土壌なのである。

二

国木田独歩は、私の「特愛」の文学者であるが、その作品の中でも、「空知川の岸辺」は最も好きなものの一つである。また、北海道を描いた作品は、近代日本文学の中には数多くあるが、その中で一作を選べといわれたら、私はこの短編を挙げたいと思う。明治三十五年に書かれたものだが、七年前の明治二十八年、二十五歳のときに開拓地選定のため単身北海道、空知川沿岸に出かけた旅から生まれた小品である。次のように書き出される。

余が札幌に滞在したのは五日間である、僅に五日間ではあるが余は此間に北海道を愛するの情を幾倍したのである。

そして、終わりに近く、独歩は一人、空知川の岸辺の「原始の大深林」を散歩する。

余は時雨《しぐれ》の音の淋しさを知つて居る。然し未だ曾て、原始の大深林を忍びやかに過ぎゆく時雨ほど淋びしさを感じたことはない。これ実に自然の幽寂なる私語《さゝやき》である。深林の底に居て、此音を聞く者、何人か生物を冷笑する自然の無限の威力を感ぜざらん。怒濤、暴風、疾雷、閃雷は自然の虚喝である。彼の威力の最も人に迫るのは、彼の最も静かなる時である。高遠なる蒼天の、何の声もなく唯だ黙して下界を視下す時、曾て人跡を許さゞりし深林の奥深き処、一片の木の葉の朽ちて風なきに落つる時、自然は欠伸《あくび》して曰く『あゝ我一日も暮れんとす』と、而して人間の一千年は此刹那に飛びゆくのである。

ここには、「驚く人」独歩がいる。「私語《さゝやき》」を聞ける人がいるのである。

私が、最初の独歩論「独歩全集への跋文」を書いたのは、二十三歳のときであった。その中でも引用していて、私がこの作品の中で最も深く感銘を受けたのは、独歩を空知川の岸辺に案内する「まめ〳〵しき」「宿の子」と独歩のやりとりである。ここに私は、「私語《さゝやき》」を聞きとっていたようである。

林は全く黄葉《きば》み、蔦紅葉は、真紅に染り、霧起る時は霞を隔て花を見るが如く、日光直射する時は露を帯びたる葉毎に幾千万の真珠碧玉を連らねて全山燃るかと思はれた。宿の子は空知川沿岸に於ける熊の話を為し、続いて彼が子供心に聞き集めたる熊物語の幾種かを熱心に語つた。坂を下りて熊笹の繁《しげれ》る所に来ると彼は一寸《ちょっと》立どまり

『聞えるだらう、川の音が』と耳を傾けた、『ソラ……聞えるだらう、あれが空知川、もう直ぐ其処だ。』

『見えさうなものだな。』

『如何《どう》して見えるものか、森の中を流れて居るのだ。』

二十七年前の独歩論の中で、私は「何とすばらしい会話だろう」と書いた。空知川は、音でしか

現われないのである。「私語《さゝやき》」の中にしか現われない。そういえば、今回気づいたのだが、「空知川の岸辺」と題されたこの作品の中に、空知川の姿は全く描かれていないのである。

独歩論を書いた後、私はぜひ一度、空知川の岸辺に行きたいとずうっと思っていた。たしか、一九九三年の一月中旬のことだと覚えている。もう十一年前になる訳だ。当時、長兄が札幌に勤務していて、私が何かの仕事の関係で札幌と小樽に出張したことがあった。そのとき、長兄の車で念願の空知川の岸辺に行ったのである。

小雪の舞う寒い日であった。札幌から高速にのり、滝川のインターでおりて、まず歌志内に行った。独歩が「停車場を出ると、流石《さすが》に幾千の鉱夫を養ひ、幾百の人家の狭き溪《たに》に簇集して居る場所だけありて」と書いた駅は、廃駅となっていた。古い駅舎の出入口のあたり、独歩が投宿した宿屋を記念した木の柱がたっていた。墨の字で書かれていて、大分薄くなっていたように記憶している。近くの小山が公園になっていて、独歩の詩「山林に自由存す」が彫られた石が置いてあった。

そのあと、空知川方面に向ったが、独歩苑という小さな公園があった。このあたりが、独歩が「時雨の音」を聞いたところなのであろう。雪が大分積っていた。「原始の大深林」は開拓され、大きな道路も貫通していた。空知川が蛇行して流れているのが、下の方に見えた。しかし、私は眼をつむって、川の音を聞いていた。「聞えるだらう、川の音が」「ソラ……聞えるだらう、あれが空知川、もう直ぐ其処だ。」私は、空知川の川音を聞いただけで満足だった。その「私語《さゝやき》」で充分足りたのである。

赤平駅の方にまわって、その近くの食堂に入って、遅い昼食をとった。寒くて、他に客もいなかった。長兄と私は、これしかないという感じで、カレーライスを食べた。この間、この空知川行のことを長兄と話したとき、不思議と先ず思い出されたのは、このカレーライスであった。

にしん漬

一

昨年（二〇〇三年）九月末よりこの三月まで英国のカンタベリーに滞在したので、はじめて正月を海外でむかえることになった。

歳末から正月にかけての雰囲気を私は好きではないので、周りの日本人が正月はやはり日本で過ごしたいというのを聞いても、特に感情は湧かなかった。

以前内村鑑三の「日記」を読んでいて、大正十一年一月七日のところに次のような記述を見つけて、強い共感を覚えたことがある。


一月七日（土）晴　無為虚礼の正月茲《ここ》に終らんとして甚だ愉快である、楽しき事は遊ぶ事ではなくして働く事である、惰気満々たる日本の正月程厭な者はない、明日は又復《またまた》大手町に出陣するのかと思へば血の運行《めぐり》が少しく速くなるやうに感ずる、今日は其準備の為に少しく活気づ

いて愉快であった。（傍点原文）

ここに「大手町に出陣する」とあるのは、大正八年五月から同十二年六月まで満四年にわたり、内村鑑三は大手町にあった大日本私立衛生会の講堂で日曜日毎に聖書講義を行なったが、大正十一年の一月八日が一年前からはじまった『ロマ書』講義の再開の日だからである。

「無為虚礼の正月」「惰気満々たる日本の正月」が私も嫌いなので、クリスマスが中心で正月は元旦を除いて特に変わったところのない英国の正月はむしろ気持ちがよかったくらいである。

しかし、正月に日本にいなくて残念だったことがない訳ではない。それは、にしん漬が食べられなかったことである。私の横浜の実家では、毎冬、にしん漬を漬けているのである。

戦後直ぐ、父の勤務地が札幌になったときに、母が習い覚えて、それ以来、一時中断したこともあったらしいが、私が子供の頃からは毎年漬けている。私の父は前にも書いたように、北海道の江差町の生まれだが、母は島根県広瀬町の出身なので、にしん漬は札幌に来てから知ったのである。

にしん漬は、北海道の人間には知られているだろうが、それ以外の地域ではその名前を聞いたことのない人がほとんどだろう。

材料は、大根（十日くらい干したもの）、にんじん、キャベツ、身欠きにしん、塩、こうじ、トウガラシ、ゆず、である。これは家や地域によって若干の違いはあるであろうが、にしん漬のにしん漬たる所以は、身欠きにしんが入っていることである。

身欠きにしんは、にしんのえら、内臓などをとり除き水洗いしたあと、二、三日乾かし、尾から頭にかけて背を開き、背骨をとり、一か月くらい乾燥させたものである。

私が子供の頃、北海道函館の親戚から、身欠きにしんが、一箱、当時住んでいた東京の世田谷区の家に送られてきたもので、おやつとして味噌をつけて一本そのまま皮をはがしただけでかじって食べていた。そういえば、きゅうりも一本、味噌をつけて、おやつとして食べていたもので、今から思うと隔世の感がある。

身欠きにしんのような魚が入っている漬物というのは、全国的にも珍しいに違いなく、好き嫌いがはっきりしているようである。にしん漬を受けつけない人も北海道以外の地域には多いことと思われる。

私は、このにしん漬が大好きなのである。毎年、正月実家に行ったときは、もちろんにしん漬を朝昼晩と食べるが、二日の日に自分の家に戻るときには、大きなタッパーに入れてもらって帰るのである。そして、それを一週間くらいで食べてしまう。食べ過ぎてお腹をこわしたこともある。私の母は、何かというと野菜を食べるようにとか、肉を食べ過ぎないようにとか、うるさい方だが、そのときは、胃薬をのんだらいいよとしか言わなかったのはおかしかった。

今回、海外で暮らしてみて、食文化の違いと、それの人間に与える影響の深さをあらためて思ったことであった。北海道の食文化の代表的な一例が、にしん漬であろう。これを例えば、京都の漬物と比べてみるとき、その違いは大きい。それは、にしんという魚が入っていることが最も大きな要素だが、外見もずいぶん異なっている。

にしん漬は、いってみれば野趣にあふれ、荒々しく、豪快である。トウガラシが効いて、味がひきしまっている。乱切りした大根をかじるときは、その音が大きくて気持ちがいい。

にしん漬がいつからあるのか、私は知らない。江戸時代にすでにあったのであろうか。いずれにせよ、にしん漬には、北海道の自然が深く刻まれているように感じられる。にしんには、北の海の荒々しい風景が沁みこんでいる。

私が毎冬、にしん漬を食べていたとき、たんにおいしいと思っていただけではない。おそらく、私はにしん漬を、北海道の風土を、あるいは北の海の風波を感じながら味わっていたに違いない。だから、今年の正月、海外にいるとき、にしん漬を食べたいとしきりに思ったのは、北海道の、トポスとしての何かが凝縮しているものとして、にしん漬が思い浮かんだということであろう。

二

にしん漬に入ったにしんの他にも、私はにしん料理が好きである。昔、京都に住んでいたとき、にしんそばが好物で、四条大橋の東詰にある、有名な「松葉」のにしんそばをよく食べに行った。

にしんそばは、関東には知らない人も少なくないようである。私も、京都に行ってからはじめて食べたような気がする。京都の冬の寒さは、関東の寒さとはまた別物で、しみるような寒さだが、そういう寒さの中で、にしんそばを食べるのはよくその風土に合っているように思われる。にしんという魚は、どうも寒さと切っても切れない関係にあるらしい。

銀座に、「つばめグリル」という昭和初期からの洋食店があるが、ここの、にしんの酢漬北欧風、というのを私は好きである。五年前に、北欧四か国を周ったときも、にしんの酢漬をよく食べた。北欧に行くと、サーモンとにしんばかりであるが、私はこの二つとも好物なので、少しも苦にならなかった。にしんの酢漬というのも、北方の食文化の特徴が強く出たものに違いなく、嫌いな人も多いに違いない。

にしん漬といい、にしんの酢漬といい、にしんが好きというのは、食文化の面からいっても私の北方性を示しているのであろう。それに、私はにしんという魚に、他の魚に対してよりも何か深い思いを抱いている。鯛とか鮪とか、鰹に対して私は別に何んの感懐も持っていない。食物として考えているだけである。

しかし、にしんに対しては、何か歴史を感じているのである。にしんは、鰊と書くが、鯡と書かれることもある。私の感じは、鯡という表記と関係している。

本格的なにしん漁が行なわれたのは、江戸時代になってからで、松前藩の重要な産業であったが、明治時代に入り、定置網がにしん漁の主流となった。この漁法は、規模も漁獲能力も大きく、多数の出稼ぎ人(やん衆)を吸収できるという北海道開拓の方針に合致していた。

また、当時イワシとともに魚肥としての需要も大きかったので、にしん漁業は全盛期をむかえ、明治三十年には漁獲量はピークに達した。この当時、あまりにも多くとれたことから、「鯡」と表記されたのである。しかし、明治末期から次第に減少し始め、昭和三十年代以降は、壊滅的状態となったのであった。

北国の厳しい冬が過ぎた初春に、産卵魚が漁獲されたことから、にしんは「春告魚」とも呼ばれたが、その盛期には「江差の五月は江戸にもない」といわれたほどであった。

「序章」に書いたように、私の祖父が江差に来たのも、このにしん漁の繁栄と無関係ではあるまい。私の心の本籍地は江差なので、このにしん漁の盛衰と運命を共にしたこの町のことを思うことは、にしんのことを思うことでもあったのである。

にしん漁のような繁栄と衰退の急激な変化、これはやはり北方的な風景である。そして、それは、北海道開拓の歴史の、荒々しさと悲惨の一頁を象徴しているように思われる。

三月下旬に、半年ぶりに日本に帰って来てから、数日後、銀座の「つばめグリル」に出かけた。いつものように、にしんの酢漬を注文した。フォークに差したひと切れを見つめながら、英国の厳しい天候とドーヴァー海峡の風景を眼に浮かべていた。そして、その風光は、いつのまにか、北海道の江差あたりの北国らしい海景に移っていくようであった。

いではみちの奥見にまからん

一

　昨年（二〇〇三年）の連休中の一日、濹東の或る公民館で、菅江真澄の旅の生涯を追ったビデオ映画を観た。菅江真澄は、江戸時代後期の遊歴の文人で、今日十二巻に及ぶ全集に収められた厖大な『真澄遊覧記』をのこしたことで知られている。

　ビデオ映画には、「いではみちの奥見にまからん」という、真澄の言葉からとったと思われるタイトルがつけられていた。私は、菅江真澄については、多くの人と同じく、柳田国男の文章を読んで知り、それ以来何か忘れ難い印象を持ちつづけてきた。

　柳田国男の『雪国の春』に収められた「『真澄遊覧記』を読む」は、昭和三年に書かれたもので、菅江真澄という、いわば隠れたる人間を今日のような民俗学にとって大きな存在に引き出したもとになった文章だが、冒頭に次のように書かれている。

菅江真澄、本名は白井英二秀雄、天明の初年に二十八で故郷の三河国を出てしまつてから、出羽の角館で七十六歳をもつて歿するまで、四十八回の正月を雪の中で、つぎつぎに迎へてゐた人である。この人の半生の旅の日記が、後に『真澄遊覧記』と題せられて、今は七十巻ばかり、散在して諸国の文庫に残つてゐる。

「いではみちの奥見にまからん」と言っているように真澄は、天明三年遊歴の旅に「出てしまってから」、まず信濃路に入り、翌年越後路を経て出羽、陸奥、蝦夷地と「みちの奥を見」てまわった。ビデオ映画は、真澄が歩いた場所を、『遊覧記』の記述と今日の風景をだぶらせながら追っていくもので、東北の辺境や北海道の「北方」的な風景が、二百年経っても、根本的なところで変っていないと思わせるものであった。

この菅江真澄という謎の多い人物のことをもっと知りたいという思いもあって、映写会に出かけたが、私の心を強くひきつけたのは実は「いではみちの奥見にまからん」という言葉であった。

ここに私は、「出発」の声を聴いたように思ったのである。ランボオの「出発」と題した詩が思い出された。

出発

見飽きた。夢は、どんな風にでも在る。
待ち飽きた。明けても暮れても、いつみても、街々の喧噪だ。
知り飽きた。差押へをくらつた命。――あゝ、『たは言』と『まぼろし』の群れ。
出発だ、新しい情と響とへ。

（小林秀雄訳）

菅江真澄が「天明の初年に二十八で故郷の三河国を出てしまつ」たとき、心の一番奥にこの「出発」の声があったと想像してみるのはそれほど間違ったことではあるまい。真澄の多くの謎に、その遊歴の理由を探すよりはましであろう。

柳田国男は、この「『真澄遊覧記』を読む」を次のような感銘深い文章で結んでいる。

真澄この時は三十五歳、長い旅刀をおび、頭巾をかぶつてゐたと想像せられる。天明八年といへば江戸でも京都でも、種々の学問と高尚なる風流とが、競ひ進んでゐた新文化の世であつた。しかるにそれとは没交渉に、遠く奥州北上川の片岸を、こんな寂しい旅人が一人あるいてゐたのである。

ここで柳田は、真澄のこの姿に自分を投影させている。こういう投影が出来るところに、柳田の真澄に対する深い共感が生まれたのであろう。柳田国男が、青春時代、国木田独歩や田山花袋などと同じく、詩人としてその著作活動を始めながら、「民俗学者」として仕事をしていく経緯には、自然主義との関係が大きく左右している。明治三十年代後半からの自然主義という、日本の近代文学の流れを決定づけた運動は、当時の「新文化」の代表であった。

東京を中心に、まさに「江戸でも京都でも、種々の学問と高尚なる風流とが、競ひ進んでゐた新文化の世であつた」。その中で、柳田は、青春時代の仲間たちから「一人」はずれ、『遠野物語』を書いた。「遠く奥州北上川の片岸」のあたりのことをとりあげた。

柳田は、自分のことを、「しかるにそれ（自然主義をはじめとする東京中心の新文化）とは没交渉に、遠く奥州遠野を、こんな寂しい旅人が一人歩いてゐたのである。」という「想像」の裡に思い描いていたことであろう。

『遠野物語』が出版されたのは、自然主義全盛時の明治四十三年のことだが、その「初版序文」の中で、柳田は次のように書いている。

> 思ふに此類の書物は少なくとも現代の流行に非ず。如何に印刷が容易なればとてこんな本を出版し自己の狭隘なる趣味を以て他人に強《し》ひんとするは無作法の仕業なりと云ふ人あらん。されど敢て答ふ。斯る話を聞き斯る処を見て来て後之を人に語りたがらざる者果してありや。其

様な沈黙にして且つ慎み深き人は少なくとも自分の友人の中にはある事なし。況や我九百年前の先輩今昔物語の如きは其当時に在りて既に今は昔の物語なりしに反し此は是目前の出来事なり。仮令敬虔の意と誠実の態度とに於ては彼を凌ぐことを得《う》と言ふ能はざらんも人の耳を経ること多からず人の口と筆とを傭《やと》ひたること甚だ僅かなりし点に於ては彼の淡泊無邪気なる大納言殿却って来り聴くに値せり。近代の御伽百物語の徒に至りては其志や既に陋且つ決して其談の妄誕に非ざることを誓ひ得ず。窃に以て之と隣を比するを恥とせり。

当時流行の自然主義の作家たちは、柳田のみるところ、「近代の御伽百物語の徒」に過ぎなかったのである。私が『雪国の春』の角川文庫版を読んだのは、「昭和六十三年二月九日読了」という書入れからするに、内村鑑三論を『三田文学』に連載しはじめた頃で、第四回目の「神の愚かさ・神の弱さ」の中で、柳田国男と内村鑑三の関係について書いたことにつながっている。

私はそのとき、この文庫本の、先程引用した「『真澄遊覧記』を読む」の末尾の文章の横に赤線を強く引いている。私は、柳田が真澄に自己を投影しているのを感じ、さらに私自身をそこに重ね合せたに違いない。

私が、内村鑑三論を書き出した、一九八七年の当時にも、「近代の御伽百物語の徒」は一杯いたし、ポストモダンをはじめとして、東京でも「京都でも、種々の学問と高尚なる風流とが、競ひ進んでゐた新文化の世であつた」。もちろん、私はこの「新文化」の虚妄を見抜いていたが、憂鬱な気分であった。「しかるにそれとは没交渉に」私は、内村鑑三論を書きつづけていた。その当時、鑑三論を書くなどということは、東京のジャーナリズムからすれば、「遠く奥州北上川の片岸を、こんな寂しい旅人が一人あるいてゐ」るようなもの以外ではなかった。私は、内村鑑三と出会ったとき、やはり「いでは」という「出発」の声を心の中で発していたのであろう。

二

菅江真澄が、北海道に渡ったのは、天明の末のことで、松前に上陸している。そして、まる四年の歳月を北海道（といっても渡島半島あたりに限られるが）を旅に過ごしている。それは、『えみしのさへき』や『えぞのてぶり』などの『遊覧記』に記録されている。

私に関係のある江差についてどのようなことを書いているかがやはり気になる。江差には、上陸した翌年寛政元年に、西海岸の太田山をめざした旅の途中、四月二十五日から二十七日までと、帰り道に六月一日から五日まで滞在している。『えみしのさへき』の中に、次のような記述がある。

廿六日　けふもこの寺にとどまりて、あたり見ありく。なべてこゝのやかたは、とみうどの多かりけん、家栄え、船あまた入津してにぎはゝしう。高きにのぼるには、木をならべて虹のかけはしのごとき阪として、いささかことなれるところなり。ちまたに、姨神（うばかみ）とかいたる鶏栖（とりい）いと高し。文字はこがね色に、糠部（ぬかぶ）の郡田名部の県にすめる、徳玄寺のりし（律師）のかいたりける額也。

江差には、「とみうど」（裕福な人）が多く、船がたくさん入江にはいって「にぎはゝしう」という。私は、この風景を想像してみる。そして、江差の町を「こんな寂しい旅人が一人あるいてゐたのである。」と呟く。私の祖父が「新保商店」を開いていたのは、この「姨神」と書いた「鳥居」のある姥神神社の近くなのであった。

江差追分

一

普段、民謡とは縁のない生活をしていて、民謡のCDなど一枚も持っていない私ではあるが、最近『江差追分物語』（館和夫著、道新選書）という一九八九年に出た本を読んで、民謡の中でも特に名高い「江差追分」をめぐっていろいろ考えるところがあったので、今回はそれについて書いてみようと思う。

追分とは、そもそも街道の分岐点をいい、当然全国各地にこの地名がのこっているが、中でも軽井沢の追分がよく知られている。中山道と北国街道の分岐点であった。

鉄道の駅では、信濃追分となるが、軽井沢までは何回も出かけても、その先の信濃追分まで出かけることはなかなかなかった。数年前はじめて、車で連れていってくれる人がいたので、あたりを回ってみることができた。

堀辰雄の文学館に行ったり、車を停めて、軽井沢追分の分去《わかさ》れの周囲を歩いてみたりした。ここに立っている常夜燈を中心とした一画は、堀辰雄の文学アルバムなどでよく見かけるもので、それで見ると当時の街道風景をしのばせるが、実際は車の通行が激しくてとてもそういう情緒はない。

それにしても、「分去れ」という地名は、味わいの深いものである。街道の分岐点では、当然無数の別れがあった訳であり、その追分から追分節という民謡の代表的な形が生まれてきたことは、別れというものが人間にとって最も切実な感情をもたらすことからも納得できることである。

「信濃追分」は、宿駅信濃追分で、飯盛女が酒席の座興に歌い出した三味線伴奏の騒ぎ歌を元としている。それは、この街道付近の馬子唄の節を母胎としているという。馬子にしても、飯盛女にしても、いうまでもなく、苦しい境遇にある人々であり、そういう生活の中から、あるいは別れから追分節が自然に発生して来たのであろう。

これが越後に伝わって「越後追分」となり、さらに日本海沿岸を北上して、その間に「酒田追分」「本荘追分」「秋田追分」などそれぞれの節回しの追分節として展開していった。

そして、ついに天保年間(一八三〇—四四)の頃、北海道の地に定着して、「江差追分」になっていったとされる。当時の松前藩の施政の下、過酷な状況があったことに触れたあと、館氏は、「それにしても封建時代の各期を通じて、このような『鎖国の中の鎖国』ともいうべき施政の下に置かれ、過酷な労働を余儀なくされた人々こそ災難であったといわなければならない。つまり、大勢の出稼ぎ漁夫やその家族、小前の百姓達、旅芸人や花街の女といったような下積みの人々である。江差追分は、何よりも、まずそのような人々の胸奥からほとばしり出た魂の叫びであった。」と書いている。

本書の中に、NHKの代表的な民謡番組として知られる「日本民謡の祭典」で、毎年一般からの投票で行われる民謡ベストテンに、「江差追分」が昭和五十六年まで、三年間連続して第一位を獲得したとあるが、その頃二十代であった私は、たしかに「江差追分」は、日本一の民謡であるということを新聞記事や何かの話題の中で知って、とても誇らしく感じたことを思い出す。

民謡のことであるから、いろいろな歌い方があった訳だが、「正調江差追分」が確立したのは、明治四十二年のことであった。その後、江差の町の衰退と反比例して、この「江差追分」はますます民謡の代表としてひろまっていくことになる。江差追分全国大会は、昭和三十八年にはじまっているから、もう四十年の歴史を持つ。今年も九月十七日〜十九日に開かれたときく。

信州の馬子唄、追分節に端を発し、流れ流れて北方の地、江差まで来て「江差追分」として完成された道すじを考えると、それに伴う人々の旅、あるいは放浪が思い浮かんでくるような気がする。館氏は「江差地方の人間は、各地から伝わって来た民謡の骨格を活かして、それを上手に自家薬籠中のものにすると共に、曲節の面でも在来の『松前』や『馬方三下り』、『越後松坂くずし』などの、過渡的な曲調の唄に、ゆたかな北海情緒を盛り込んで、比類なく美しい今日の江差追分をつくり上げていったということがいえそうである。」と書いている。

本来が、「人々の胸奥からほとばしり出た魂の叫び」である追分節が、北方の寒風、あるいは潮風に吹きさらされることによって、一層その寂《さび》を深めたのであろう。

二

柳田国男に「清光館哀史」と題する名篇がある。大正十五年に発表されたもので、『雪国の春』（昭和三年刊）に収められた。

その本の中の「豆手帳から」は、大正八年四十四歳のとき貴族院書記官長を辞し、朝日新聞社の客員となった柳田が、翌九年八月から九月にかけて東北を旅行した際の随筆である。「仙台方言集」からはじまり「浜の月夜」でおわる、全部で十九篇である。

最後の「浜の月夜」は、岩手県九戸郡の小子内《おこない》での話である。次のように書き出されている。

あんまりくたびれた、もう泊まらうではないかと、小子内の漁村にただ一軒ある宿屋の、清光館と称しながら西の丘に面して、わづかに四枚の障子を立てた二階に上がり込むと、はたして古くかつ黒い家だつたが、若い亭主と母と女房の、親切は予想以上であつた。

その日は旧暦盆の日であったので、踊りがあった。この辺では、踊るのは女ばかりである。

五十軒ばかりの村だといふが、道の端には十二、三戸しか見えぬ。橋から一町も行かぬ間に、大塚かと思ふやうな孤立した砂山に突き当たり、左へ曲がつて八木の湊へ越える坂になる。曲がり角の右手に共同の井戸があり、その前の街道で踊つてゐるのである。太鼓も笛もない。寂しい踊りだなと思つて見たが、ほぼこれが総勢であつたらう。

大正時代の三陸地方の一漁村で行われていた「太鼓も笛もない」「寂しい踊り」を想像すると、日本の農漁村の貧しさが胸に迫ってくる。江差の浜辺では、「江差追分」が、このとき潮風の中で漁師たちによって歌われていたことだろう。

柳田は、この小子内を六年後に再び訪ねることとなる。そのときのことを書いたのが、「清光館哀史」である。もう、柳田たちが泊まった清光館はなくなっていた。大暴風雨の日に村から沖に出てもどらなかった船に、この宿の亭主が乗っていた。女房は、いまでは久慈の町へ奉公に出ていった。「つまり清光館は没落したのである。」

その家がもう影も形もなく、石垣ばかりになつているのである。石垣の蔭には若干の古材木がごちやごちやと寄せかけてある。真黒けに煤《すす》けてゐるのを見ると、多分われわれ三人の、遺跡の破片であらう。いくらあればかりの小家でも、よくまあ建つてゐたなと思うほどの小さな地面で、片隅には二、三本の玉蜀黍《とうもろこし》が秋風にそよぎ、残りも畠となつて一面の南瓜《かぼちゃ》の花盛りである。

何をしてゐるのか不審して、村の人がそちこちから、何気ない様子をして吟味にやつてくる。

浦島の子の昔の心持の、いたつて小さいやうなものが、腹の底から込み上げてきて、一人ならば泣きたいやうであつた。

柳田にしては珍しい感情の流露であるが、日本全国各地で、無数にあった「没落」の光景であろう。そこには、「いたつて小さいやうなもの」が、いつもあったに違いない。

柳田は、盆踊りの歌を確かめておこうと思い、娘たちに踊りの話をした。「なにヤとやーれ／なにヤとなされのう」という文句であった。

古いためか、はたあまりに簡単なためか、土地に生まれた人でもこの意味がわからぬといふことで、現に県庁の福士さんなども、何とか調べる道がないかといって書いて見せられた。どう考へてみたところが、これぱかりの短い詩形に、さうむつかしい情緒が盛られやうわけがない。要するに何なりともせよかし、どうなりとなさるがよいと、男に向かつて呼びかけた恋の歌である。(中略) 忘れても忘れきれない常の日の実験、やるせない生存の痛苦、どんなに働いてもなほ追つてくる災厄、いかに愛してもたちまち催す別離、かういふ数限りもない明朝の不安があればこそ、

はアどしよぞいな

といつてみても、

あア何でもせい

と歌つてみても、依然として踊りの調べは悲しいのであつた。

信州からはじまる追分節の様々な流れがそそぎ込んだような「江差追分」の調べも、この盆踊りの歌のように「悲しい」のである。

江差沖で沈んだ開陽丸

一

徳川幕府がオランダに注文して建造した当時最強の軍艦、開陽丸は、江差港の沖合に沈んだ。この史実を知ったのは、司馬遼太郎の『街道をゆく』シリーズの第十五巻『北海道の諸道』によってだったと思う。

私は、大佛次郎の『天皇の世紀』を、幕末維新の歴史を描いた、いわば「聖書」として読んでいるが、この未完の大作は、河井継之助の死で終っていて、箱館戦争には触れていない。だから、『天皇の世紀』の練達な記述によって、幕末維新の歴史を一通り知ってはいたが、開陽丸の最期については知識が抜けていたのである。『北海道の諸道』の中の「開陽丸」「政治の海」「開陽丸の航跡」「江差の風浪」「海岸の作業場」の五つの章で、開陽丸のことが触れられているが、「江差の風浪」の中に、次のように書かれている。

榎本武揚が開陽丸以下の艦隊に陸兵を満載（海陸兵三千五百人）し、厳冬の蝦夷地へむかったのは、当然のことながら徳川家臣団としての独立共和国をつくるつもりであった。（中略）このとき松前半島への作戦を指揮したのは新選組の土方歳三（五稜郭政府の陸軍奉行並）であった。榎本はあらかじめ土方と話しあい、

「江差の攻撃を開陽がお手伝いする」

と約束し、海陸が江差で落ちあう日もきめた。さらにはみずからこの旗艦に搭乗して箱館を出港した。政府総裁自身が艦を指揮したのは、開陽丸の初陣にあたって自分が後方にいる手はないと意気込んだからに違いない。

開陽丸が江差沖にあらわれたのは土方と約束した十一月十五日（新暦十二月二十八日）の夜明け近くであった。対岸の山々の雪が黎明とともに白くうかびあがってくるのを榎本は艦首に立って眺めていたが、山を背負って海浜に人家をならべる江差は、なにやら静かであった。

「どうも、敵も味方も居そうにない」

榎本は望遠鏡をのぞいてはつぶやいた。

たしかにそうであった。この時期、味方の土方軍は江差まであと五、六キロという上《かみ》ノ国《くに》付近で松前兵の抵抗に遭って行軍が手間どっていたし、江差を守る敵の松前藩兵は状況の不利に耐えかねて撤退してしまっていた。

江差港は、港外の鷗島（弁天島）が港を風浪から守っている。松前藩はかつてこの島に砲台

を築いていたが、この朝、その砲台も沈黙していた。ためしに射ってみようと榎本はおもい、砲門をひらき、砲弾を送ってみたが、応射して来なかった。

このあと榎本は短艇を出して兵員を上陸させると、町に敵も味方もおらず、難なく諸役所を占領した。榎本自身も、上陸した。多くの者が、ぞろぞろと上陸した。

艦は、ちょうど門外につながれた空馬《からうま》のように、港外に錨をおろして停泊した。

その日の夜、九時頃から、風浪がはげしくなり、その荒天の中、暗礁に乗り上げて破船してしまうのである。暴風は終夜やまずに、その後、四日もつづき、十数日後に、海底に沈んだ。

オランダのドルトレヒトの造船所で進水したのが、慶応元年（一八六五）、翌二年に竣工し、三年五月、横浜に回航された。勝海舟の『海軍歴史』の巻の二十三第十条「開陽艦来着」には、「慶応三年五月二十日、織田対馬守［海軍奉行並］、勝安房守、木村兵庫頭等、横浜港に於て和蘭公司ポルスブルーク氏より開陽艦を受取《うけとり》たり。式了《おわり》て二十一発の祝砲を放つ。」と書かれている。そして、明治元年（一八六八）の十一月に沈没したのだから、わずか三年ほどの短命な船であった。

その間、やったことといえば、沈んだ年の正月の鳥羽・伏見の戦で幕府軍が敗れたとき、大坂城にいた将軍徳川慶喜を乗せて江戸に帰還したことくらいである。この慶喜の行動は、その生涯の中でも最も不様なものであり、そういう慶喜を乗せるという不名誉な任務を開陽丸は担ったのであった。その上に、この江差沖の不運である。

私は、江差で開陽丸が沈んだという事実を『街道をゆく』の中で知ったとき、私の心の故郷、江差がこういう幕末維新期の歴史上、ある重要性を持った事件が起った場所であることに喜びを感じた。歴史とほとんどかかわりを持たない土地に生まれ、成長するのは、淋しいことに違いない。

吉川弘文館の『国史大辞典』の、開陽丸の項には、開陽丸の写真とおぼしきものがのっている。絵かもしれない。いずれにせよ、三本マストの、堂々たる蒸気船である。当代随一の堅艦であった。

戦艦大和は、吉田満の『戦艦大和ノ最期』に描かれたような見事な戦闘を行い、見事な沈没であった。初稿の末尾の一行は、「至烈ノ闘魂、至高ノ錬度、天下ニ恥ヂザル最期ナリ」となっている。

それに比べて、開陽丸の「最期」は、力を出しきらず、可能性を最大限に引き出せなかった憾み、あるいは機会を活かせなかった不運を感じさせる。そういう風に考えて来ると、何か象徴的な意味を持ってくるようである。人の心には「開陽丸」が、一、二隻は沈んでいるものだ。たしかに、私の心の底にも、青年時の「開陽丸」が何隻か沈んでいる。

江差の町の背後の山の上に、文化センターが作られていて、開陽丸から引きあげられた遺物が展示されているという。いずれ、機会があったら、見てみたい。しかし、心の底の「開陽丸」や遺物は、いまさら引きあげたいとは思わない。

二

大佛次郎の『天皇の世紀』の第六巻「攘夷」の中に、開陽丸に関連して、次のような記述がある。

同じヨーロッパの中で、伊藤（博文）等のいるイギリスから海峡を隔てた対岸のオランダにも、数すくない一群の日本人が来ていた。これは文久三年四月十八日に首府ロッテルダムに着いて船から降りた人々で、オランダ船カリップス号で長崎を出帆したのが文久二年九月十一日のことで、途中ジャバ海で船が座礁して別の船に乗換えたりして、二百十五日目で、オランダに着いたのだから、船客として待遇されて来たとしても忍耐の要る航海であった。これは外国の進んだ科学技術を学ぶ為に江戸幕府が派遣した者たちで、攘夷実行の形勢に押されて、幕府が軍備の充実を計る為にフレガット蒸気軍艦の建造をオランダに注文した機会に、建造の過程を見て技術を習わせ、その操作をするように修業に向けられた日本人である。（中略）

旗本内田恒次郎を初め、榎本釜次郎（武揚）、沢太郎左衛門は船具、砲術、機関など軍艦の勉強をしている。赤松大三郎は造船の勉強に努めた。彼等が長崎の伝習所で師事したカッテンディーケがオランダでは海軍大臣になっていた。後に開陽丸と命名された幕府の軍艦がドルトレヒトの造船所で建造中だったので、竜骨を組んだ時から彼等は立会って見たし、三年半後の全部の竣工も見た。命名式の時は留学生は蔵《しま》ってあった麻上下の日本の礼装で参列した。

排水量二、八一七トン、長さ二四〇フィート、幅三九フィート、二段張甲板、装砲二十六門で、定員四百名の当時としては優秀な軍艦で、その建造の過程を最初から完成まで見まもったのは、得難い体験であった。

同時に彼等は、ただの技術の留学生だったばかりでなく、小さい技術上のことが他の学問に根が深くつながっている事実を悟った。開陽丸は国防の為だが、国家の進歩や発展の為に、化学のような学科がその基礎に大きく参加しているのを、このサムライ達は認めた。

長崎伝習所の「サムライ達」について、第二巻の「厄介九」の中で、「全体として伝習所学生の知的探究心は、語学の不便を越えて、実に烈しかった。禁じられていた未知の世界に俄かに入ることになったせいもあろう。これだけ、知識に渇えている若者は、西欧以外のどこにも見られないのを、教師たちは気がついた。」と書かれている。翻って思うに、「実に烈し」い「知的探究心」など、今日、どこに見つかるだろうか。平俗な世間知が生きるのに必要十分な知識だと高をくくっている大人と、「ゆとり教育」なるものでふやけきった頭になってしまった子供がいるばかりである。

白髪の遺臣

一

私は、鎌倉に移り住んで八年半ほどになるが、横須賀線の上り、東京・新宿行きはよく利用するのに比べて、下りの横須賀・久里浜方面は、逗子まで行くことがあってもその先へ乗って行ったことはほんの数えるくらいしかない。

いずれも衣笠駅まで行く用事だったが、一つ手前の横須賀駅に電車が着くと、軍港横須賀が目の前に開けていて、はじめは少し驚いた。こんなに近くに見えるとは思っていなかったので、灰色の戦艦や駆逐艦などがプラットフォームの柱の間から、手にとるように見えると、鎌倉からここまでの沿線の風景が、突然断ち切られたように感じられるのであった。

この軍港横須賀の風景を見た瞬間に私が思い出したのは、小栗上野介と栗本鋤雲《じょうん》であった。相模国横須賀村という無名の地に、フランスの有名な軍港ツーロンに模して、ドックを作ることを決めたのは、幕末の勘定奉行、軍艦奉行小栗上野介であったし、実際の施工監督は、小栗の盟友栗本鋤雲であったからである。

小栗上野介については、内村鑑三との関係で、「狂気と正気」と題した『内村鑑三』補記の二で触れたことがあるので、ここでは北海道の函館とも縁のある栗本鋤雲のことを書いてみようと思う。

栗本鋤雲という人物をはじめて知ったのは、中村光夫の戯曲『雲をたがやす男』によってであった。この作品は、一九七六年九月の『すばる』に掲載された。その頃、私は大学生で、中村さんの鎌倉扇ケ谷《おうぎがやつ》の家に何回かおうかがいして原稿を見てもらったりしていた。中村さんが、幕末維新期のパリを舞台に幕臣栗本鋤雲を描いたのは、それまでの仕事からいって少し意外で印象に残っていた。雲をたがやす男とは、雲を鋤す男、すなわち鋤雲のことである。

一九八五年に上梓された、中村さんの『老いの微笑』の中の一篇「鋤雲雑筆」でも鋤雲の人柄の一端を知り、不思議にひきつけられるものがあった。『雲をたがやす男』の「あとがき」には、「時運にめぐまれず、敗将として生きることを強いられながら、最後まで自信を失わなかった一人物の姿が印象されれば、と思います。」と書かれている。

その後、熟読することになった島崎藤村の『夜明け前』の中に、鋤雲が「喜多村瑞見《ずいけん》」という名で登場していて、一層その風格に心ひかれた。藤村は、二十二歳のとき鋤雲を訪ね、文章の上で学ぶところがあったといわれている。維新後の鋤雲は、名文家として知られていたからである。

藤村は『夜明け前』第一部第四章三節に鋤雲（瑞見）のことを次のように書いている。

旅の空で寛斎が待ち受けた珍客は、喜多村瑞見と言つて、幕府奥詰の医師仲間でも製薬局の管理をしてゐた人である。汽船観光丸の試乗者募集のあつた時、瑞見もその募りに応じようとしたが、時の御匙《おさじ》法師に睨《にら》まれて、譴責を受け、蝦夷《えぞ》移住を命ぜられたといふ閲歴をもつた人である。この瑞見は二年ほど前に家を挙げ蝦夷の方に移つて、函館開港地の監督なぞをしてゐる。今度函館から江戸までちよつと出て来たついでに、新開の横浜をも見て行きたいといふので、そのことを十一屋の隠居が通知してよこしたのだ。

この蝦夷地への左遷は、鋤雲の第三の挫折である。第一の挫折は、子供のときからの喀血の患い、第二のものは、昌平黌の退学である。この退学も理由は明らかではないが、昌平黌の旧慣になずんだ気風に対する批判からといわれる。

反骨精神が、或る意味で鋤雲に無駄な回り道をさせたともいえるが、その苦労が幕末での鋤雲の活躍に役立つ働きをしているのが人生の不思議である。逆境にあってもねじれない素直さを持った人間は、それを活かすものである。

亀井勝一郎が戦後、上梓した本に『三人の先覚者』というものがある。栗本鋤雲、岡倉天心、内村鑑三の三人を論じた著作だが、鋤雲については、「一、黒船と幕末の青春」「二、北方の開拓者」「三、巴里滞在、武士の威厳」の三章から成っている。

「北方の開拓者」の章の冒頭に、「鋤雲が蝦夷地移住を命ぜられたのは、嘉永五年、三十一歳のときである。箱館（函館）在住諸士の頭取といふ名目だが、幕府医官長の忌諱による左遷であることは云ふまでもない。体裁のいい島流しである。」とあるが、それにつづけて次のように書かれている。

しかし後年鋤雲が幕府外交官として抜群の力を振ふに至つた素地は、実にこの時代に胚胎してゐる。のみならず箱館在住十年間の業績は、後の外交における活躍に比して劣るものではない。却て北方開拓において、彼の精神は見事に発揚されたと云つていいほどだ。「箱館叢記」「七重村薬草園起源」「養蚕起源」の三篇は後に記したその回想記である。北方の処女地を開拓し、新しい町の設備を着々と建設して行く有様は、眼に見えるやうに鮮明に描き出されてゐる。

この英傑を待っていたのは、四十七歳のときの明治維新であった。慶応四年（一八六八）正月二日、パリで「大政奉還」の報を聞く。五月、維新事情を既に知った上で帰朝。幕府瓦解により職を辞し帰農した。

藤村は、『夜明け前』第二部第二章四節で、鋤雲と函館以来親しかったフランス人書記官メルメット・カションに「あの人も驚いてゐませう。日本の国内に起つたことを聞いたら、驚いて巴里から帰つて来ませう。」と言わせている。

二

栗本鋤雲の有名な漢詩に、「淵明先生燈下書を読む図に題す」というものがある。

門巷蕭条夜色悲
鵂鶹声在月前枝
誰憐孤帳寒檠下
白髪遺臣読楚辞

門巷蕭条《しょうじょう》として夜色悲し
鵂鶹《きゅうりゅう》の声月前の枝に在り
誰か憐れむ孤帳寒檠《かんけい》の下《もと》
白髪の遺臣楚辞《そじ》を読むを

ここで、鋤雲は、自らを「白髪の遺臣」と呼んでいる。「家の門前の路地は、ひっそりとしてもの寂しく、夜の景色は悲しい。みみずくが、月をさえぎって伸びている枝にとまって鳴いている。とばりの中にひとりいて、寒々としたともしびで、白髪の遺臣が楚辞を読んでいるのを誰が憐れむであろうか。」

読んでいるのは、やはり『楚辞』である。『楚辞』は、主として、楚の大夫、屈原の作品を集めたもので、しりぞけられた忠臣屈原の詩を深い共感をもって読んでいるということであろう。末尾にこの漢詩を掲げた大橋乙羽の鋤雲についての文章は、「一朝春風花を傷めて、翁又起たず、維時《ときに》明治三十年三月八日也、噫《ああ》。」と鋤雲の死で結ばれている。

鋤雲が、自らを「白髪の遺臣」と呼ぶとき、恐らくたんに徳川幕府の「遺臣」と考えていた訳ではあるまい。もっと大きいものの「遺臣」であったのである。鋤雲は、外国の使臣に応対するときは、幕臣ではなく、一人の日本人として日本全体のことを考えて行動する政治家であった。

鋤雲は、「文明開化」の濁流の中、流され消えていく高貴なるものの「遺臣」であろうとし、実際「遺臣」であった。日本の、あるいは日本人の中の、もっとも高いもの、もっとも美しいものの「遺臣」であったのである。

翻って思うに、時代の、流行の「寵臣」であってはならぬ。流れに棹さすことばかり考えていてはならぬ。時代思潮の「寵臣」とは、もっと高いものから見れば、実は「逆臣」に他ならないからである。人間は、何ものかの「遺臣」でなければならぬ。「遺臣」であることの誇りと忍耐が、人間の「道」の基盤をなすものに違いないのである。

しかし、今日の日本には、白髪染めで黒い髪になり、時代の「寵臣」になりたくてたまらぬ者たちがあふれている。「白髪の遺臣」もかろうじてわずかに残存しているかもしれないが、そういう人物にももはや鋤雲のように漢詩で志を述べるという教養は失われてしまっているのである、噫《ああ》。

第Ⅲ部　楽興の詩情

音楽のために狂える者——クナッパーツブッシュと内村鑑三

確か、今から十年くらい前のある日の午後、その頃足繁く通っていた渋谷の名曲喫茶「ライオン」で、私はクナッパーツブッシュにはじめて出会った。ここで、出会ったと書いたのは、正確にいえばその時クナッパーツブッシュの演奏を聴いたというよりも、クナッパーツブッシュの顔に出会ったという記憶の方が鮮明だからである。

道玄坂を上がっていったところにある百軒店を入っていくと「ライオン」がある。その当時、私にとって、この「ライオン」の薄暗い空間は、美しい音楽に満たされたトポスだった。この聖なるトポスにたどりつくまでの道の周辺の風景は、猥雑そのものだが、その猥雑さがかえってトポスの意味を高めてくれるようであった。

そのトポスで、三十歳頃の私はクラシック音楽に浸りながら、本を読んだり、物思いに耽ったり、原稿を書いたりもした。あのようにトポスに没入したような感覚は、今から思うと不思議な時間であった。現在の私が「ライオン」の椅子に座っても、もう繰り返せない経験のように思われる。

その日の午後、店内に入った私は、何か聴いたこともないような音楽が鳴っているのに気がついた。もちろん、知らない曲は一杯ある訳で、一回も聴いたことのない曲がかかっていることはよくあったが、このときの感じは一回も聴いたことのない曲でも感覚に親しい音楽の場合とは違って、奇妙な、あえていえば得体の知れないものが現われたような恐しさであった。分かり易くいえば、例えばモーツァルトの何か、まだいっぺんも聴いたことのない曲が鳴っていたとしても、感覚的にはほとんど違和感がないし、たいていの場合、その曲はモーツァルトのものだ、ということまで分かってしまうであろうが、このときかかっていた音楽は、少なくとも私にとって気持ちが悪くなるような音楽であった。

実は、それがブルックナーの第八シンフォニーだったのである。それまでの音楽経験、そしてそれによって形成された音楽感覚からするとどうも妙な味わいのする、やたらと音がでかいシンフォニーを聴きながら、少し呆気にとられていたような気がする。大分長い間、我慢していたが、でかい音がもうこれ以上はでかくなりようのないほどの大きさになって盛り上がり、終わったのでやれやれこれで終わったかとほっとして、今日は何をリクエストしようかなどと考えていたら、なんと、また似たような次の楽章が鳴り出したので、本当に驚いてしまった。

断るまでもないであろうが、現在の私はもちろんブルックナーを大変愛聴しているし、偉大な作曲家である所以が分かっているが、ここではあえてブルックナーをはじめて聴いたときの感じを正確に書いたまでである。ブルックナーを聴いたのが、ずいぶんと遅いことになるが、これは意識的にそうだったので、自分からレコードを買ってみようとは思わなかった。これも、私の偏屈な性格が然らしめたところで、当時は確か、ブルックナーとマーラーのブームが起きていたはずである。

しかし、私はこの二人を聴こうとはしなかった。理由は単純で、その頃まで私の、文学や芸術に関する判断の絶対的基準であった小林秀雄が、ブルックナーとマーラーは駄目だといっているのを何処かで読んだ記憶があったからである。今から思えば、若気の至り以外の何ものでもないが、青年期とはまたそういう偏執の時期でもあるに違いない。クナッパーツブッシュを知らなかったのも、ブルックナーを聴かなかったからであろう。

さて、また鳴り出した音楽の奇怪さに驚いた私は、注意して前方のレコードのジャケットを見た(「ライオン」では、演奏中のレコードのジャケットをプレーヤーの上に立てかけていた)。そこには、またまた奇怪な男の顔があったのである。平凡からほど遠い、異貌の男が眼を上方に向けている顔写真が、ジャケットのほぼ全部を占めている。文字がよく読めないので、立ち上がってその前まで歩いていって、私はこの曲がブルックナーの第八シンフォニーであることをはじめて知った。そして、この奇怪な男が、クナッパーツブッシュであることも知ったのである。これが私のクナッパーツブッシュとの出会いだった。

この顔は、スバラシイ顔である。私はこのジャケットの前でしばらく茫然と見とれていたように覚えている。このレコードは有名なウェストミンスター盤で、私はこの顔写真が欲しくてたまらず、中古レコード店でついに見つけて、今この原稿もこのジャケットを前に立てかけながら書いている。

こうして改めてゆっくりと、このクナッパーツブッシュの顔を眺めていると、クナッパーツブッシュの演奏の秘密が分かってくるような気がする。この上方へ向けられた眼差しは、異様に遠くのものを見ている。神、あるいは絶対を見つめている眼である。この男の顔は、ほとんど、あるいは全く、この瞬間この世のことなど忘れ去っている。全身全霊が、眼差しが向けられた遠くのものへ、神へ、あるいは絶対の方へ、乗り移っている。クナッパーツブッシュの演奏について、壮大だとか、深いだとか、何だとか言葉を費しても言葉の音楽に対する無力を感じさせるばかりである。そういう形容詞を乱用するよりも、クナッパーツブッシュの演奏とは、この世で生きながら、この世を忘れ去ったような眼差しを、天上に向ける人間の音楽なのだ、とでもいった方が正確なのである。その音は、だから、最も遠く、高く投げ上げられる。例えば、「パルシファル」の前奏曲を聴いただけで、その音の投げ上げられる遠方の遥けさは実感されるだろう。

このような超越的な顔は、めったに見られるものではないが、似たような表情の顔を私は思い出した。それは、内村鑑三の、大正七、八年に行なわれたキリスト再臨運動の頃の、一枚の顔写真である。この顔については、私は「内村鑑三の顔」という文章を書いたが、このときの鑑三は上方に眼差しを向けて再臨を待望している表情である。「我等もし狂へるならば、神の為なり、心慥《たしか》ならば、汝らの為なり」(コリント後書第五章一三節)。このパウロの言葉のように、「神の為」に「狂」っている眼差しである。この鑑三の顔とクナッパーツブッシュの顔に何か似たような感じがあるとすれば、この「狂」った感じである。クナッパーツブッシュの演奏の魅力の源泉は、実は、この「神の為」に、あるいは「音楽」という絶対の為に、といってもいいが、「狂」っているところにあるのである。

この源泉としての「狂」気（いうまでもないが、たんなる狂気ではない）から、この一点から、クナッパーツブッシュの演奏の力が湧き出てくるのである。

この絶対の為の「狂」気から演奏が出てくるだけではない。クナッパーツブッシュの演奏は、この絶対の一点に向かって演奏されているようにさえ感じられる。聴衆に向かってではない。こういう点にも、内村鑑三とのアナロジーがあるようである。鑑三は、伝道とは「人を目的とする」ものではなく、自らの表白だといった。普通の伝道観からすれば、「奇態」なことである。伝道とは、人に向かって、人のためにするものだ、と思われているからである。それと同じように、演奏は普通、聴衆に向かって、聴衆のためになされるものと思われてはいないであろうか。

しかし、クナッパーツブッシュの演奏が、きわ立っている所以のものは、聴衆のためになど決して考えていないからである。聴衆に向かって演奏しているのではない。神、絶対、あるいは音楽の中の絶対、という遠くの一点に向かって、自らを表白し、投げ上げているのである。

鑑三の顔写真の一枚（これは再臨運動のときのものではないが）を見て、ある人が「スバラシイ人だ、スバラシイ善人か、スバラシイ悪人だろう」とつぶやいたという話があるが、この世の普通の価値観に対しては、鑑三という人間は、「スバラシイ悪人」として感じられざるをえない。絶対を持った人間は、世間的な常識にとっては、「スバラシイ悪人」にならざるをえないのである。しかし、「スバラシイ悪人」は「スバラシイ善人」と逆説的に通じている。クナッパーツブッシュも、やはり「スバラシイ悪人」であったといえよう。伝えられる様々なエピソードは、「スバラシイ悪人」

のものなのであり、ツマラナイ悪人のそれではない。「スバラシイ悪人」でなくては、ワーグナーやブルックナーを深く理解することなどできはしない。

クナッパーツブッシュの冷たさも鑑三の冷たさと同じく、「スバラシイ悪人」の冷たさであり、人に向かっての甘さに耐えられないのである。そして、「スバラシイ悪人」こそ、神、絶対の、遠方へ眼差しをはげしく向けるのであり、またその神、絶対の、遠方から、超絶的な力を汲み取ってくる。クナッパーツブッシュの演奏とは、「スバラシイ悪人」が、その人間性の底から神、絶対の、遠方へ向かって投げ上げる、素手で作ってごつごつした音楽の塊である。そして、そういう音が逆説的に聴く人間の内心の奥深くに届くことができるのである。

翻って、クナッパーツブッシュと現代の指揮者との落差を測定するとき、上述のクナッパーツブッシュの特質を裏返しにすればいいのである。現代の指揮者は、大体ツマラナイ善人、ツマラナイ秀才なのである。例えば、ブルックナーの改訂版と原典の問題でいえば、改訂版で演奏するところにクナッパーツブッシュの「スバラシイ悪人」の本領が発揮されており、ツマラナイ善人、秀才は深く考えずに、原典を原典なるが故にとる。その方が安全だからである。そして、聴衆のために、聴衆に向かって演奏する。神、絶対へ向けるはげしい眼差しなどなく、たまに上方を向くことがあっても、それはコンサートホールの天井の虚空に眼をさまよわせているにすぎぬ。そこでは音は壮麗に鳴ることはあっても、神、絶対の一点に遠くつながることなど決してないのである。

エクセントリックということ――クナッパーツブッシュのブルックナー

クナッパーツブッシュのブルックナーは、これまでいろいろなものを聴いてきたが、今の時点では、ミュンヘン・フィルを指揮した交響曲第五番変ロ長調が、最高ではないかと考えている（一九六一年のライヴ録音、モノラル、デッカ）。

それにはブルックナーの交響曲の中で、この第五番が、最高の傑作である、少なくともブルックナーのブルックナーたる所以が最高度に表現された曲である、という認識が関係している。

クナッパーツブッシュがミュンヘン・フィルを指揮した第八番（こちらはスタジオ録音だが）は、名盤との誉れが高いが、私は第八番より第五番の方が好きなので、クナッパーツブッシュの名演も、この第五番の方をとる。

クナッパーツブッシュのブルックナーは、何故、異様なまでに名演なのか。たしかに単なる名演ではない。異様なまでに、と表現したくなるものがある。そして、ブルックナーの音楽そのものが、そもそも異様な傑作であり、ブルックナーの演奏は異様なまでの名演でなければ、その本質が鳴り出さないのである。

この異様さは、ブルックナーもクナッパーツブッシュも、エクセントリックな人間であったことから来る。ここで誤解を避けるためにすぐ付け加えておくと、このエクセントリックという言葉を私は普通使われるような、奇人、変人の意味で言っているのではない。

もちろん、世間一般から見れば、そのような印象を与えるのは間違いなく、ブルックナーもクナッパーツブッシュも、奇人、変人ぶりを発揮したエピソードに事欠かない。しかし、この二人について、エクセントリックというとき、そういう次元を越えた意味を持っているのである。

eccentric とは、ec・centric であり、ec = ex である。つまり、center から「外に」あることである。常規を逸している、あるいはそういう人、すなわち変人、奇人の意味に普通、使われる。しかし、eccentric という言葉について、二十世紀最高のプロテスタントの神学者カール・バルトが実に深い捉え方をしている。バルトの場合は、もちろん、exzantrisch とドイツ語になるが、これをバルトは、「中心を外に持って」と釈くのである。

『和解論』(井上良雄訳)の中で、「使徒」について「彼等は、いわば『中心を外に持って』(exzantrisch)生きる。」と述べている。そして、「人間がその中心においてこそ自分自身のもとにいないということが、信仰というものの事情である。またわれわれは、次のように言ってもよい、すなわち、人間は、ただ自分自身の外部においてだけ自分の中心におり、従って自分自身のもとにいるのだ、と。」と書いている。

このような意味で、ブルックナーやクナッパーツブッシュはエクセントリックなのであって、単なる奇人、変人のたぐいではない。そして、ブルックナーやクナッパーツブッシュにとって、「外」とは、神であり、芸術家の次元では「音楽」である。「音楽」が彼らの「中心」になってしまったのであって、人間などどうでもよいのである。それが奇人、変人の様相を持とうが、持つまいが、重要なことでも何でもない。

バルトのこの思考は、キルケゴールの「天才と使徒の違いについて」を念頭に置いていると思われるが、ここで使徒の中の使徒、パウロの聖句を思い出すのも、自然なことである「我らもし心狂へるならば神の為なり、心慥《たし》かならば汝らの為なり」（コリント後書第五章一三節）。

ブルックナーやクナッパーツブッシュは、「音楽」の為に「心狂へる」者なのである。だから、ブルックナーの音楽には、このような意味での「狂気」がある。そして、クナッパーツブッシュのブルックナーが、他の指揮者を上回って鳴り響かせることのできているものは、この「狂気」の圧倒的表現に他ならない。

このミュンヘン・フィルとのライヴ録音の凄さというものは、「狂気」の凄さといってもいい。その苛烈なまでの響き、常規を逸した音の咆哮、陶酔にまで誘う美しさ、そして、最もすばらしいのは、第四楽章フィナーレの「対位法の建築」である。眼をつぶって聴いていると、ゴシックの大聖堂がそびえ立ってくるのがまざまざと感じられる。

コーダの高揚がこれまた、異様である。他の指揮者だと、クライマックスに達して終わるとしても、そのクライマックスはクライマックスと言葉で言える範囲内にとどまっているのだが、クナッパーツブッシュの場合、クライマックスさえも突き破って、さらに上昇していく。これは、程度というものを知らない、というよりも知ろうともしない、異様なる「狂気」の噴出である。しかし、それがブルックナーの本質である以上、クナッパーツブッシュは正しいのである。

朝比奈隆のブルックナーはたしかに素晴らしい。しかし、人格者であり、エクセントリックではない朝比奈隆のブルックナーは「狂気」を知らない。堂々としすぎている。ブルックナーは、時に破裂しなければならない。何故なら、それは使徒の音楽だからである。使徒は、究極的に破裂するのである（坂口安吾は、小林秀雄に語った「小林さんは円熟したいというけどね、俺はもう破裂しようと思ってるんだ。」と）。

クナッパーツブッシュのブルックナーは、人間など蹴散らしてしまう、真の芸術がこの世にたしかにあったのだと深く確信させる演奏なのである。

カリスマ性にみる名演奏家像——音楽における宗教的なるもの

音楽、美術、文学いずれを問わず、すべての芸術は、本来、発生史的にいっても、本質論的にいっても、きわめて宗教的な性格のものであるが、その中でも特に音楽という芸術は宗教性が骨の髄までしみこんでいるのである。芸術の持っている原初的な性格を、一番強く維持しつづけているということであろう。ルネサンス以降、芸術は世俗化の方向をたどっていった訳だが、美術、文学が宗教性を失っていったのに比べて、音楽は依然宗教性を豊かに保ちつづけているように思われる。

もちろん、これは大局的にみていったことで、美術の世界にも、文学の世界にも例えば、ゴッホやドストエフスキーのような怪物は出ているので一概にはいえないが、音楽の世界に登場した天才たちの名前を思い浮かべてみれば、彼らの人間性が、また彼らの音楽が、どれほど宗教的な味わいを秘めているかは、思い半ばに過ぎるものがあろう。ペーターが〝すべての芸術は音楽の状態に憧れる〟という有名な言葉をのこしているが、これはある意味では〝すべての芸術は音楽の宗教性に憧れる〟といいかえてもいいであろう。

この音楽の持つ宗教性は、やはり、聴覚の芸術であることに根差しているように思われる。音楽は、聴くものである。これは当り前だが、この当り前のことについて、ゆっくり考えてみる人は稀のようである。聖書において、人は神の言をまさに聴くのであって、見るのでもなければ、読むのでもない。ここから、音楽の啓示性が生れてくる。また、パウロは、「我らの顧みる所は見ゆる者にあらで見えぬ者なればなり。見ゆる者は暫時にして、視えぬ者は永遠に至るなり。」(コリント後書第四章十八節)といったが、音楽は「見えぬ者」の世界だからである。

ここで、リルケの「ドゥイノの悲歌」の一節を思い出す。これほど、音楽の発生を深く感動的にとらえたものは稀であろう。

あの言いつたえはよそごとだろうか、むかしリノスの死のための慟哭が
ほどばしる最初の音楽となって、
ひからびた凝固のすみずみにまで滲みとおったということは。
ほとんど神にも近いこの若者の帰らぬ俄《にわ》かの旅立ちに空間ははじめ愕然とし、そこに生じた空
無はその驚きから
あの妙なる顫動《せんどう》に移ったという。その顫動こそいまもわれわれの魂をうばい、なぐさめ、そし
て力を添えてくれるのだ。
(手塚富雄訳)

恐らくリルケによれば、音楽は、究極的にはレクイエムなのであって、たしかに近代音楽におい

ても音楽の宗教性は、レクイエムにおいて絶頂の表現を見い出すといってよいであろう。しかし、いわゆる宗教音楽に限らず、音楽というものは、宗教性からその生命を汲みとっているのであり、宗教性が涸渇すればその音楽は死に絶えるのである。ただ、音だけが鳴っているようになる。音楽は、たんに音の集合体ではないからである。音の総和ではないからである。

このように、音楽が本来持つ宗教的性格を理解してくると、演奏家におけるカリスマ性というものも、当然のものとして見えてくる。名演奏家とは、カリスマ性を持つ演奏家のことである。逆にいえば、カリスマ性のない演奏家とは、名演奏家でないばかりか、そもそも演奏家ですらないといえるかもしれない。それは、音楽を演奏しているのではない。音をお浚《さら》いしているにすぎないのである。

では、カリスマ性にみる名演奏家像としてどのようなことがいえるだろうか。まずいえることは、音楽のとらえ方、あるいは音楽によってとらえられている、その姿である。カリスマ性のある演奏家は、音楽を信仰しているのである。たんに、音楽が子供のときから好きだったとか、家庭の環境が音楽の道を歩ませたといったようなレベルではないのである。音楽を、この世界の結論として、中心として、心棒として、それがなかったら世界が崩壊してしまうような決定的なものとして、とらえている。ほとんど神といってもよい。人が神をとらえるのではなく、神が人をとらえるように、音楽がこの演奏家をとらえているといった方が正確かもしれない。

次にいえることは、その演奏の圧倒的な力である。そもそも、このカリスマという言葉は、マックス・ウェーバーが支配権力に対して被治者がいだく正当性の信念を基準にして三つの支配類型を区別し、合法的支配・伝統的支配とならんでカリスマ的支配という類型をたてたことによって、一般にも使われるようになったのであるが、カリスマという言葉が支配という概念と一緒になっていることは実に象徴的である。カリスマ的力とは、なによりも支配する力なのである。だから、カリスマ性のある演奏家は、聴く者を支配せんとするのである。たんなる聴衆ではなく、ほとんど信者にせんとするのであって、彼の演奏はほとんど絶対的である。一つの名演奏として、いいかえれば相対的な演奏の範囲にとどまっていることは不可能であり、その演奏を聴いたら、他の演奏はもう聴けなくなってしまう、そのような圧倒的な支配力を持っているのである。聴衆を楽しませ、いい気持ちにさせて、事足れり、としている演奏家とは全く別の次元の話である。

三つめとしては、カリスマの原意である「奇蹟を行なう能力」にあらためて戻って考えると、見えてくるものである。カリスマ的演奏家とは、音楽において、「奇蹟」をもたらす人に他ならない。カリスマ性のある演奏家の演奏を聴いて、それまで何度も聴いたことのある名曲であるにもかかわらず、何かその曲をはじめて聴いたかのような驚きを覚えることがある。聴きなれた名曲の中に、はじめて聴く音が鳴っている。カリスマ性のある演奏家は、名曲の中にすら、「奇蹟」をもたらす秘訣を知っているのであろう。手あかにまみれた名曲、あるいは変な言い方だが、耳あかにまみれた名曲が、この「奇蹟」によって、新鮮な音楽となって、現在の音楽となって、鳴り響くのである。古典的名曲ですら、今、書かれたかのような、アクチュアルな音楽として、蘇る。この蘇らす力こそ、まさに「奇蹟」の中の「奇蹟」である。だから、演奏は白熱するのである。至高体験がもたらされるのである。

さらにいえることは、音楽を信仰しているところから当然出てくることだが、音楽に対して極めて厳格な態度をとるということである。具体的にいえば、レパートリーが狭いということである。カリスマ性のある演奏家は、自分が信仰する音楽を、そんなに多く持つことはありえない。たまに、そういう神以外の音楽家の曲を演奏する機会に追いこまれたりすると、いやいや演奏しているのがはっきり分かってしまうような、まずい演奏をしてしまう。一方、彼が信仰する神である作曲家の曲を演奏するとき、ほとんど宗教的時空間が現出するのである。

実は、ここまで私は、一人のカリスマ性のある演奏家のことを念頭に置きつつ、書いてきたのである。それは、他ならぬ指揮者ハンス・クナッパーツブッシュである。私がカリスマ性のある演奏家として思い浮かべるのは（そして、それはほとんど私が好きな演奏家ということに等しいのだが）、指揮者では、クナッパーツブッシュ、シューリヒト、カール・リヒター、フルトヴェングラー、ピアニストでは、グレン・グールド、ヴァイオリニストでは、シゲティ、声楽では、ヘフリガー、である。彼らは、もうほとんど存在そのものにカリスマ性があるのであって、彼ら以外にもカリスマ性を感じさせる名演奏をした人は、他にもいるであろう。思いつくところでは、ショパンのエチュードを弾いたときのポリーニ、ベートーヴェンのピアノ・コンチェルト第四番を弾いたときのグルダ、ブラームスのヴァイオリン・ソナタを弾いたときの、ジョコンダ・デ・ヴィートなどである。

しかし、存在そのものがカリスマ性を帯びたとき、それは本物のカリスマである。そして、やはりピアニスト、ヴァイオリニスト、テノールなどよりもオーケストラを支配する指揮者こそ、カリスマ性のある演奏家の代表といえるであろう。その中でも、特に強烈にカリスマ性のあるのは、クナッパーツブッシュであり、上記した四つの特徴は最大限の意味であてはまるであろう。

ひとつ、いい忘れたことがある。それはクナッパーツブッシュの顔で思い出したのだが、カリスマ性のある演奏家とは多く異様な風貌の持ち主だということである。たんなる異様さではなく、すばらしい異様さである。二枚目カラヤンは、スターに、さらにはスーパースターにはなれたが、カリスマ性のある演奏家になることはできなかったのである。

ブルックナーの使徒性

ブルックナーほど薄気味悪い作曲家は、音楽史上他に例を見ないといっていいだろう。これに比べれば、シューマンの晩年の狂気など単なる狂気にすぎないのであって、別に薄気味悪いものではない。シューマンの狂気は、シューマンという人間の内部の狂気であって、精神医学の領域のものである。凡人の狂気ではなくて、天才の狂気だったことに意味があるくらいなものである。

それに対して、ブルックナーの薄気味悪さは、ブルックナーの使徒性から来ているのであって、ほとんど神学の次元の問題である。キルケゴールによって、天才と使徒の差違は明確にされたのであるが、一言でいえば天才はそれがどれほど豊かなものであろうと、結局自己表現にとどまるのに対して、使徒は外見的にいかに貧しくとも、またその表現が何か奇妙に描くても、他者表現、もっといえば絶対他者の表現に従事しているのである。神を表現しているのである。使徒自身は、空洞である。例をあげれば、ゲーテは天才だが、パウロは使徒なのである。

そして、十九世紀は天才の世紀だった。天才だらけといってもいい。それぞれが、天才的自己を表現することを競っていたのである。音楽の世界も、天才だらけであった。ブルックナーの薄気味悪さは、こういう天才だらけの中に、ひょっこり一人の使徒が現われてしまったということから来るのである。第一交響曲を完成させたとき、もう四十二歳にもなっていたというのは、いかにも使徒らしいことである。また、だいたい、ブルックナーの風貌からして少しも天才らしくない。あえていえば、音楽家らしくもない。もし、ブルックナーのことを知らない人に、彼の顔写真を見せたとしたら、この奇怪で鈍重そうにも見える男が、おそるべき交響曲を書いた人間だとは決して思わないだろう。かといって、公務員とか銀行員とかの勤め人にも見えない。何か、この世の職業の何ものとも結びつかないような表情をただよわせている。

ブルックナーの音楽を最初に聴いたときから、好きになる人はまず、いないだろう。もし、そういう人がいるとしたら、その人はブルックナーの本質を聴きとっているかどうか疑わしい。ブルックナーの音の響きとか、リズム感の面白さとか、周辺的なところを面白がっているにすぎないように思われる。何故、普通ブルックナーの音楽に対して、初めのうちは、違和感を覚えるかといえば、クラシック音楽を聴き慣れてきた人は、そこに人間の感情の、あるいはイデーの、表現を聴きとってきたわけであるが、ブルックナーの音楽にはそもそも人間の感情、イデーなどは表現されていないからである。ブラームス対ブルックナーという対立の図式は、当時のワーグナー派とブラームス派の政治的次元の対立の影響によるものとして片づけるには、事は余りに重大であって、やはりこの対立は当時の状況が無意味になった今日でも、決定的に重要である。何故なら、ブラームスは、この人間の表現という、十九世紀の音楽の方向の、いってみればどんづまりの天才であって、一方ブルックナーは、人間の表現などこれっぽっちもない男だったからである。ブルックナーの音楽を全く認めなかった当時の有名な音楽批評家ハンスリックが、「私は率直にいって、ブルックナーの交響曲に正当な判断を下すことができない。この音楽に対して私は反発しか感じない。不自然におおげさで、病的で、破滅的であるとしか思えない。」といったのは、ブラームス派であった彼の誠実な言葉であって、ある意味で正しいのである。

人間の表現ではないブルックナーの音楽は、結局神の表現であったということになるのだが、神の表現といえばモーツァルトを思い出す。しかし、その音楽の違いは実にはなはだしいものがあるであろう。モーツァルトの音楽はまさに天上的であり、美しさの極みであるが、ブルックナーの音楽は、モーツァルトの音楽が美しいという意味では、決して美しくない。さらには、ベートーヴェンの音楽が高度にモラーリッシュであるようには、モラーリッシュでもない。神の表現であるにもかかわらず、モーツァルトのように美しくなく、ベートーヴェンのようにモラーリッシュでもないブルックナーの音楽の特性を考えていくと、普通ブルックナーの音楽の宗教性といわれているものを再検討する必要が出てくるであろう。

ルドルフ・オットーの宗教哲学の名著『聖なるもの』（一九一七年）は、ヌミノーゼという新語をつくって、神観念における非合理的要素をはっきり打ちだしたことで知られている。「聖なるもの」という言葉は、複合概念であって、普通考えられているような道徳的完成や最高善のみを意味するのではなく、そのような合理的要素の他に、非合理的なものを含んでいるのである。このために、オットーは神性を意味するラテン語のヌウメン（Numen）を元としてヌミノーゼ（das Numinose）という新語をつくったのだが、この新語によってオットーが明らかにした神性は、モーツァルトの神性ではなく、ブルックナーの神性によくあてはまると思われる。

ヌミノーゼの諸要素として挙げられているのは、「戦慄すべき」「優越」「力あるもの」「秘義」「魅するもの」「巨怪なるもの」といったものであり、文章中に使われている表現としては、「薄気味悪い」「なまなましい」などが出てくる。これらの形容は、まさにブルックナーの音楽にぴったりである。

また、このヌミノーゼの感覚は、旧約の神に強く感じられることからすれば、ブルックナーの神は旧約的であり、モーツァルトの神は新約的であるといってもいいだろう。そういう意味で、ブルックナーの晩年のあの不気味な顔は、ヌミノーゼという狂暴なものが通りすぎていったあとの廃墟としての顔である。ハンスリックは、「この世で最も柔和で穏やかである人間が――それにもう決して若くはないのに――作曲するときになると、展開の論理や明晰さも、形式や調性の統一性も、なにもかも冷酷無残に投げすててしまうアナーキストに変貌するというのは、心理学上の謎である」といい、同時代のマックス・カルベックは、「ブルックナーの面立ちには狂暴の影は読みとれない。しがない楽長稼業をしている人間の平均的感覚しか持ち合わせていないように見える。ところが彼のつくり出す音楽ときたら、反逆であり、怒りであり、テロ殺人である。現在の音楽界の革新派のなかでもブルックナーはその危険性においてとびぬけて第一等である」といったが、ここにあるブルックナーという人間の表面的な印象とその人間を通して表現された異様な音楽との落差、ほとんど対極的といってもいいほどの落差は、結局ブルックナーの使徒性に淵源しているのである。「心理学上の謎」ではなく、神学上の問題なのである。「柔和で穏やかな」人間を通して、ヌミノーゼという「反逆」「怒り」「テロ殺人」が噴き出しているのである。湧き上がっているのである。普通の音楽を聴いていると、音楽は流れていくように感じるが、ブルックナーの音楽を聴いていると、音が時々湧き上がってくるような思いに襲われるのはそのためである。今、襲われると書いたが、まさにブルックナーの音楽は、特にそのクライマックスにおいて聴く者に襲いかかる音楽である。

だから、ブルックナーの音楽の宗教性というとき、美しくて優しいとか慰めを与えてくれるといった意味で、その宗教性をとらえるのは大きな間違いであって、何か奇怪な、怪物めいた、ヌミノーゼが向うから襲ってくるような感じを与えるという意味の宗教性なのである。向うからやってくる音楽だから、「第一等」に「危険」なのである。

このようにブルックナーの音楽の本質をとらえてくると、これを演奏するのに特殊な困難さがあることが分かってくるであろう。指揮者も、天才的な人間ではなくて、使徒的な人間であることが要求されるであろう。秀才ではそもそも音楽の態をなさない。例えば、カール・ベームという大秀才の演奏は、何とも救いようのない悪演である。一生懸命棒を振れば振るほど、音楽の魂は逃げていってしまうのだ。秀才型の指揮者は、ヌミノーゼには無縁なのである。フルトヴェングラーは、天才型の指揮者であって、ブルックナーには向いていない。演奏効果をねらったり、個性的な解釈に熱心になる天才は、ブルックナーの本質をつかみとることはできない。ブルックナーの素朴さの奥にあるヌミノーゼを把握することができない。だいたいの指揮者が天才型であり（あるいは天才型であろうとしているから）、ブルックナーには向いていないといっていい。逆に向いている指揮者は、ブルックナーにしか向いていないということになる恐れもあるわけで、世にいわゆるブルックナー指揮者なる存在がありうる所以である。

それでは、使徒的な指揮者とはどういう人かといえば、まずハンス・クナッパーツブッシュであろう。フルトヴェングラーが天才だとしたら、クナッパーツブッシュは使徒であって、この二人の質的な違いはここからくる。ヌミノーゼとしてのブルックナーの音楽は、あえていえば常軌を逸した、度外れな演奏によって本質が浮かび上がる面もあるのであって、クナッパーツブッシュの演奏から時々受ける、あの音そのものが生命を持って巨大に盛り上がってくる感じは、すばらしい。しかし、ブルックナーの音楽を演奏するのに最も向いた指揮者となれば、やはりカール・シューリヒトであろう。クナッパーツブッシュもシューリヒトもスター指揮者になろうとは決してしなかったところが共通しているが、その音楽に帰依する感情において、その高潔な使徒性においてシューリヒトは群を抜いている。指揮者はブルックナーの音楽の前で姿が消え去らなければならない。何故なら、ブルックナーその人がブルックナーの音楽の前で姿を消し去っているからである。

往年の名演奏と現代の名演奏

演奏の歴史において、時代思潮と最も鮮かな連動を示したものは、新即物主義、ノイエ・ザッハリヒカイトといわれる演奏態度であろう。演奏というものが、本来聴衆を相手に行なわれるものである限り、聴衆の生きている時代の好み、感性、趣味といったものに左右されるのは当然であるが、それが時好の水準を超えて、時代思潮に影響を受けたという意味ではこの新即物主義の演奏活動は特別の意義をもっている。

指揮者では、トスカニーニ、ピアニストでは、ギーゼキング、ヴァイオリニストでは、シゲティなどがその代表的存在として挙げられるが、この新即物主義的傾向は、この世代の演奏家に濃淡の差はあるにせよ、広くいき渡ったものであろう。その、ロマン的な主情性を排し、甘美な表現を切り捨てた直截な表現、あくまで作品に即しつつ音楽の本質を浮かび上がらせようとした演奏態度は、たんに演奏の世界で、あるいは音楽の世界で起こった運動から来たものではなかった。

新即物主義は、周知の通り、第一次世界大戦後のドイツで、それ以前の表現主義絵画に対する反動としてあらわれた傾向に与えられた呼称である。ロマン主義の末期的形態としての表現主義が行き詰まった後で、客観性、現実性を重んずる新即物主義が生まれたのである。それは、絵画にとどまらず、建築では実用性や合目的性を追求した当時の新建築物にあらわれ、文学では写実的な記録文学の傾向となった。

音楽では、この語は二十世紀初期の反ロマン主義的傾向を指して用いられるが、作曲家としては、ヒンデミット、ヴァイルなどがその代表者として挙げられよう。

そして、この新即物主義の傾向が生まれてきた背景としては、もっと大きな時代思潮の変化があるのである。それは、第一次世界大戦という、当時未曾有な悲劇によって、ヨーロッパ文明に対する深い懐疑が生まれたということである。シュペングラーの有名な『西欧の没落』が書かれたのも、このような状況の中であった。

それは、一言でいえば、ヒューマニズムの終焉である。人間に対する絶望である。ルネッサンス以降の長い間、ヨーロッパ文明、文化を支えてきたヒューマニズムが、その人間中心主義が、人間への信頼が、第一次世界大戦という苛酷な現実を前にして、崩れ去ったのである。

そういう状況の中、神学においては、人間に対する絶望から、神への希望へと転回したカール・バルトの弁証法神学が登場する。ルネッサンス以降の人間中心主義から、神中心主義へのコペルニクス的転回であった。美学においては、ヴォリンゲルが名著『抽象と感情移入』を著し、ヒューマニズム的感情移入より即物的抽象を重んじる美学を提出した。イギリスでは、T・E・ヒュームが出て、ヒューマニズム批判を鋭い舌鋒で行なった。

これらの思想的動向に共通しているのは、観念より物へ、空疎な観念よりも物に即く姿勢である。カール・バルトにとって、この物とは神、あるいは神の言葉であり、ヴォリンゲルにとっては、線、あるいはもっと正確にいえば直線であったといえるであろう。

このような背景を頭に入れて、新即物主義の演奏を考えていくと、彼らにとって、物とは楽譜のことであったのであり、楽譜に即《つ》くとは、たんに楽譜そのままに演奏するといったことではなく、批評精神をもって、楽譜に臨むことであったはずである。

そういう批評精神をもって、彼らは自分たちのヨーロッパの古典主義、ロマン主義の音楽を演奏しようとした。ヨーロッパ文明の危機の中、その文化的伝統の危機を深く感じながら、楽譜という物に即く、あえていえばしがみつくように、即いたのである。音楽とは、もはや楽譜でしかなかった。ロマン主義的な甘い見方、ベートーヴェンやモーツァルトの音楽がそれだけで文化的栄光をあらかじめ保証されているような環境はもはや失われようとしていた。

だから、彼らにとって、バッハとは、モーツァルトとは、ベートーヴェンとは、さらにはブラームスとは、批評精神によって、改めて存在させなければならないものであった。自分たちの存在の意味をつなぎとめる、音楽の歴史の、美しく輝かしい一本の線であった。その延長線に、自分の存在があることを確認することが、彼らの演奏であったといえるであろう。それが、文化的伝統が切れて、宙ぶらりんの状況におかれているかのような不安を覚えていた彼らにとっての演奏のモティーフであったからである。だから、その演奏は、厳しく原典に即かなければならなかったのである。

往年の名演奏家といえば、現在レコードで聴けるところで、一九二〇年代以降の録音のものということになるが、上記の三人の他に、カペー、ブッシュ、ティボー、コルトー、といった名前が浮かんでくる。彼らの名演奏をたんに尚古趣味からありがたがっているのは、感傷主義にすぎまい。録音の音の悪さを超えて聴こえてくるのは、音楽の歴史、もっと正確にいえばヨーロッパの音楽の歴史につながって演奏している人間の、意味なのである。意味の重み、美しさ、存在感なのである。例えば、フルトヴェングラーのベートーヴェンや、クナッパーツブッシュのワーグナーなどには、この意味の音が強く聴こえる。フルトヴェングラーがベートーヴェンを、クナッパーツブッシュがワーグナーを演奏しているとき、彼らは自分というドイツ人が、今、ここで、百年くらいの時間を距てて、ベートーヴェン、ワーグナーを演奏していることの意味を感じている。二十世紀に生きて、演奏していることの意味を知っている。その意味を感じることにおいて、彼らは、ベートーヴェンやワーグナーにつながった演奏をしているのである。だから、その演奏が、事件になることがあるのである。この意味が聴こえてくる演奏こそ、名演奏と呼ばれるべきものであるならば、往年の名演奏とは、意味のある名演奏のことである。

時代思潮にまでさかのぼって、演奏のことを考えてみたが、これは決して大袈裟なことではない。往年の名演奏家たちは、このような時代思潮、ヨーロッパの文明、文化の運命の中に、深々と呼吸しながら生きて、演奏したのであって、その演奏は音楽史がくっきりと眼に浮かんでくるような意味ある演奏となったのである。

翻って、現代の名演奏というものを考えてみると、このような歴史を失ってしまっているということをまず感じざるを得ない。ヨーロッパの音楽の歴史の生き生きした水脈が、絶えつつあるように思われてならない。演奏の中から意味が消えつつあるのではなかろうか。ヨーロッパの演奏家自体が、自らの文化的伝統とのつながりを強く感じとれなくなっているのではなかろうか。カール・リヒターが、最後の人だったように思われる。そして、大きな時代思潮の中にいるということもない。時代思潮そのものが、芸術に関係してくるものとも思えないからである。

そこにも名演奏は存在する。しかし、それは意味のない名演奏である。たんに、音楽評論家や音楽ファンの耳をよろこばせ、新聞、雑誌のコラムで取り上げられるだけの名演奏である。実に浅く、狭い観点からの名演奏にすぎない。大きく深い、時代思潮、歴史につながっているというものではないのである。だから、往年の名演奏家たちの名演奏には、歴史が聴こえるが、現代の名演奏家の名演には歴史が聴こえてこないのである。ただ、たんに名演奏が、鳴っているだけである。これは、たんに古い新しいという問題ではない。

ヨーロッパ以外の地域で生まれた演奏家、例えば日本人の演奏家が、世界で活躍できるというのも、それほど積極的に評価することはできないのであって、それはたんにヨーロッパの演奏家自体が自分たちの文化的伝統を希薄にしか持たなくなったために、意味のない名演奏を競うようになり、そういう状況のなかでは、もともとそんな音楽的伝統などないかわりに腕だけはやたらと達者な日本人演奏家でも活躍できる余地が広がったということにすぎない。

歴史とのつながりの喪失は、現代の大きな特徴であるが、それが演奏の世界にもあらわれているということなのであろう。

ならば、音楽の歴史の生きたつながりが希薄となり、ただ演奏技術の向上が進む中で、たんなる名演奏しかなされない状況において、いいかえれば、意味のない名演奏が氾濫する状況において、意味を獲得するためにはどのようなことが必要なのか。そのような現代で、意味を感じさせる名演奏は可能なのか。この問いの答えが、グレン・グールドである。グールドの名演奏は、現代の名演奏という意味のない集合体から、脱却している。グールドの名演奏は、現代にはもはや伝統とか権威といったものが全くなくなっている事実を冷徹に見つめることから、それを充分に意識することから出発している。音楽の歴史などはもはや自然に存在してはおらず激しい批評精神によって蘇らせなければ、存在しないことから成り立っている。カナダ人グールドは、ヨーロッパの音楽の歴史について、先入観なく、見ることができたのである。辺境の人間ならではの眼である。

グールドは、もうすでに死に体の伝統などを断ち切り、鋭利な批評精神で楽譜を読み抜くことによって、歴史につながった。歴史を断ち切ることによって、逆説的に歴史につながったのである。同時性の緊張によって、歴史に推参しその名演奏は意味をもちえたのである。歴史を鳴らしたのである。グールドのバッハは、バッハの歴史が鳴っている。グールドのベートーヴェンは、ベートーヴェンの歴史が鳴っている。けだし、名演奏とは、歴史が鳴っている演奏のことだからである。

フルトヴェングラー没後五〇年

ベートーヴェン「交響曲第四番　変ロ長調　作品六〇」（一九四三年ベルリン・フィル、メロディア直輸入盤）

没後五〇年ということで、フルトヴェングラーのCDがいろいろ発売されているが、私が興味深く感じて購入しているのは、「戦時中」の録音である。

ベートーヴェンの第五、第六、第九、ブラームスの第四、シューベルトのグレイトなどそれぞれ素晴らしいが、私が特に感動したのは、コリオラン序曲であった。一九四三年六月二十七〜三十日と記録されている。まさに「戦時中」であり、この演奏の白熱は比類ないものである。

フルトヴェングラーの「戦時中」の演奏の激烈さ、沈痛さに以前にまして強く心ひかれるように感じるのは、今日の世界もまた「戦時中」だからであろうか。

アメリカによるイラク攻撃が始まったのは、昨年（二〇〇三年）の三月二十日のことであったが、攻撃開始がもはや避けられない情勢になった一月末に、ある雑誌からアンケートの依頼があった。

イラク攻撃が開始されたら、世界、あるいは日本はどのようになると思うかというものであったが、私は、『戦時中』のはじまり」と題して、次のようなことを書きしるした。

――もはやすでに、私達は「戦時中」と規定される時代に突入したのではないか。それは、9・11以降のことであるが、アメリカのイラク攻撃が始まれば、この「戦時中」との実感は一段と深まるに違いない。そして、この新たな「戦時中」も様々な悲惨を生むであろうが、それとともに（あるいは、それ以上に）私を憂鬱にするのは、これからの「戦時中」には、前回の「戦時中」のような、文化的所産が生まれないであろうという予感である。

昭和の「戦時中」は、その悲劇性によってかえって人間の精神の偉大さ、美しさを表現した多くの作品を生んだ。小林秀雄の「無常といふ事」も書かれたのである。

しかし、今度は、大木惇夫の「戦友別盃の歌」も三好達治の「おんたまを故山に迎ふ」も歌われまい。「海ゆかば」も「海道東征」も作曲されず、鳴り響くまい。――

イラクでの戦争が少しも終息せず、テロが多発している現在、「戦時中」との思いはますます深まるが、アンケートに答えたとき、前回の「戦時中」において、ドイツではフルトヴェングラーの名演奏があったことを私は頭に浮かべていた。

中野雄著『丸山眞男　音楽の対話』の中に、丸山が「音楽は、フルトヴェングラーの戦争中の演奏をもって、その頂点とするのではないか」と語ったとある。これだけでも、丸山が、いわゆる「平和主義者」でないことが分かるが、次のようにも発言している。

「フルトヴェングラーの演奏は、録音を通して聴く限り戦時中のライヴがベストですね。戦後のLP盤、とくにスタジオ録音では緊張感がイマイチです。決して悪いわけじゃない。ベルリン・フィルと録《い》れた《グレート》（シューベルト）やシューマンの《四番》なんか、他の追随を許さずといった出来だけれど、ベートーヴェンなんか随分ちがう。戦後のは『茹ですぎたうどん』みたいだと言ったら、君たちに叱られますかね」

戦後のフルトヴェングラーの演奏が「茹ですぎたうどん」だとしたら、それは戦後というものが「茹ですぎた」ような「緊張感」のない時空間だったからであろう。

特に日本は「戦後民主主義」という「茹ですぎた」政治思想におおわれたのであり、丸山は自分の言説が結局、このような「茹ですぎた」社会を生んでしまったことに苦い思いをかみしめていたに違いない。そこから、中野雄氏が「聞き捨てならない告白」という丸山の発言も出てきたのではないか。その発言とは、音楽ジャーナリスト梅津時比古に語った「自分が音楽の道に入っていたら、政治思想のようなつまらないものはしなかった」というものである。

そのくらい丸山は、クラシック音楽が好きであったが、特に愛聴したレコードの一枚はフルトヴェングラーが指揮したベートーヴェンの第四番の「戦時中」の録音である。これについては、次のように語っている。

「四三年六月三十日の《第四》（ベートーヴェン）ですがね、一楽章の第一主題に入る序奏の前のフェルマータ（延長記号）のついたフォルティシモ――三十六小節と三十八小節です。凄い響きだな。オドロオドロしいですよ。こんなこと、譜面ヅラ見たって書いてない。その前の八分音符一つ一つに意味をもたせて、最後の三つに強烈なクレッシェンドをかけて、雪崩《なだれ》のようにオーケストラをドライヴしてゆく。こういう音楽は彼にしかできない芸当ですね。現場に居合わせたら鳥肌が立つか、背筋が冷たくなるか……。もう、こんな音楽は聴けないね」

この発言については、文芸評論家の桶谷秀昭氏と四方山話をしているとき、氏が、この中野氏の本を読んでいて、丸山の四番についての右の発言にぶつかり、自分が以前から思っていたことと同じだったので、昔から丸山の政治思想に共感するものは少しもなかったが、音楽については丸山はいい感覚をしている人間だと思ったという意味のことをいわれたのを思い出す。「政治思想のようなつまらないもの」で丸山を評価してはいけないのかもしれない。いずれにせよ、思想的には対極に立つ両氏が、ともにこのフルトヴェングラーの演奏を高く評価したということは、この演奏のすばらしさを保証している。最近聴いて感動したコリオラン序曲と恐らく同日の演奏であろう。

フルトヴェングラーは、いわば「戦時」の人である。「平時」の人ではない。「戦時」にその個性が全開したのであり、それはフルトヴェングラーという人の精神が、人生を「戦時」のものと考えて対峙する、根本的に劇的なものだったからである。それが、ベートーヴェンの交響曲の中でも短調ではなく長調の四番から、かくまで「凄い響き」をひき出したのである。

グレン・グールド

二十世紀の音楽界の変革者といえば、まずシェーンベルクを挙げるのが、これまで普通のことだった。しかし、二十世紀がまもなく終わろうとしている今日の時点で、この百年を振り返るならば、この「常識」がたんなる通念にすぎなかったことがはっきりしてくる。

「現代音楽」をとにかく「芸術」と音楽家自らが信じ込む、あるいは世間を信じ込ませるために必要だった、この「神話」は今や、解体し、寒々とした実体をさらしているのである。

一世紀という時間が経っても、「聴衆」が獲得出来ない、あるいは育成されない「現代音楽」とは、結局、最初から「芸術」ではなかったのではないか、そしてその出発点とされるシェーンベルクとは本質的に「野心家」にすぎなかったのではないか、これが世紀末における、私の疑惑なのである。

こういう問いを立ててみよう。真に音楽の才能ある人間は、二十世紀において、作曲家になろうとするか、それとも演奏家になろうとするかという問題である。十九世紀であれば、それははっきりしている。ベートーヴェンやブラームスは作曲家であり、また演奏家としても一流だった。真の才能は、当然作曲家をめざすのであり、演奏家というのは作曲家としての才能に乏しい人間がつく職業であったであろう。しかし、二十世紀に入ると事情が変わってくる。フルトヴェングラーは『手記』の中で次のようにいっている。

> ブラームス、ブルックナー、ヴァーグナーまでは音楽の発展があった。その後、それに続く外的な発展と見えたものはインフレーションであった（シュトラウス、レーガー、マーラー）。その一部は、過去に見られたような発展をいたるところに絶えず認め、認める権限があると信じている歴史観のテロリズムのもとで、また一部は時代の心情的な弱さによって生じた。プフィッツナーは、またドビュッシーやラヴェルもそれのみか部分的にはストラヴィンスキーも、その点では異なるが、ヒンデミットになると明らかにふたたびきわめてインフレ的になる。
>
> （芦津丈夫・石井不二雄訳、傍点原文）

この音楽の「インフレーション」の中で、真に才能があり、誠実で良心のある人間は演奏家になるはずである。そして、二十世紀に演奏家であるとはどういうことか、を鮮烈に示してみせたのが、グレン・グールドであった。二十世紀は、作曲の時代ではなく、演奏の時代であった。文学の世界で、二十世紀が小説の時代ではなく、批評の時代であったのとアナロジーがある。この演奏の時代に、十九世紀の演奏スタイルを全く断ち切って、演奏を「創造」したのがグールドだった。だから、グールドは、作曲家を含めた全音楽家の中で、最も創造的な才能であったのである。

骨立する音楽

小林秀雄の有名な「モオツァルト」の中に次のような一節がある。

　メンデルスゾオンが、ゲエテにベエトオヴェンのハ短調シンフォニイをピアノで弾いてきかせた時、ゲエテは、部屋の暗い片隅に、雷神ユピテルの様に坐つて、メンデルスゾオンが、ベエトオヴェンの話をするのを、いかにも不快さうに聞いてゐたさうであるが、やがて第一楽章が鳴り出すと、異常な昂奮かゲエテを捉へた。「人を驚かすだけだ、感動させるといふものぢやない、実に大袈裟だ」と言ひ、しばらくぶつぶつ口の中で呟いてゐたが、すっかり黙り込んで了つた。長い事たつて、「大変なものだ。気違ひ染みてゐる。まるで家が壊れさうだ。皆が一緒にやつたら、一体どんな事になるだらう」。食卓につき、話が他の事になつても、彼は何やら口の中でぶつぶつ呟いてゐた、と言ふ。

この間、久しぶりにこの小林の「モオツァルト」を読み直した時、この一節の中でこれまで読み過ごしていたものに気がついた。私は、このゲエテの話を、一緒にあげられている、トルストイがベートーヴェンのクロイツェル・ソナタをきいて異常な昂奮を経験したという話とともに、天才の耳の「聞いてはいけないものまで聞いて了った」劇として理解していたに過ぎなかったのである。しかし、今回注意を引いたのは、ゲエテがハ短調シンフォニーをきいたのは、オーケストラによる演奏によってではなく、ピアノによるものであったということである。この事実に気がついてみると、すぐグールドのハ短調シンフォニーのリスト編曲によるピアノ版の演奏をきいた時の感動を思い出した。ゲエテの耳は、ベートーヴェンの本質を把握するのに、ピアノ版で足りたのである。というよりも、かえってピアノ版の方が音楽の本質を浮かび上がらせるのかも知れない。ピアノ版は、楽曲をいわばその骨だけにするのである。肉の部分の多くは、削り落とされるのである。楽曲のテーマは、むき出しにされるといってもよい。そのイデーが、透き通って見える。歌はその純潔さのままに歌われる。

このようにピアノ版の特徴を考えていくと、グールドがベートーヴェンのシンフォニーのピアノ版を世界で最初に録音したというのも、決して鬼面人を驚かすといったことではなくて、実にグールドの本質につながっている行為であることが分かってくるであろう。何故なら、グールドとは音楽を削り落とすピアニストだからである。グールドは音楽をその本質部分だけにまで、その核心だけにまで削り落とす。いわば、音楽の骨だけを鳴らすのである。オーケストラ曲から他ならぬオーケストレーションを削り落としてしまう。だから、ベートーヴェンのシンフォニーのピアノ版を録音したグールドが、ついにワーグナーの楽曲を自らの編曲でピアノでひいてみせたのは、ある意味で当然の帰結なのである。「ニュルンベルクのマイスタージンガー前奏曲」『神々のたそがれ』より夜明けとジークフリートのラインへの旅」「ジークフリート牧歌」の三曲が入ったCDのジャケットには、「A PIANISTIC TOUR DE FORCE」と書いてある。よりによって、管弦楽の発展の極限値としてのワーグナーの楽曲を、ピアノ一つで演奏しようというのだから、まさに「TOUR DE FORCE」（力業）以外の何ものでもないであろう。しかし、ここまで突き進んだところにまさにグールドのグールドたる所以があるのである。

中島敦の小説「弟子」の中に、瑟《しつ》を鼓していた子路が、その音が誠に殺伐激越であると孔子に指摘されて、「彼は一室に閉ぢ籠り、静思して喰はず、以て骨立《こつりつ》するに至つた。」というすばらしい表現があるが、グールドとは、特にコンサートを開かなくなってからというものは、「一室に閉ぢ籠り、静思して喰はず、以て骨立するに至つた」人間である。その音楽はまさに「骨立」している。グールドの有名な唸り声というものも、正確には呻《うめ》きというべきものであって、このグールドの呻きは楽曲を削りながら、自らが「骨立」していく人間の呻きなのである。

小林秀雄は、大岡昇平との対談の中で、ニイチェのことを批評のデーモンといっているが、批評と演奏がある深い共通項を持っていることを考えるならば、グールドは演奏のデーモンといえるであろう。グールドのバッハは、グールドのバッハ論なのであり、ベートーヴェンのピアノ・ソナタは、グールドの編曲によるピアノ曲のピアノ版なのである。いっそのこと、グールドはピアニストというよりもスコアを読み、ピアノを使う批評家と考えた方が正確かも知れない。そして、このラディカルな批評家は音楽を本質だけにまで削り落とし、いわば骨立させなければやまない精神の持ち主だったのである。

グレン・グールドとブラームス

グレン・グールドの最後の録音が、ブラームスであったことは、たんなる偶然とはいえないだろう。グールドが、このブラームスの録音を自らの「白鳥の歌」として意識していたかどうかは分からない。この録音の年の秋に死ぬとは思ってはいなかったかも知れない。

しかし、グールドのように作曲家のうち誰を選ぶか、またどの作品を録音するかについて極めて意識的なピアニストが、最後の録音に誰を演奏したかということは、充分な重みをもって受けとめられていい問題である。

グールドのような大批評家ともいうべき才能は、彼が演奏したかどうかということが逆に作曲家の音楽史上の優劣に影響を与える力を持っている。彼が録音した、すなわち批評の対象としてとり上げたということが、そのことだけですでに、その作曲家、あるいは作品の傑出していることを保証する。演奏、あるいは批評というものは、ここまで行かなければ詰まらない行為である。

ブラームスは、後世のグールドによって選ばれたことによって、光輝を増した。音楽史におけるブラームスの位置は、グールドによって高められた。これが、歴史の創造というものである。

また、位置が高められるということの他に、ブラームスとは何か、という問題にグールドの選択は大きく影響を与える。それが、批評の力である。ブラームスの人と音楽は、グールドの「晩年」に録音されたことによって、「晩年」の性格を色濃く感じさせるものであることがはっきりしてくる。ブラームスは、「晩年」に「晩年」になったのではない。人生の出発の頃、「青春」からすでにブラームスは「晩年」であったような人なのである。

太宰治が、二十七歳のときの第一創作集に「晩年」というタイトルをつけたことが、ここで思い出されてもよい。また、チェーホフが、有名な「手帖」の中で、早く年をとって、はげ頭になり、机の前にじっとすわっていたい、というようなことを書いていたことも連想される。

小林秀雄と五味康祐の対談「音楽談義」の録音テープを聴いたことがある。昭和四十二年の初春、行なわれたものである。小林は、『本居宣長』にすでにとりかかっていた。このテープの中で印象深かったのは、『本居宣長』を、ブラームスを聴きながら書いている、という発言であった。そして、一番終わりのところで、もう一度ブラームスのことに触れて、ますますブラームスが好きになった、と言っている。小林秀雄の「晩年」に、ブラームスの音楽は、深々と鳴ったのであろう。

グールドのブラームスは、最後の録音よりも二十八歳の若さでなされた、間奏曲集の録音の方がすぐれている。そして、この若きグールドによって選択され、並びかえられた間奏曲こそ、ブラームスの「晩年」の神髄である。グールドはやはり、「晩年」が早く訪れる人であったということであろうか。

ルドルフ・ゼルキン

ピアニストの巨匠性の試金石となりうる作品はいくつかあるが、その筆頭に挙げられるべきものは恐らく、ベートーヴェンのかの大曲、ディアベリ・ヴァリエーションであろう。

その他にも、例えばシューベルトの数曲、特に晩年の即興曲などが、試金石たりうるが、やはり決定的なものは、ベートーヴェンにあるであろう。それも、有名なソナタなどではなく、最後の三つのソナタでもまだ充分ではなく、ディアベリ・ヴァリエーションこそ、その最たるものということができる。

この、ベートーヴェンの実質的に最後のピアノの作品は、ちょっと聴いただけではその良さが分からないであろう。しかし、そのすばらしさが、あるとき啓示のように分かると、他のピアノの曲などが、もはや色あせて聴こえるくらい、圧倒的な感銘を与える。ピアノの表現のすべてが、埋められていて、その美しさは巨匠の指によってはじめて、ひき出されうる。

このように、成熟した耳でなければ、その卓越性を発見できないような作品の底に秘められている美しさや壮大さを表現できる人が、巨匠の名にふさわしい。だれでもすぐ分かるような形で美しい曲などを、きれいに弾くことは、その曲そのものが持っている美しさの力に頼っても可能なのだが、ディアベリ・ヴァリエーションのような曲の場合、ピアニストの人間と思想の深さが、決定的に試されるのである。

リストの難曲などを、いくら華麗に弾いてみせたところで、巨匠になれるものではない。そういう曲を弾きこなすには、極端にいえば、指が先天的に長くて、一生懸命ピアノを練習する秀才であれば、事足りるであろう。このタイプは、せいぜい頑張っても大家までしかならない。大家としての名声を獲得できるだろうが、それだけの話である。

また、ショパンの名曲を美しく鳴らせたところで、巨匠になれるわけではない。ショパンの美しい曲を心こめて弾くためには、人間的な、あるいは思想的な深みがなくても、感覚的にある程度の芸術的天分がありさえすれば、充分であろう。だから、例えば、ルービンシュタインのように、最晩年にいたるまで長々とショパンを弾きつづけたからといって、名ピアニストにはなれても、巨匠の名に値しないということがありうるのである。

ことわっておくが、私は巨匠という存在を、大変高いところに置いている。巨匠は、大家、あるいは名ピアニストとは、微妙に、しかし、その本質においては明確に違うものである。

昭和のある作家が、そのライフ・ワークともいうべき作品を書くにあたって、これを書き上げたら、私は文豪になれる、といったという話があるが、私は巨匠という言葉を、この文豪という言葉の持つ重みをもって考えている。

その作家は、この大作以前にすでに充分、天才であったし、小説の名人であった。大作家、あるいは大家といってもよかったであろう。しかし、まだ文豪ではなかったのである。

また、その大作を書き上げたからといって、その小説家がはたして文豪になりえたかどうかは、大変疑問なのだが、それはとにかく、その作家が、大作家、あるいは天才作家と、文豪との違いについて感じとっていたことは、重要な問題をはらんでいる。

大作家、あるいは天才作家とは、自分の持って生まれた才能が、大変に豊かな人、あるいは天才的な人のことであり、それ以上のものでもそれ以下のものでもない。

それに対して、文豪という場合、その人個人の才能の大きさはもちろん、いうまでもないが、その他に文化的伝統にもとづく圧倒的な教養、和漢洋におよぶ言葉の厚み、歴史に対する鋭い理解力などがともなっていることが必要なのである。歴史と文化的伝統を背負うことによって、その作家は、たんに大作家や天才作家であることを超えて、時代の宿命的存在、歴史の運命と化す。それが、文豪である。

だから、文豪という言葉を『広辞苑』でひくと、用語例として「明治の文豪」と出ているのも不思議ではない。「明治の文豪」とは、普通、森鷗外と夏目漱石の二人を指して使うことが多いが、たしかに「明治の文豪」という言い方はぴったりくる。それに対して、大正の文豪、昭和の文豪というのは、実感が湧かない。事実、大正、昭和の文学には、大作家、天才作家はいても、文豪はいなかった。

明治という時代、この偉大なる文化的エネルギーが充溢し、歴史というものがはっきり浮かび出た時代のみが、文豪を生みえたのである。文豪とは、歴史と深く「相渉る」ことによって形成されるものだからである。

そう考えると、この大作で文豪になれるといった昭和の作家が、ついに文豪になりえなかったのは、その作家自身の問題というより、歴史なき時代の問題であろう。現代とは、文豪を生み出しえない時代なのである。

話が、文豪の方にそれてしまったようであるが、決して関係のないことではなくて、巨匠についても、似たようなことがいえるであろう。現代とは、巨匠を生み出しえない時代なのである。

実は私は、ピアニストの巨匠として、ある一人の人物を頭に入れながら、ここまで書いてきたのである。その人物とは、ルドルフ・ゼルキンである。ゼルキンこそ、ピアニストの巨匠にふさわしい芸術家である、と私は確信している。

冒頭に、ピアニストの巨匠性の試金石として挙げた、ディアベリ・ヴァリエーションのゼルキンの一九五七年の録音を私は、持っていて、今回あらためて聴きなおしてみたが、これはやはり決定的名演である。また、シューベルトの即興曲が、ピアニストの巨匠性の試金石たりうるのではないか、とも書いたのは、ゼルキンの一九七九年のレコードを聴いた上での話である。こういうシューベルトの、ある意味で易しい曲を、これほど深々と弾くということは、巨匠でなければできないことである。

ゼルキンのシューベルトの即興曲については、増田隆昭という人が、小林秀雄の次のような印象深いエピソードを伝えている。七十歳半ばの小林秀雄のお伴をして、ゼルキンの演奏会を聴きに行ったとき、アンコールの曲を弾き出すと、「小林さんはそれにひときわ深く感銘されたようだった。演奏が終わって、ゼルキンの最後の答礼がすむと、『いまの曲は何だい』と席を立つなり訊かれた。」それに対して、増田氏が、シューベルトの即興曲変イ長調（作品一四二の第二番）と答えると、「小林さんは深く肯かれただけだったが、その無言の応じ方に、胸のうちにふつふつとする感動を反芻されているのがうかがい知れたように思われたのである。」

晩年の小林秀雄を、かくまで「感動」せしめたことは、ゼルキンというピアニストがまぎれもなく巨匠であったことのよい証しであろう。

では、ゼルキンは、何故に、あるいはどのようにして、巨匠となりえたのであろうか。

もちろん、ゼルキンのすぐれた資質が然らしめたものに違いないが、その形成にあたっては、義父アドルフ・ブッシュの影響が大きいものと思われる。アドルフ・ブッシュその人が、二十世紀のヴァイオリニストの巨匠の一人であるが、ブッシュとゼルキンの二重奏、あるいはさらにヘルマン・ブッシュを加えての三重奏のレコードは、決定的な名盤であって、私は大変愛聴している。

アドルフ・ブッシュのドイツ音楽の伝統をどっしりとふまえた教養と人間性、その演奏形式は、若き日のゼルキンに深々とした影響を与えたことであろう。また、ゼルキンが、その初期、中期に、ソロよりも二重奏、三重奏、あるいは五重奏などの、室内楽を多くやっていたことも重要な意味をもっていると思われる。アドルフ・ブッシュは、もちろんソロもすばらしいが、その有名なブッシュ・クヮルテットによって、室内楽に名演をのこしていることからも分かるように、室内楽を重んじた。この室内楽の重視の姿勢が、ブッシュを、また娘婿ゼルキンを、空疎なヴィルトゥオーソに成り果てることから救ったのである。

室内楽をやることは、特に音楽の持っている構造に敏感になっていくはずで、ゼルキンの音楽の、がっちりした構成力は、そこから養成されたのかもしれない。巨匠の風格というものは、まさしくこのがっちりした構成力から生まれてくるものだからである。その点からいっても、ゼルキンは巨匠中の巨匠である。

例えば、ケンプは、その構成力の弱さの点で、巨匠になり切れなかった。大家どまりであった。バックハウスも、そのヴィルトゥオーソとしての名声の故に、やや危なっかしかった。ホロヴィッツは、やはりショパンをやり過ぎたようである。

まだ存命中のところでは、リヒテルは、その叙情性の過多の故に、もしかすると巨匠になり切れないかもしれない。ミケランジェリも、その余りの鋭敏な感覚のために、しっかりした構成力にやや欠けている点があるように思われ、巨匠になれるかどうか疑わしい。巨匠には、黄金の安定がなければならない。

ゼルキンは、今から思えば最後の巨匠だったのかもしれない。明治という時代にしか、文豪が存在しえなかったように、演奏家、あるいはピアニストの巨匠というものも、アドルフ・ブッシュに象徴されるドイツ音楽の伝統が生きつづけていた時代までしか、存在できないのかもしれない。その最後の光芒が、ゼルキンであったといえるであろう。音楽の伝統を一身に背負って生きたゼルキンは、その存在そのものが、すでに音楽の歴史の一つ運命であった。演奏のすばらしさだけではなく、存在そのものが意味をもつとき、人は巨匠になるのである。

音が立つということ

往年の名ピアニストたちを、いたずらに神格化するのは、あまりいい趣味ではない。往年の名ピアニストと一口にいっても、千差万別であるし、その中には本物の天才もいるが、たんに虚名を博して生きた者もいることだろう。

往年の名ピアニストといった言い方で、その演奏や人柄を、むやみに神話化したがるのが、いわゆるクラシック・ファン、あるいはマニアのおちいり易い悪徳である。

シンフォニーや、ヴァイオリンにもまして、ピアノの音は特に、古い録音では音楽性がどうのこうのという前に、音自体があまりに貧弱にしか鳴らないものが多いので、どうにもならない。戦前のものなどは、特にひどい。

音のよさと、音楽のすばらしさは違うというのは、正論ではあるが、所詮音楽は音から成り立っている以上、この音と音楽の区別は観念的なものでしかあるまい。

そういう貧しく、かつ正確にその名ピアニストの音を記録してもいない録音のものを、偶像崇拝的に思い入れをして、聴きほれた気分になって、昔の大家はすごかったなどと、訳知り顔に語るのは、結局音楽を聴いているというよりも、すごい演奏のはずだという観念を聴いているのであり、昔はよかったというノスタルジーを感じているのである。懐かしの歌声と変わるところがない。

いまだに、昔の大家の、あまりよくない録音の全集が、誰々の遺産と称して、売り出される所以だが、本当に聴くに値する演奏家のものがどれだけあるか、疑問である。

それほど録音が悪くなくて、音としてまあ、許せる時代のものについても、往年の巨匠とされるピアニストのうち、何人が本当に時代を超える才能の持ち主であろうか。それほど多くないのではなかろうか。

思いつくままに、消去法でいけば、まずケンプなどは、駄目であろう。ルービンシュタインも、とても真の大家の名に値しないだろう。

また、コルトー、ホロヴィッツのショパン、バックハウスのベートーヴェンとか、いわゆる名演とされるものも、現代の天才ピアニストによって、乗りこえられる程度のものでしかないのではないか。現代の天才ピアニストの方が、録音のよさということだけではなく、曲そのものの演奏においても、すぐれているのではないか。だから、昔のものをただ、お守りのようにありがたがっているのは、無意味なのである。

例えば、コルトー、ホロヴィッツのショパンは、ポリーニのショパンによって乗りこえられているのではないか。あるいは、アルゲリッチのショパンは、コルトー、ホロヴィッツより、すぐれているのではないか。ギーゼキングのドビュッシーは、ベロフのドビュッシーによって、もう聴かなくてもいいものと化していないか。バックハウスのベートーヴェンなどは、グルダの全集が出た以上、もうたんに過去の思い出ではないか。カサドシュのモーツァルトは、アシュケナージのモーツァルトよりも果たして、そんなに歴然とすぐれたものといい切る自信をどれだけの人が持てるだろうか。シューベルトのピアノ・ソナタにいたっては、往年の名ピアニストは、とり上げることすらできなかった。そのよさを、見出すことができなかった。シューベルトが弾かれるようになったのは、ゼルキン、リヒテルなどからであろう。

ポリーニ、アルゲリッチ、ベロフ、グルダ、アシュケナージなどの現代の天才は、同時代者として、グールドを持っており、グールドが否定した、現代における音楽、あるいはコンサートのあり方について、意識的にならざるをえない地点に共通して立っている。往年のピアニストたちの多くは、グールドの批判をまぬがれることはできないだろうし、かなり、のん気に、コンサートを開いて、いわゆる名演を披露していたのではあるまいか。

往年の名ピアニストたちに対する、偶像崇拝的鑑賞法が気にいらないので、思わず、ずいぶん否定的なことを書いてしまったが、往年の名ピアニストの中にもたしかに、現代の天才ピアニストによって、簡単に乗りこえられないと思われるものを持っている者もいるだろう。

例えば、リパッティなどはその一人といっていい。リパッティは、演奏そのものが、事件となったことによって、屹立している。

また、ゼルキンもそういうピアニストだろう。ゼルキンの場合は、音楽の正統に相渉っていることとにおいて、高みに立っている。

現代の天才ピアニストが、いかに天才だとしても、その演奏会がたんなる演奏会におわるのではなく、事件になることは至難だからである。また、音楽の正統に相渉ることも、ゼルキンが育った音楽的環境などが現代ではほとんど不可能であることを思うとき、極めて難しい。

往年の名ピアニストたちの中でも、本物とにせ物がいるわけで、本物と思われるピアニストには、事件性や正統性よりも、もっとベーシックなものとして、音が立っている、という特徴があげられよう。

音が立つ、というのは、ずいぶん文学的ないい方とも思われようが、私としては、名演奏の根本的な証としては、この、音が立っている、という感じが一番ぴったりくるのである。音がきれいだとか、正確だとか、はあまり関心をひかない。いわんや、曲芸的技術力などは、問題にならない。

音が立つ、とは、ベルクソンのいわゆるエラン・ヴィタールがあるということである。生命の飛躍が入っていて、ピアニストによって、生きられた音である。平たくいえば、生き生きとした音、生命感にあふれた演奏ということになるが、音が立つ、というのは、そういう月並みないい方では充分表現されつくされないものである。

エラン・ヴィタールとは、創造的なもので、未知の、新しい領域に突き進んでいく、生命の輝きをイメージさせるが、音が立っているという感動を受けるとき、そこでは音は、その名ピアニストによって創造され、聴く者に新しい世界を切り開いていくような、清新な響きなり、リズムなりをともなう。

往年の名ピアニストの中の本物は、このエラン・ヴィタールを持っている。これが、そのピアニストの鳴らす音に乗り移って、音が立っている。音が、寝そべっていない。音が垂直性を持ち、聴く者を時あって、鋭く突き刺す。だから、ここには音楽を聴くという経験が、現実にありえる。何故なら、音楽を聴くということは、音の垂直性に突き刺されることに他ならないからである。

この音が立つ、という感じは、たしかに往年の名ピアニストたちに比べて、現今のテクニックだけのピアニストの演奏から受けることがはるかに少ない。精神の高さが、必要だからである。

しかし、全く途切れてしまったわけではあるまい。私は、この二月に、ウゴルスキのリサイタルを聴いたとき、久々に音が立っている演奏に出会った。ベートーヴェンのディアヴェリ・ヴァリエーションもよかったし、ムソルグスキーの「展覧会の絵」もよかった。私はディアヴェリのテーマが鳴った瞬間から、もうウゴルスキは天才だ、と思った。音が立っている。

アンコールが終わってクロークに並んでいると、私のうしろでピアノをお勉強しているらしい、若い女性が女友達に、どこどこの音が違っていたとかなんとかいっているのが耳に入った。これが、今どきのピアニスト、あるいはピアニスト予備軍の物言いであろう。彼らの音は、決して立つことはない。

アナトール・ウゴルスキ

演奏家の場合、どの曲から出発するか、ということはきわめて重要なことである。作家の処女作にその作家の全てが、あるいは全ての萌芽があるとよくいわれるが、演奏家がどの曲でデビューするかは、それと劣らず、その演奏家の本質と才能を暗示するように思われる。

グレン・グールドが、バッハの、それも「ゴールドベルク・ヴァリエーション」でデビューしたことは、グールドの天才と孤独を予告していたし、次の録音が、ベートーヴェンの最後の三つのソナタであったことも、充分異様なことであった。

駄目な演奏家、いいかえれば、演奏技術は高いとしても、音楽の意味についての理解が平凡な演奏家は、普通の場合、いわゆる名曲から出発するものであろう。ベートーヴェンであっても、月光ソナタとか、熱情ソナタとか、それ以外では、ショパンの名曲とか、シューベルトのよく知られた曲とか、そんなところである。

ウゴルスキは、他でもない、ベートーヴェンの「ディアベリ・ヴァリエーション」が最初のＣＤである。これだけでも、ウゴルスキの才能は、注目すべきものだと思われる。グールドと同じく、ヴァリエーションから出発したことは、このヴァリエーションという形式が、演奏家の真贋をためすのに、もっともふさわしい形式と思われるためかも知れない。

グールドがついに録音しなかった、ディアベリからやったことなど、なかなかなものである。そして、三番目のCDは、ベートーヴェンの最後のソナタである。このとり上げ方は、実に才能の高さを感じさせる。

事実、ウゴルスキ自身が、影響を受けたのは、グールドだけだといっている。あの、レニングラードでのライヴを、十五歳のウゴルスキは、聴いたのである。

両者とも、実に個性的な演奏をするが、グールドにおける「ゴールドベルク・ヴァリエーション」のある変奏と同じく、ディアベリにおいて、ウゴルスキが聴かせる瞑想性の深さは、ただものではない。この瞑想性の深浅は、演奏家の真贋をたしかめる上で、重要なものの一つである。

聴いていて、退屈で、沈香も焚かず屁もひらない演奏が多い中で、ウゴルスキの刺激的な演奏は、これからどのように展開していくかを注目させるだけの力をもっている。

二十一世紀に受け継ぎたい二十世紀の名演

①ブルックナー／交響曲第九番＝カール・シューリヒト／ウィーン・フィル（EMI）

カール・シューリヒトは、いわば「使徒」的指揮者であった。一方、フルトヴェングラーは、「天才」的指揮者に他ならない。「天才」と「使徒」の違いについては、つとにキルケゴールが明確にしたところである。「天才は自分自身によって、すなわち、自分自身の内にあるものによって、その在るところのものである。使徒は神からの権能によって、その在るところのものである。」（桝田啓三郎訳）

近代とは、「天才」の時代であった。しかし、二十一世紀は、「使徒」の時代になるであろう。「天才」少女ヴァイオリニスト、「天才」少年ピアニスト、もう沢山である。もううんざりである。シューリヒトのような「無私の精神」、その「使徒」性が、例えばブルックナーの音楽の本質を正確に表現することが出来たのであり、二十一世紀にはフルトヴェングラーの「天才」性よりも、シューリヒトの「使徒」性こそ、高く評価されるべきであろう。シューリヒトの「使徒」性の最高の表現が、このＣＤである。

②シューベルト／「冬の旅」＝エルンスト・ヘフリガー（クラーヴェス）

エルンスト・ヘフリガーは、カール・リヒターの「マタイ」や「ヨハネ」の、エヴァンゲリストとして二十世紀最高のテノールであった。エヴァンゲリストを歌うことがテノールの最も深い仕事であり、この役を出来ることがテノールの最高の栄光に他ならない。世界三大テノールというセい方など、たわ言に過ぎない。エヴァンゲリストを歌えるためには、たんにいい声を持っているだけでは足りないのである。

ヘフリガーの「冬の旅」は、テノールが歌っていることがとても重要である。そもそも、シューベルトはテノールの声の持ち主であり、自分でピアノを弾いて歌ってみせたとき、友人ショーバーは大変深い感銘を受けたという。「冬の旅」は、テノールで歌われるべきなのである。ハンス・ホッター（バス）やディースカウ（バリトン）のものなどが名盤といわれているのは、この曲の本質からいっておかしい。「冬の旅」は、老年の諦念ではなく、青春の絶望なのである。バスやバリトンで歌われると、諦念の音楽に傾く。しかし、「冬の旅」は、青年の、性急な絶望が歌われていて、それには、テノールがふさわしい。

エヴァンゲリスト・ヘフリガーの「冬の旅」を聴いていると、ふと、この主人公の青年は、エヴァンゲリストになる以前の、すなわちイエス・キリストに出会う以前の、一人の絶望した青年なのではないか、と想われることがある。この青年は、のちに、エヴァンゲリストになるのである。

③信時潔歌曲集(ビクター)

没後三十年にあたる一九九五年に発売されたこのCDに収められている「沙羅」をはじめとする信時潔の歌曲群は、近代日本における珠玉の歌曲としてのこることであろう。特に一番最後のボーナス・トラックに入っている「海ゆかば」こそ、日本の近代の最奥から湧きいずる「歌」である。昭和十四年六月一日の録音で、日本ビクター混声合唱団のものである。ツヴァイクのいわゆる「歴史的瞬間」が、ここには鳴っている。

トポスとしてのウィーン――何故ウィーン・フィルなのか

私は今、シューベルトの未完成をカール・シューリヒト指揮、ウィーン・フィルの演奏で聴きながら、これを書いている。

このレコードは、名盤といわれているが、たしかにこれを聴くと、シューベルトとはこのように演奏されるに限る、という感想が浮かんでくる。

同じシューリヒトの指揮で、フランス国立放送管弦楽団のライヴも私は持っていて、今回、そちらの方と聴きくらべをやってみたのだが、やはりウィーン・フィルの演奏が、格段にいいように感じられた。

音のふくよかさ、響きの遠さ、音色のやわらかさ、一言でいえば、人品ならぬ音品が違う。ウィーン・フィルは、音品骨柄がいいのである。

ウィーン・フィルの、ディナミークやアゴーギクには、全く独特のものがあるように思われ、強弱は決して強調されすぎることなく、実にものやわらかく変わる。ウィーン・フィルの金管楽器は、まるで木管楽器のような音色をもっているように感じられるし、フルートとオーボエとクラリネットが、自然に音をつないでいく。きめの細かい織物のように音が微妙に並んでいる。

シューリヒトのブルックナーの名盤、その第八、第九のシンフォニーの演奏も、ウィーン・フィルであったが、シューベルトとブルックナーは、ウィーン・フィルに限るのではあるまいか。

そう書くと、クナッパーツブッシュ指揮のミュンヘン・フィルの名盤、すなわち、その第八シンフォニーはどうなのか、という反論が当然予想されるが、この名盤の名盤たる所以は、ミュンヘン・フィルに負うところは少なく、ほとんどクナッパーツブッシュの力業によるものだろう、と思われる。

というのは、クナッパーツブッシュがウィーン・フィルを指揮した、ブルックナーの第七シンフォニーの、一九四九年ザルツブルクでのライヴが、クナッパーツブッシュのブルックナー演奏の最高傑作だと私は思っているからである。

クナッパーツブッシュの、第七の演奏ではこのレコードを聴くまで、一九六三年のケルン放送交響楽団のライヴしか聴いたことがなかった私は、大変驚いた。このケルン放送交響楽団との演奏は、恐らくクナッパーツブッシュの代表的悪演であろう。音は、変に重々しく、音楽の流れが、もう少しで音楽でなくなりそうなところまで、遅い。クナッパーツブッシュの個性が、悪く拡大されている。

クナッパーツブッシュの第七について、このような悪い印象をもっていた私は、このウィーン・フィルとのライヴを聴いて、目が覚める、いや、耳が覚めるような気がしたものである。クナッパーツブッシュとしては珍しいくらいに、速めに音楽は流れ、しかし音の厚みは失われることなく、美しく鳴っている。ケルンのものとは、見違えるような、いや聞き違えるような演奏である。このように、クナッパーツブッシュを演奏させたものの、大きな要素にウィーン・フィルの力があるのは間違いないであろう。

シューベルトやブルックナーは、西洋音楽の中でも、特にウィーン的なものであるから、ウィーン・フィルの音が、もっともふさわしいのは、ある意味で当然といえるが、ハイドン、モーツァルト、ベートーヴェン、そしてブラームスとつらなる西洋音楽の主流が、またウィーン・フィルによってもっとも美しく演奏されうるのも、ウィーンというトポスが存在するからである。

西洋音楽史において、ウィーンという都市はたんなる地名でもなければ、ヨーロッパのある一区画の土地のことでもない。ウィーンとは、一つの、正確にいえば最高の音楽のトポスなのである。

西洋音楽、それもウィーン・フィルに関係するとなれば多くシンフォニーということになるが、ハイドン、モーツァルト、ベートーヴェン、そしてブラームスのシンフォニーは、大きくいってウィーンというトポスの音楽なのである。その作品が厳密な意味で、ウィーンで作曲されたか、どうかということではない。ウィーンという音楽都市の空気と音楽の施設や建物、様々な音楽家が生活する文化的雰囲気、その音楽を演奏する演奏家たち、さらにその音楽を鑑賞しうるレベルの聴衆の存在、そういったものがかもし出すトポスの中から、西洋音楽の主流が生れたということである。だから、そのトポスとしてのウィーンの音と響きを身につけているウィーン・フィルの演奏が、もっとも正統たりえるのである。

ウィーン・フィルのそのトポスからの伝統は、楽団員を、ウィーン生れで、ウィーンで音楽教育を受けた人間にほとんど限定していることによって、保持されているのである。そして、世襲的に楽員となっている人々も多い、と聞く。オーボイストの家系や、トロンボニストの家系などもあったようである。おじいさんの代から、ホルンを吹いているなんていうのは、大変なことである。ウィーン・フィルという団体に、何故か、人格というものが感じられるのも、金でかき集めたような、にわか作りの交響楽団ではないからであろう。

さらに、ウィーン・フィルの偉大さの所以は、ウィーンを中心とした西洋音楽の主流に名演を聴かせるのにとどまらず、中心から離れた地方の音楽、いいかえれば国民楽派の音楽の演奏にも傑出していることである。

例えば、シベリウスのシンフォニーでは、ヘルシンキ・フィルの演奏がやはり自国の音楽として名演であるといわれる。もちろん、それに間違いはないのだが、バーンスタイン指揮、ウィーン・フィルのシベリウスの第五、第七のシンフォニーを聴いたとき、そういう通念は打ち砕かれたように感じた。このウィーン・フィルの演奏は、圧倒的である。フィンランドの、あるいは北方の、味わいなどという小癪な鑑賞を吹き飛ばす。このウィーン・フィルのシベリウスは、ヘルシンキ・フィルのシベリウスよりも、すばらしい。ウィーン・フィルのシベリウスは、ヘルシンキ・フィルのシベリウスよりも、シベリウスである。まさに、フィンランドのシベリウスではなく、西洋音楽史上のシベリウスになっているからである。また、これは、シベリウス自身、願ったことであろう。

同じことは、スメタナやドヴォルザークの場合もいえるであろう。スメタナやドヴォルザークは、チェコ・フィルの演奏で聴いた方が独特の風土性がにじみ出るかもしれないが、ウィーン・フィルの演奏もまたすばらしいものがあるのではないか。私は寡聞にして、ウィーン・フィルによる名盤を知らないが、そういう名盤はスメタナやドヴォルザークを、地方の音楽家ではなく、西洋音楽史にちゃんと位置づけることだろう。

そのことは、チャイコフスキーの場合も同様であろう。チャイコフスキーならば、昔のレニングラード・フィルで、指揮はムラヴィンスキーでといきたいところだが、ウィーン・フィルもまたいいのである。

ヘルシンキ・フィルやチェコ・フィル、また昔のレニングラード・フィルなどは、それぞれ自国の作曲家のものを得意とするのは当然だが、モーツァルトやベートーヴェン、シューベルト、ブラームスなどの西洋音楽史の主流のものを聴きたいとは余り思わない。思うとしたら、例えばムラヴィンスキーという名指揮者がどう振るかという興味による。

一方、ウィーン・フィルの方は、西洋音楽史の主流のものはいうまでもないが、シベリウス、スメタナ、ドヴォルザーク、チャイコフスキーなどの周辺の作曲家の作品も聴いてみたい気が強くするし、現にいい演奏である。これが、西洋音楽史の中心のトポスであるウィーンにあるウィーン・フィルと、周辺にあるオーケストラとの歴然たる違いである。

ここで少し突飛な連想かもしれないが、三島由紀夫が、森鷗外の文体について次のようにいっていたのが思い出される。

「雁」を読み返すたびにいつも思うことであるが、鷗外の文体ほど、日本のトリヴィアルな現実の断片から、世界思潮の大きな鳥瞰図まで、日本的な小道具から壮大な風景まで、自由自在に無差別にとり入れて、しかも少しもそこに文体の統一性を損ねないような文体というものを、鷗外以後のどの小説家が持ったかということである。

適当な例ではないかもしれぬが、堀辰雄氏の文体は、ハイカラな軽井沢を描くことはできても、東京の雑踏を描くには適せず、谷崎潤一郎氏の文体は又、あれほどすべてを描きながら、抽象的思考には適しなかった。どの作家も、鷗外ほど、日本の雑然たる近代そのものを芸術的に包摂する文体を持った作家はいなかった。

ウィーン・フィルの演奏の、いわば文体は、この鷗外の文体のように、まさに正統なのである。あるオーケストラは、シベリウスを得意とするだろう。また、他のオーケストラは、チャイコフスキーの名演奏をするだろう。しかし、ウィーン・フィルは、ハイドン、モーツァルト、ベートーヴェン、シューベルト、シューマン、ブラームスとつづく西洋音楽史の主流を見事に演奏するとともに、シベリウス、スメタナ、ドヴォルザーク、チャイコフスキーなども「芸術的に包摂する」のである。

　このようなことを可能にするのも、西洋音楽史の本質に関係していることのように思われる。西洋音楽史、特にウィーン・フィルに関係する十九世紀の西洋音楽史は、どれほど多種多様な天才が綺羅星のように出現したにせよ、それは決してたんなる多様性ではない。その世界には、中心があり、歴史があり、周辺がある。中心は例えば、ベートーヴェンのこともあるだろう。そのように有機的に結びついている世界である。ヨーロッパの田舎、フィンランドや、ボヘミア、ロシアでも音楽は、その土地で独自に作られたのではない。西洋音楽の中心から強く影響をうけながら、その中心を充分に意識しながら、作られたものである。

　しかし、恐らく、フランス音楽は、この中心をもった世界でやや異質であろう。「フランスの音楽家、クロード・ドビュッシー」と署名したドビュッシーをはじめ、フランスの作曲家たちは、周辺であることに甘んじない。ここには、ウィーン・フィルの文化圏を脱け出たものがある。もし、ウィーン・フィルの演奏で聴きたくないものがあるとしたら、ドビュッシーなどのフランス音楽であろう。フランス音楽は、やはりフランスのオーケストラがいいようである。

　いずれにせよ、中心をもった西洋音楽史のトポスとしてのウィーンは存在する。そして、そのトポスの結晶としてのウィーン・フィルは、ワインガルトナー、ブルーノ・ワルター、フルトヴェングラー、クレメンス・クラウス、トスカニーニ、エーリッヒ・クライバー、それに既述の、シューリヒト、クナッパーツブッシュなど、数多くの名指揮者に振られることによって、輝きを発しつづけた。

近代ヨーロッパが生んだもののうち、もっともよいもの（そして、マックス・ウェーバー的にいえば、普遍妥当的な意義をもったもの）の一つは、西洋音楽であり、その中心のトポスとしてのウィーンから、その音楽を、現在のものとして（骨董としてではなく）、鳴り響かせつづけるウィーン・フィルとは、また世界のオーケストラの中心なのである。

宇宿允人《うすきまさと》――アウトサイダーという正統

宇宿允人という指揮者の、今日の音楽界における、ユニークな存在の仕方を考えていると、私は自ずから内村鑑三とのアナロジーに思い至るのである。

近代日本最高のキリスト者内村鑑三は、周知の通り無教会主義を唱えた人である。福音を説くのに、教会という制度を必要とせず、独立して聖書を講義しつづけたのである。

河上徹太郎は、名著『日本のアウトサイダー』の中で、内村鑑三を近代日本における最高の意味でのアウトサイダーと位置づけた。正統が不在の、日本の近代では、アウトサイダーが逆説的に正統につながっていることを論じたものだが、たしかに教会制度を作り上げた植村正久よりも、内村鑑三の方が、深く生きた影響を時代の精神と文化に与えたのであった。

翻って思うに、宇宿允人は、いわば無楽団主義の人といえるのではなかろうか。宇宿氏の指揮する、フロイデ・フィルハーモニーは専属プレイヤーは極く少数で、のこりは一回ごとに集められて、一〇〇人のオーケストラになるが、宇宿氏は、楽団という制度など無い方がいいと心底では思っているように思われる。内村鑑三の無教会主義が、教会という制度の否定であり、もっと純粋な霊的な集まりを目指したように、宇宿氏も、楽団という制度を嫌っているに違いない。楽団にユニオン、組合が出来、オーケストラ運営を合議でやるという制度が、音楽を純粋に愛する気持にはなじまないのである。既存の楽団の常任指揮者などになるということは、どこかの教会の牧師になるようなもので、内村鑑三と同様な武士道精神の持ち主である宇宿氏にとって、耐えがたいことであろう。

一回ごとに楽団を作り、また解散させるということは、固定した楽団がないという意味で、無楽団主義ともいうべきであり、その方が、制度というものが必然的に生む不潔さ、不純さ、愚劣さを排除できるのである。そこから、純粋に霊的な音楽が創造される。

内村鑑三が、教会サイドから、生前も、そして今日も、あれこれとつまらない批判をされているように、宇宿氏も既存の音楽界の中で、いろいろといわれているに違いない。

しかし、アウトサイダー内村鑑三の説く福音が、逆説的に正統なものであったように、宇宿允人の演奏は、きわめて正統的なものである。

内村鑑三の、独立自営の生涯の厳しさが、内村の言葉に美しい緊張感を与えているが、宇宿氏の独立自営の音楽活動は、その演奏にパセティックな表情をもたらし、それが宇宿氏の魅力の一つをなしている。制度の中で、ぬくぬくと生きている人間の甘ったるい、聴衆に媚びる音ではなく、アウトサイダーの悲痛な響きなのである。

内村は、所感の一つに、「聖書は読まざるべからず、然れども聖書のみ読むべからず。聖書と共に哲学、科学、文学、歴史を読むべし。聖書のみ読みて聖書狂となるのおそれあり。これは最悪の精神病である。」（傍点原文）と書いている。
これが内村の信仰の健全性であり、人間に、専門性ではなく、全人性を要求しているのである。宇宿氏も常々、専門人としての音楽家を否定して、全人性を評価する発言をしている。宇宿氏ならば、こういうであろう。「音楽はやらざるべからず、然れども音楽のみやるべからず。音楽と共に哲学、科学、文学、歴史を読むべし。音楽のみやりて音楽狂となるのおそれあり。これは最悪の精神病である」と。

昨年（二〇〇二年）、十月七日のコンサートでの、宇宿氏の発言を思い出す。この日は「チャイコフスキーの遺産」と題して、幻想序曲「ロメオとジュリエット」と交響曲第六番「悲愴」というプログラムであった。コンサート後のファンの集まりに現れた宇宿氏は、幻想序曲「ロメオとジュリエット」について触れ、楽団員のうち、シェイクスピアの『ロメオとジュリエット』を読んだ人間がどれほどいるだろうか、といった発言をされた。原文とまではもちろんいわないが、例えば新潮文庫の福田恆存訳くらいは読んだ上で、演奏すべきではないか、という問題意識は大変重要なことを指摘されていると思った。

シェイクスピアの文学が意味するところを感じとってもいないで、楽譜の上の音符をなぞってみたところで、それは無意味である。

また、あるとき、宇宿氏は、音楽大学の学生は、吉川英治の『宮本武蔵』を読まなければならないといわれた。宮本武蔵という人間が分からなければ、ベートーヴェンは分からないというのである。この一見、奇矯なつながりも、よく考えれば少しもおかしくはないのである。人生の忍苦、闘争としての生涯といったものを考えたとき、宮本武蔵とベートーヴェンは、通じるものをたしかに持っているからである。

ＣＤは、ライヴ盤が十枚ほど発売されているが、いずれも極めて正統的な演奏で、奇をてらったところなど少しもない。フランクの交響曲ニ短調のＣＤは、それらの中でも特に傑出したものといえるであろう。

いずれにせよ、宇宿氏が今日、音楽界という世間から奇人のように見られているとしたら、それは、正統な人間が、アウトサイダーにならざるを得ないという、日本の近代の宿命を生きているということであり、決して、平板な意味で奇人という訳ではない。この宿命の最高の例を、我々は、内村鑑三という人間に持っているのである。

パブロ・カザルスと本居宣長――〝発見〟と〝創造〟

パブロ・カザルスによる、バッハの無伴奏チェロ組曲の「発見」のことを考えるとき、少し突飛な連想かも知れないが、本居宣長の『古事記伝』が思い浮かぶ。

『古事記』といえば、八世紀初頭に成立したわが国最古の典籍であり、今日知らぬ人とてない。しかし、『古事記』は、併称される最古の史典『日本書紀』が官撰の国史という性格から尊重されたのとは違って、日の目を見ないで、千年という長い時間が過ぎた。

この『古事記』を「発見」したのが、他ならぬ本居宣長であった。宣長は、三十余年の歳月と学問の全てを傾注して、不朽の名著『古事記伝』四十四巻を著したのである。

宣長以前には、「古事記は、元来その体裁の日本紀の、正史的なのに比して、幾分粗野の観があったのと、又一つには、その文章が奇古解し易からざるとの故で、古人いまだ、何人も研究に着手しいたものがなかつた。」(傍点原文)と村岡典嗣《つねつぐ》は名著『本居宣長』の中に書いている。

宣長が、もし『古事記伝』を著さなかったとしたら、『古事記』が果たして今日持っているような重要な位置を古典の中で占めることができたかどうかは、大いに疑わしい。まず、なかったことだろう。

宣長は、『古事記』をどう読むか、を決定した。そして、それは、『古事記』とは何か、そこに書かれたわが国の古代とはどのようなものか、を決定したのに等しい。宣長は、『日本書紀』を漢意《からごころ》の混入したものとして退け、『古事記』を至上の神典とした。

このように書いて来ると、おのずから、カザルスによるバッハ「発見」が連想されるはずである。無伴奏チェロ組曲が、無味乾燥な練習曲くらいに考えられて、全く忘れられていたのも、『古事記』と似ている。『古事記伝』が三十余年かかったように、無伴奏チェロ組曲が「発見」されてから演奏されるのに、十二年間の研究と練習が必要だった。

『古事記』が宣長の天才によってはじめて読み解かれたように、バッハの楽譜は、カザルスの天才によってはじめて演奏された。周知の通り、その楽譜の研究の過程で、チェロの画期的な奏法の改良が行なわれたのであり、これはバッハを「再現」させたということである。宣長が、古代を「再現」してみせたのと等しい。そして、こういう「再現」は、真の意味で「創造」といいかえられるものである。

宣長によって、『古事記』が最高の古典とされたように、カザルスによって、無伴奏チェロ組曲は、無味乾燥な練習曲から、一気にバッハのチェロ音楽における最上の作品とされた訳である。

だから、カザルスのバッハの無伴奏チェロ組曲の演奏は、空前絶後なのである。それは、たんに名演を行なったというような話ではない。カザルスは、この曲を、宣長が『古事記』を「発見」したという意味で、「発見」したのである。この曲とは何か、の根本はカザルスが決定してしまったのであり、カザルス以降の演奏家が出来ることといえば、若干の個性的な表現をなすことぐらいで、それ以上のものではない。昭和十年代のカザルスの演奏の録音に比べて、音が格段によくなっているだけの話で、音の良さと音楽の意味は別物であることはいうまでもない。

カザルスの演奏には、「発見」した者のみがよく持ちえるような深々とした確信が漲っている。カザルスの演奏を聴いていると、カザルスと無伴奏チェロ組曲は、抱き合い、カザルスの心の歌とバッハの楽想は溶け合っているように感じられてくる。ここで鳴っているのは、バッハの内面の声であろうか、それともカザルスの歌であろうか。作曲したのは、たしかにバッハなのだが、このように「発見」したのは、カザルスなのである。

宣長が、『古事記伝』によって、『古事記』と自らの精神を一体化させたように、カザルスは、無伴奏チェロ組曲を、自らの人間全体（思想、感情ばかりではなく、肉体の苦痛や歓びまでも）の中から、鳴らしている。カザルスの演奏を聴いていて、時々、きわめて深い陶酔の表情が浮かんで驚くことがあるが、それもカザルスという人間の（精神のではない）、深いところにバッハの音楽が浸透するほどに親しんだからである。

フルニエにしても、ロストロポーヴィチにしても、あるいはマイスキーにしても、名演をすることはありうるし、事実、名演をのこしているだろうが、カザルスとは比較にならない。カザルスは、「発見」したので、名演をのこしたのではない。名演をのこしたのなら、比較することはできようが、

「発見」では比較のしようがない。

　カザルスは、名演というようなものとは全くちがうことをしたのである。カザルスは、本居宣長がやったことにとりくんだのであり、カザルスに、芸人めいた演奏家の風情が全くなく、学究の風格があるのも故なしとしない。

　カザルスをして、バッハの魂にここまで推参することを可能ならしめたのは、もちろんカザルスの、バッハと共通する信仰によるものが大きいであろう。このカザルスの信仰については、有名な「鳥の歌」に関する、日本での、おそまつな無理解をまず払拭しなければなるまい。「鳥の歌」といえば、ＣＤの解説などにも故郷カタロニアの民謡と書いてあるし、その曲に流れる大地、自然の響き云々といわれる。私も昔、そう思っていた。

　しかし、『パブロ・カザルス　鳥の歌』（Ｊ・Ｌ・ウェッバー編、池田香代子訳）の冒頭にあるカザルスの言葉を読んだとき、なあんだ、やっぱり、そうか、と思ったことである。そこには、「私は、カタロニアの古い祝歌《キャロル》『鳥の歌』のメロディでコンサートをしめくくることにしています。その歌詞はキリスト降誕をうたっています。生命と人間にたいする敬虔な思いにみちた、じつに美しく心優しいことばで、生命をこよなく気高く表現しています。このカタロニアの祝歌のなかで、みどりごを歌い迎えるのは鷹、雀、小夜啼鳥、そして小さなミソサザイです。鳥たちはみどりごを、甘い香りで大地をよろこばせる一輪の花にたとえて歌います。」とあり、はっきり、民謡ではなく、「祝歌《キャロル》」とある。そして、鳥が歌っているのは「キリスト降誕」であり、日本人の多くが誤解しているような、漠然とした汎神論の自然ではない。「鳥の歌」でさえ、日本人は空振りして聴いて、有難がっている。バッハについては、この悲喜劇はもっと残酷なまでにあてはまるのではないか。

あとがき

本書は、三部構成で出来上がっている。第Ⅰ部は、平成十九年から平成二十二年まで隔月刊誌『表現者』に十七回にわたって連載した「終末時計の針の下に」であり、第Ⅱ部は、隔月刊誌『北の発言』に平成十五年から平成十七年にかけて連載した「北の国のスケッチ」の大半である。そして、第Ⅲ部は、月刊誌『音楽現代』に平成五年から平成二十年の間に折に触れて寄稿した批評文をまとめたものである。それに、書き下ろしの「序」を冒頭に置いた。この「序」で私は、私なりの「詩学」を書いたことになったのかもしれない。

一昨年上梓した『「海道東征」への道』とは、また違った道を、以前から歩いていたのだが、それは同書の道よりも目立たない、少し陽の陰った狭い道であった。「歴史の暮方」に歩くこの小道で折に触れ収穫した詩情や思索の果実を一冊にしたことになる。

中村光夫に、六十代半ばに書いた「知人多逝」という文章がある。その中で、本書の第Ⅰ部と第Ⅱ部で「白髪の遺臣」としてとりあげた栗本鋤雲が、明治十七年、六十三歳のときに書いた「知人多逝」という随筆を引用している。この年、「旧識新知の人前後遠逝する者」が一月から十一月に至るまでに既に十数人に及んだと鋤雲はいった上で、「衰年晩境斉しく凋落に帰するは当然の理にして、毫も怪《あや》しむに足らずと雖も……其報を得る毎に大に悲惨の情を増すあり、因て列挙して索莫の老懐を誌す。」と書いている。中村は、自分も最近急に身辺の死者が増えて来たという感じだといい、何人かの名前を「列挙」して「悲惨の情」をひとしお覚えると書いた。丁度この頃、中村さんのお宅に何回か伺って文学についていろいろお話を聞いていた時期だったので、この文章を読んだ記憶があるが、二十代前半の私にはまだ「索莫の老懐」の実感がなかったように思う。

しかし、私も、今年で六十六歳になった。まだ、六十代半ばだともいえるが、この「知人多逝」という思いは深くなった。最初の本である『内村鑑三』の「あとがき」で、お世話になった方三人の名前を挙げている。この内村論を連載させていただいた頃の編集長であった詩人の岡田隆彦氏は二十年ほど前に早く亡くなったが、岡田氏に私を紹介していただいた前編集長であった作家の高橋昌男氏が、今年の一月に亡くなった。そして、この内村論を一冊の本にして出していただいた編集者の藤野邦康氏が、昨年の十二月に亡くなった。藤野氏とは、氏が新潮社の編集者だった頃に面識を得て以来、構想社から出した九冊の本は全部、氏の編集によるものだった。デビュー作の「あとがき」に謝辞を書いた三人の方が、皆故人になられたことは私の中の一つの時代が終わったような感慨が湧く。

また、『批評の測鉛』を読売新聞で書評にとりあげていただいたのをきっかけに、知遇を得た文芸評論家の高橋英夫氏が、今年の二月に亡くなった。また、粕谷一希氏は五年前に死去し、西部邁氏は、昨年一月に自死された。このように、これまで先達として身近に感じていた人々が「多逝」するようになってくると、栗本鋤雲や中村光夫のように「大に悲惨の情を増す」のはやむを得ない。

昨年の十一月に上梓した『義のアウトサイダー』の冒頭でとりあげた田中小実昌についての批評文の副題は「ただ彼の上に神の業の顕れん為なり」（ヨハネ伝第九章三節）であったが、この聖句は私に何か新しい道を指し示すものであった。それは、近来の「知人多逝」を思うにつけて「人の業」の虚しさがつくづく感じられるのだが、しかし、「にもかかわらず」、「索莫の老懐」に耐えながら、「ただ」その作品の「上に神の業の顕れ」たようなものを書く力が「上よりの垂直線」によって与えられることを祈念する道である。

森鷗外の有名な「なかじきり」は、五十五歳のときのものである。冒頭に「老は漸く身に迫って来る。」とある。そして、「歳計をなすものに中為切と云ふことがある。わたくしは此数行を書して一生の中為切とする。」と書いた。本書は、私にとって一種の「なかじきり」となるかもしれない。

このような節目の本の出版を藤原良雄社長には、快く引き受けていただいた。厚く御礼申し上げます。また、今回の編集も刈屋琢氏に懇切にやっていただいた。良き編集者に恵まれたことをとても幸福なことと思っている。

令和元年五月十二日

新保祐司

初出一覧

序　上よりの垂直線　　書き下ろし

第Ⅰ部　見るべき程の事は見つ——平知盛

序章　（連載「終末時計の針の下に　見るべき程の事は見つ——平知盛」以下同）『表現者』二〇〇七年五月号、西部邁事務所

なにかある。本当になにかがそこにある。　『表現者』二〇〇八年五月号

シャルトル大聖堂の上空から切り取られた青空　『表現者』二〇〇八年一月号

エズのニーチェの道で拾った小石　『表現者』二〇〇七年九月号

マーラーの第三番の“long Adagio”　『表現者』二〇〇八年三月号

ヨークの宿の「笑う騎士」　『表現者』二〇〇八年九月号

雪のコッツウォルズ　『表現者』二〇〇八年十一月号

ル・コルビュジエの「休暇小屋」　『表現者』二〇〇九年七月号

異郷にて五十の年も暮れにけり　『表現者』二〇〇九年一月号

リラダンの墓に献花する齋藤磯雄　『表現者』二〇〇九年九月号

キルケゴールの通過　『表現者』二〇〇八年七月号

「ラズモフスキイをくれ」「何番ですか」「三つともくれ」　『表現者』二〇〇七年十一月号

信時潔作曲「紀元二千六百年頌歌」　『表現者』二〇〇九年三月号

信時潔作曲「やすくにの」と「武人の真情」　『表現者』二〇〇九年五月号

日本解体の時流に抗する「遺臣」　『表現者』二〇〇九年十一月号
三好達治の「おんたまを故山に迎ふ」　『表現者』二〇一〇年一月号
日本思想史に鳴った「切り裂くような能管の音」　『表現者』二〇〇七年七月号

第Ⅱ部　北の国のスケッチ

序章　（連載「北の国のスケッチ」以下同）『北の発言』二〇〇三年六月号、西部邁事務所
空知川の川音　『北の発言』二〇〇四年四月号
にしん漬　『北の発言』二〇〇四年六月号
いではみちの奥見にまからん　『北の発言』二〇〇四年八月号
江差追分　『北の発言』二〇〇四年十二月号
江差沖で沈んだ開陽丸　『北の発言』二〇〇五年一月号
白髪の遺臣　『北の発言』二〇〇四年一月号

第Ⅲ部　楽興の詩情

音楽のために狂える者――クナッパーツブッシュと内村鑑三　『音楽現代』一九九五年二月号、現代芸術社
エクセントリックということ――クナッパーツブッシュのブルックナー　『音楽現代』二〇〇八年七月号
カリスマ性にみる名演奏家像――音楽における宗教的なるもの　『音楽現代』一九九三年七月号
ブルックナーの使徒性　『音楽現代』一九九三年九月号
往年の名演奏と現代の名演奏　『音楽現代』一九九三年十二月号
フルトヴェングラー没後五〇年　『音楽現代』二〇〇四年十一月号
グレン・グールド　『音楽現代』一九九九年一月号
骨立する音楽　『音楽現代』一九九三年四月号

グレン・グールドとブラームス　『音楽現代』一九九七年十二月号
ルドルフ・ゼルキン　『音楽現代』一九九四年九月号
音が立つということ　『音楽現代』一九九五年八月号
アナトール・ウゴルスキ　『音楽現代』一九九四年一月号
二十一世紀に受け継ぎたい二十世紀の名演　『音楽現代』二〇〇一年三月号
トポスとしてのウィーン――何故ウィーン・フィルなのか　『音楽現代』一九九四年三月号
宇宿允人――アウトサイダーという正統　『音楽現代』二〇〇三年六月号
パブロ・カザルスと本居宣長――〝発見〟と〝創造〟　『音楽現代』一九九六年十一月号

（タイトルを変更した場合がある）

著者紹介

新保祐司（しんぽ・ゆうじ）

1953年生。東京大学文学部仏文科卒業。文芸批評家。

著書に,『内村鑑三』(1990年。文春学藝ライブラリー,2017年)『文藝評論』(1991年)『批評の測鉛』(1992年)『日本思想史骨』(1994年)『正統の垂直線——透谷・鑑三・近代』(1997年)『批評の時』(2001年)『国のさゝやき』(2002年)『信時潔』(2005年)『鈴二つ』(2005年)［以上，構想社］,『島木健作——義に飢ゑ渇く者』(リブロポート，1990年),『フリードリヒ　崇高のアリア』(角川学芸出版,2008年),『シベリウスと宣長』(2014年)『ハリネズミの耳——音楽随想』(2015年)［以上，港の人］,『異形の明治』(2014年)『「海道東征」への道』(2016年)『明治の光・内村鑑三』(2017年)『「海道東征」とは何か』『義のアウトサイダー』(2018年)［以上，藤原書店］,『明治頌歌——言葉による交響曲』(展転社，2017年)がある。また編著書に,『北村透谷——〈批評〉の誕生』(至文堂，2006年),『「海ゆかば」の昭和』(イプシロン出版企画，2006年),『別冊環⑱　内村鑑三 1861-1930』(藤原書店，2011年)がある。

2007年，第8回正論新風賞，2017年，第33回正論大賞を受賞。

詩情《しじょう》のスケッチ　批評《ひひょう》の即興《そっきょう》

2019年8月10日　初版第1刷発行©

著　者　新　保　祐　司
発行者　藤　原　良　雄
発行所　株式会社　藤　原　書　店

〒162-0041　東京都新宿区早稲田鶴巻町523
電　話　03（5272）0301
FAX　03（5272）0450
振　替　00160‐4‐17013
info@fujiwara-shoten.co.jp

印刷・製本　中央精版印刷

Printed in Japan
ISBN978-4-86578-233-2

編集者はいかなる存在か？

編集とは何か

粕谷一希／寺田博／松居直／鷲尾賢也

〝手仕事〟としての「編集」。〝家業〟としての「出版」。各ジャンルで長年の現場経験を積んできた名編集者たちが、今日の出版・編集をめぐる〝危機〟を前に、次世代に向けて語り尽くす、「編集」の原点と「出版」の未来。

第Ⅰ部　編集とは何か
第Ⅱ部　私の編集者生活
第Ⅲ部　編集の危機とその打開策

四六上製　二四〇頁　**二二〇〇円**
（二〇〇四年一一月刊）
◇978-4-89434-423-5

唐木から見える〝戦後〟という空間

反時代的思索者

（唐木順三とその周辺）

粕谷一希

哲学・文学・歴史の狭間で、戦後の知的限界を超える美学＝思想を打ち立てた唐木順三。戦後のアカデミズムとジャーナリズムを知悉する著者が、「故郷・信州」「京都学派」「筑摩書房」の三つの鍵から、不朽の思索の核心に迫り、〝戦後〟を問題化する。

四六上製　三二〇頁　**二五〇〇円**
（二〇〇五年六月刊）
◇978-4-89434-457-0

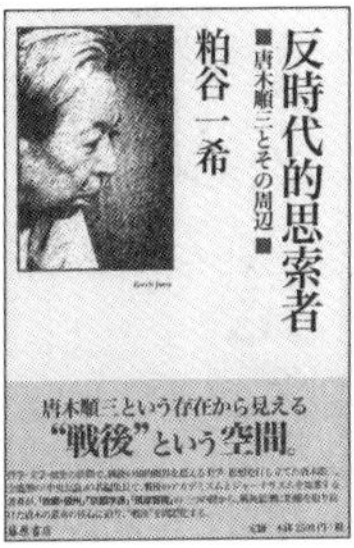

「新古典」へのブックガイド！

戦後思潮

（知識人たちの肖像）

粕谷一希
解説対談＝御厨貴

敗戦直後から一九七〇年代まで、時代の精神を体現し、戦後日本の社会・文化に圧倒的な影響を与えてきた知識人全一三三人を、ジャーナリストの眼で鳥瞰し、「新古典」ともいうべき彼らの代表的著作を批評する。古典と切り離された平成の読者に贈る、「新古典」への最良のブックガイド。

写真多数
A5変並製　三九二頁　**三二〇〇円**
（二〇〇八年一〇月刊）
◇978-4-89434-653-6

最高の漢学者にしてジャーナリスト

内藤湖南への旅

粕谷一希

中国文明史の全体を視野に収めつつ、同時代中国の本質を見抜いていた漢学者（シノロジスト）にしてジャーナリストであった、京都学派の礎を築いた内藤湖南（一八六六―一九三四）。日本と中国との関係のあり方がますます問われている今、湖南の時代を射抜く透徹した仕事から、我々は何を学ぶことができるのか？

四六上製　三二〇頁　**二八〇〇円**
（二〇一一年一〇月刊）
◇978-4-89434-825-7

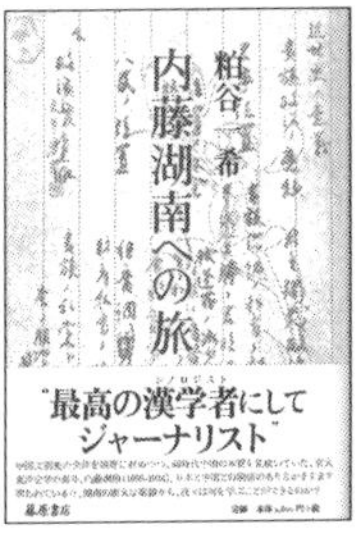

「文学」とは何か？

〈座談〉書物への愛

粕谷一希

高橋英夫／宮一穂／新保祐司／平川祐弘／清水徹／森まゆみ／塩野七生／W・ショーン

「人間には、最大多数の幸福を追求すべき九十九匹の世界がある。それは政治の世界の問題。その九十九匹からはずれた一匹を問題にするのが文学である」（福田恆存）。元『中央公論』『東京人』の名編集長が〝知〟の第一線の人々を招き、文学・歴史・思想など、書物を媒介とした知の世界を縦横に語り尽す。

四六上製　三二〇頁　**二八〇〇円**
（二〇一一年一一月刊）
◇978-4-89434-831-8

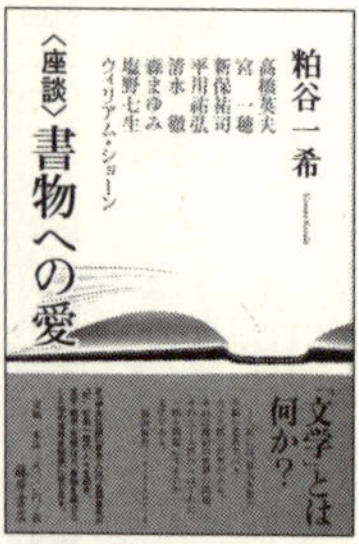

歴史《ヒストリー》は物語《ストーリー》である

歴史をどう見るか

〈名編集者が語る日本近現代史〉

粕谷一希

明治維新とはいかなる革命だったのか？「東京裁判」を、「戦争責任」を、どう考えるのか？　昭和〜平成のジャーナリズムにおいて、一貫してリベラルな論陣を仕掛けてきた著者が、戦後六十余年の「今」を考えるために、独自の視点から日本近現代史を平明に語り下ろす。

四六上製　二五六頁　**二〇〇〇円**
（二〇一二年一〇月刊）
品切◇978-4-89434-879-0

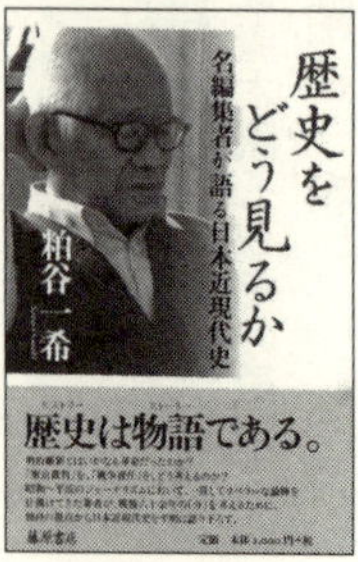

時代と人間の本質を映すことばたち

生きる言葉

〈名編集者の書棚から〉

粕谷一希

「文章とは、その総体が人間の精神であり、思想なのである」——古今東西の書物の世界を自在に逍遙し、同時代だけでなく通時的な論壇・文壇の見取り図を描いてきた名編集者が、折に触れて書き留めてきた、書物の中の珠玉のことばたち。時代と人間の本質を映すことばを通じて読者を導く、最高の読書案内。

四六変上製　一八四頁　**一六〇〇円**
（二〇一四年三月刊）
◇978-4-89434-961-2

時代と切り結んだ名ジャーナリストの軌跡

名伯楽

〈粕谷一希の世界〉

藤原書店編集部編

『中央公論』『東京人』などの名編集長として、また高杉晋作、吉田満、唐木順三らの評伝を手がけた評論家として、時代と人物の本質に迫る仕事を残した粕谷一希（一九三〇—二〇一四）。粕谷一希を知る六七名の人々が、その「人」と「仕事」を描く。　**口絵二頁**

塩野七生／芳賀徹／高橋英夫／澤地久枝／半藤一利／三谷太一郎／森まゆみ／川本三郎／藤森照信／陣内秀信ほか

四六上製　二五六頁　**二八〇〇円**
（二〇一五年五月刊）
◇978-4-86578-027-7

1989年11月創立　1990年4月創刊

一九九五年二月二七日第三種郵便物認可　二〇一九年七月一五日発行（毎月一回一五日発行）

月刊
機
2019
7
No. 328

発行所　株式会社　藤原書店©
〒一六二-〇〇四一　東京都新宿区早稲田鶴巻町五二三
電話　〇三・五二七二・〇三〇一（代）
FAX　〇三・五二七二・〇四五〇
◎本冊子表示の価格は消費税抜きの価格です。

編集兼発行人
藤原良雄
頒価　100円

〈特別寄稿〉「一国二制度」の香港は、内地化に対してなぜ立ち上がったのか？

香港二百万人デモの真相

中国近現代思想史　**王　柯**

Photo by Etan Liam

六月三日、つまり香港政府が提出した「逃亡犯条例」改正案に対する大規模抗議活動が起こった数日前、香港立法会（議会）の保安事務委員会会場においても奇妙な一幕があった。郭栄鏗議員が香港保安局長李家超氏に、「中国内地には司法の独立があると思うのか」イエスかノーで答えるよう、八回にわたって質問したにも拘らず、李氏は直接返答を拒んだ。「逃亡犯

●七月号目次●

条例」改正案の問題構造と抗議運動の本質を、如実に映し出した一幕であった。

「司法の独立」が否定される中国

犯罪者の引き渡しは本来治安のためだが、周知のように、現代社会の成立に不可欠な「憲政民主」と「三権分立」、特に「司法の独立」は、中共政権下の中国において「間違った西側の価値観」として公然と否定された。二〇一七年一月、最高裁判所長周強は、全国裁判所長会議においてその正当性を強調し、司法も必ず党の指導を受けなければならないとした。

実際、司法当局が党の意志を受け「犯罪者」を恣意的に認定することは、日常的に起こっている。ごく一例だが、二〇一五年七月、全国で百人前後の「人権弁護士」が一斉に拘束され、多くは「国家政権転覆煽動罪」で起訴された。迫害された法輪功信者を助けた王全璋弁護士もこの際に突然「失踪」させられ、今年一月、四年半の刑期を言い渡された。家族は拘束先も知らされず、法廷傍聴も面会も大阪G20直前まで一切許されなかった。

また、中国公安による拉致事件は、すでに国境を越えている。二〇〇二年、中国の民主化運動指導者だった米国籍の王炳章氏が中越国境地帯で拉致。一五年、スウェーデン国籍の桂敏海氏が、習近平に不都合な書籍を出版する直前にタイで拉致、同時に彼が経営する香港の出版社社員も香港で拉致された。桂氏は一二年前の交通事故の罪を「中央テレビ」で認めさせられ、スウェーデン政府の助けを受けようとした瞬間に、中国の国家機密を他国に提供した疑いで再び拘束された。

これらの事実は、中共政権の恐ろしさを世間に知らせた。今回の条例が成立すれば、検察・警察は司法の名の下に、気にいらない人物に無実の罪を着せて香港政府に逮捕と引き渡しを要求し、意のままに中国内地で処罰できる。その対象には、香港市民だけではなく、ビジネスや観光で香港を訪れる他国籍者も含まれる。

「内地化」圧力への激しい抵抗

イギリスの植民地時代にできた香港の司法制度は、中共政権のそれと完全に異なるため、返還直前にできた「逃亡犯条例」の対象国から中国が除外された。これは香港の「一国二制度」の内容に含まれ、その陰で返還後の香港がしばらく世界金融センターの地位を保ち、中国の経済発展に大きく貢献した。

しかし思想・言論・出版の自由がある程度保たれた香港は、中共政権の目の上のたんこぶだった。香港経由で民主主義が中国内地へ蔓延することを防ぐため、中共政権は香港のマスコミを次から次へと買収し、民主派を様々な手段で虐めた。

二〇〇三年、国家分裂・政権転覆・国家機密窃盗の禁止、外国の政治団体組織との連絡の禁止、外国の政治団体組織による政治活動の禁止などを「香港基本法」に盛り込むこと（第二三条）を強要。**一一年**、「愛国主義」を促す「徳育及び国民教育」を学校カリキュラムに押し付け、事実上の中国内地化を狙った。いずれも香港市民からの強い抵抗を受けた中共政権は、更に**一四年八月**、自ら決定した「香港政制改革」を押し付けようとしたが、直接選挙を要求する学生を中心とする大規模な抵抗運動（雨傘運動）を誘発した。

香港では直接選挙が認められず業界別選挙が主となるため、中国内地を市場とする経済界エリートが多数を占める選挙人団は、必ず中共の意中の人を行政長官に選んできた。そのため、本来香港人の利益を守る立場にある行政長官は中共の指図で動き、今回の条例改正も、中共政権の指示でなければ、行政長官が自ら中共に媚びた行為であると香港の市民たちに強く疑われた。ますます現実になってきた香港の内地化の前で、**中国人の世界では政治に最も無関心とされてきた香港市民がついに立ち上がり、抵抗し始めた。**

数日のうちに大規模な抗議活動が二回もおこり、インターネットを通じて活動を知り自発的に参加した市民も大勢いるため、今回の抗議活動は中国内地からの新移民を含む香港市民による抵抗運動の始まりと言っても過言ではない。参加人数は諸説あるが、史上最大規模であることは警察にも認められた。**特に注目すべきは十代を含む若者が多数参加したことで、抵抗の思想が香港社会にすでに深く根を下ろした。**これが香港の将来、そして一党独裁が続く中国の将来に如何なる影響を及ぼすのか、注目に値する。

ちなみに、香港のデモのニュースは中国国内では完全に遮断され、そのニュースを得ていないか若者の携帯をチェックする警察の姿がネットにアップされた。「小さな火花も広野を焼き尽くせる」という毛沢東の名言があるが、火種である香港をつぶさない限り、民主化がいつか内地に飛び火してくると、中共が一番分かっているかもしれない。

（おう・か／神戸大学教授）

後藤新平と実業家たちに共通する公共・公益の精神とは？

後藤新平と五人の実業家

——渋沢栄一・益田孝・安田善次郎・大倉喜八郎・浅野総一郎——

由井常彦

後藤新平と渋沢・大倉・益田

後藤新平と、有力な実業家たちとの密接な関係ができたのは、台湾銀行・台湾製糖の創立にかかわるものである。渋沢栄一（一八四〇—一九三一、第一銀行、東京商業会議所）、大倉喜八郎（一八三七—一九二八、大倉組、大倉商業）、そして益田孝（一八四八—一九三八、三井物産）の三人が最初のグループである。渋沢は、よく知られるように財界のリーダーで、国内ばかりでなく、朝鮮（韓国）と台湾の産業開発にも意欲的であった。大倉喜八郎はもともと誰にもまして海外における企業家活動の先駆者であって、台湾には早くから上陸しており、台湾の役（明治七年）には兵站を引き受け、この頃はオフィスを設けて樟脳の取引を手がけていた。三井物産の益田孝は、当時九州の三池炭の中国への売込に大いに努めており、台北は上海や厦門と同じ経済圏でもあるうえに、砂糖は当時もっとも将来性のある商品で、三井銀行でも投資に賛成であった。これら三人の実業家は、天保生れで、明治初年以来の旧知己であった。ともに政府の方針には敏感で、ビジネスの利害はもとより、私的な生活や趣味においても懇意の間柄であった。

都市計画に関心をもった安田、スケールの大きさで相通じた浅野

大倉や益田に遅れたが、銀行家の安田善次郎（一八三八—一九二一）や向こうみずの企業家浅野総一郎（一八四八—一九三〇）も、後藤新平の関係者に加わった。安田善次郎（渋沢・大倉と同世代）が後藤新平に近づいたのは、大正時代になってから、後藤新平が次々に雄大な都市計画の構想を打ち出してからのことである。安田は、銀行家として大成する過程で、薄利であっても、取引額が非常に大きく、リスクの乏しい公債に関心を高めていた。したがって内務大臣、ついで東京市長を歴任する後藤新平の思考、構想には大きなそして真剣な興味をもつにいたった。

後藤の構想は、大正期の経済界ではあまりに大きく、「奇抜」な案として敬遠されがちであった。だが、安田善次郎は、「勤倹」「吝嗇」とのイメージとはうらはらに、真剣にうけとめた。第一次大戦後の好景気をへたのち安田財閥は、資産数億円に達する大銀行となり、老齢となった善次郎は次世代への配慮から、後藤に異例な関心をもったことは不思議ではない。

浅野総一郎は、上記の三人よりも年下で、大正時代になって、セメント業で異例な発展をとげた。セメントに満足せず、大正期になって海外定期航路の海運業の経営にのり出した。異端ともいえる実業家である。「大ぼら吹き」と称されたから、後藤の「大風呂敷」の政治家とは相通ずるところがあった。事実浅野の東洋汽船が、後藤に後援を求めたことから両者の関係が緊密となっている。

▲由井常彦（1931-　）

上述のように、渋沢・大倉・安田・益田・浅野は、後藤新平としばしば協力・支援・理想を共にしている。だが過去において、これら実業家と後藤新平との関係をとりまとめた学界内外での研究は、見当らない。

本書はこの点に焦点をおいて調査した結果の集成である。最初の試みとして各実業家の出生から経歴と企業家活動をひととおり記し、そのなかで後藤新平とのかかわりも考察することとしている。

（全文は本書所収　構成・編集部）

（ゆい・つねひこ／三井文庫文庫長・経営史学）

社会に「国境」が遍在するなかで、「歓待」を実現する思想とは何か?

人類学から捉えた「移動」論
――アジエ『移動する民』刊行に寄せて――

吉田 裕

二〇一五年のヨーロッパの経験

ミシェル・アジエは、一九五三年生まれ、民族学および人類学の研究者で、現在はパリの高等研究院EHESSの研究指導教授であり、ヨーロッパの都市での、また中東やアフリカでの現地調査に、あるいは国境開放などの運動に実践的に関わっている。国境なき医師団の理事会メンバーでもある。彼の関心は、グローバリゼーションによって加速されたその動きの中で、他者、他の文化、他の社会に衝突しながら、人間がどのように変化するか、また同時に、その衝突を受けた側の人間、文化、社会がどのように変化するか、ということに向けられている。

二〇一五年、アフリカから地中海を渡って、また中東からバルカン半島を越えて、難民と呼ばれる多数の人々がヨーロッパに押し寄せた。この動きは、やって来た人々の間には、数千を数える死者をもたらし、彼らの到来の地となったヨーロッパの社会には、受け入れと拒否をめぐる混乱を引き起こした。この動きは一九九〇年代末に始まって二〇一五年がその頂点となったのだが、まずは難民と呼ばれた外国人のこの大量の流入は、これまでの見方によっては理解し難いものだった。多くの場合、人々は、ただそれを政治的な対処の問題として応じることしかできなかったように見える。つまり、難民がどのように救助され受け容れるか、キャンプ地がどれくらい設置され、どの国がどれくらい受け容れるか、費用はどのように分担されるか、そしてどのように送還されるか、などが対応すべき問題だという発想しか持ち得なかった。

「移動」とは何か

むろんそれらは不可欠な対応だったが、政治的視点からの発想に対してアジエが提起しているのは、**人類学的な発想であり、移動がなぜ起きるのか、そして接触は現場で実践的には何をもたらすかに注**目することだった。彼はグローバリゼーションが見たところ国境を消滅させるようでありながら、**同時にいくつもの別種の境界と差別を露呈させることを明らかにし、人々が意図してあるいは強制されてそこに留まることで、ある種の変容が引き起こされること**を明らかにする。移動して来る人々は、自分のアイデンティティを持続させて侵入してくるのではなく、それを変容させ失いつつ移動してくるのであり、それは反対側では、定住して侵入を受ける者たちのアイデンティティも変えていく。その出来事に的確に応じることとの困難を認めた上で、彼は国境の状況を検討する。そして動きの結果として、**変化は、国民というアイデンティティと近代国家という枠組みを揺るがせる作用を持つであろう**ことまで推測する。同時にこの研究は、**人間はなぜ移動するのか**、という原点に向かっても深化する。

▲M・アジエ（1953-　）

　このような見方は、日本にないとは言えないが、現実性を持って実感されるところまでは来ていないだろう。二〇一五年を頂点とする一連の動きの報道の中で、政治的以外の見方が提示されることも少なかった。だが、人間のこうした動きは、これから先、私たちに無縁のままではないだろう。フランスあるいはヨーロッパは、その困難な問題にたしかに先行してぶつかっているのであって、その経験についての考察は、翻訳紹介する意義を持つだろうと考えた次第である。

（全文は本書所収　構成・編集部）

（よしだ・ひろし／フランス思想）

広島の演劇史に埋れた名作『河』。その現代に与える意味とは?

ヒロシマの『河』

――劇作家・土屋清の青春群像劇――

土屋時子

劇作家、土屋清と『河』

この本は、昭和五(一九三〇)年に生まれ、戦争と政治に翻弄され十代の青春期を九州で暮らし、昭和三十(一九五五)年から亡くなる昭和六十二(一九八七)年まで、広島の地で「演劇」に人生をかけた「土屋清」の生きかたと、半世紀以上経っても色あせずに残っている名作『河』の軌跡を追うものである。

『河』は、原爆投下後の廃墟から奇跡的な復興を遂げた広島の、「炎の時代」を描いた物語であり、「原爆詩人」峠三吉(一九一七―五三)がその仲間と共に、理想とする社会の実現に向けて葛藤しながら、時代を駆け抜けていった「青春群像劇」である。一九六三年、原水爆禁止運動の再出発となった世界大会で衝撃的に登場し、広島以外の京都、大阪、東京でも上演された『河』。

一九七〇年代から八〇年代においては全国の地域劇団や専門劇団でも多く上演され話題となった。しかし一九八八年の「峠三吉没後三五年・土屋清追悼公演」以後、広島での上演は途絶えていた。「峠三吉生誕百年、土屋清没後三〇年」にあたる二〇一七年に、もしも『河』が再演されていなければ、永遠に話題となることはなかっただろう。つまり記憶=歴史に残ることはなかったと思う。

『河』の復活の意味とは

二〇一七―一八年は私の人生にとって忘れられない年となった。二〇一五年十二月に大阪の「劇団きづがわ」が上演した『河』を観て発奮した。「創作劇『河』は過去の作品ではない。今こそ広島で上演されるべきだ。峠三吉生誕百年という記念すべき年に再演しなくていつできるのか!」と自分自身に檄を飛ばし、その日から二年間、なりふり構わず突き進んだ。

『河』上演においては数えきれない感動的な出会いがあり、それが素人の市民劇に力を与えてくれた。伝説的な芝居には芝居以上のドラマが残ると言われる。

▲土屋清
（1930–87）

「ヒロシマの空」を書いた林幸子さんの孫娘・中山涼子さんとの運命的な出会い。彼女は腰が重い私の背中を押してくれ、ヒロインである祖母の役柄を見事に演じてくれた。一番の悩みは、多くの人が仕事と稽古の両立が厳しい労働条件を抱え、稽古時間が足りないことだった。また予期せぬ豪雨災害がおこり稽古が中断した時もあった。だが誰一人あきらめなかった。ある意味では、その困難さの中で一人ひとりが、『河』の厳しい時代を追体験し、それが力になったのだ。

　出版については、初めて『河』に出演した研究者の発案で実現した。「舞台は時がたてば消えてしまう、公演だけでは足りない。演劇史の中で、全国的には決して有名でない作家による作品が、繰り返し上演されてきたことは珍しいことだ。広島の戦後史、社会文化史、平和運動史を再考するため、演劇史の中に埋もれた名作に焦点を当て、土屋清の仕事を通して、ヒロシマの過去、現在、未来を問うてみたい」と提案してくれたのだ。

　私は京都公演終了時には、出版のことなど考えてもいなかった。舞台における俳優の芸術は瞬間的なもので形を残さないのが必定と思ってきたからだ。時代を超えて、戯曲という作品は、また劇作家は生き延びていけるのだろうか。出版はその問いを見極めるためでもある。

（全文は本書所収　構成・編集部）

（つちや・ときこ／広島文学資料保全の会代表）

ヒロシマの『河』
劇作家・土屋清の青春群像劇

土屋時子・八木良広編

A5判　三六〇頁　三二〇〇円　カラー口絵12頁

真に「書くべき程の事」を、鮮烈に書き留めた詩的批評文集

詩情のスケッチ——批評の即興

新保祐司

「人間」が価値基準だった近代

キルケゴールが、「水平化」という言葉を、普通日本で『現代の批判』と訳されている著作（桝田啓三郎訳）の中で使ったのが、十九世紀半ばのことであった。「要するに、近代は多くの変革を通じて、すでに長らく水平化の方向に向かって進んできた」のであって、「善良な人ならだれでも水平化の遣る瀬なさに泣きだしたくなる瞬間をもつことであろう。」と書いたのであった。波多野精一のいわゆる「左右に平穏に延びつつあった直線」が、ますます太く強固になって行ったのが、近代ということであろう。今や、現代において水平化の作業はすでに完了したとも言える「時」に差し掛かっているのだ。すべての線が、「水平」線になった。下よりの、即ち人間からの垂直線は、すべて水平線と化したのではないか。人間からの垂直線は、それはあるいは理想主義のこともあり、ヒューマニズムのこともあり、人間の愛というものであることもあるであろうが、それらは結局水平線になってしまう定めなのである。真の垂直線は、常に、絶対的に「上より」のものではないであろうか。下よりの、人間からの垂直線は、真の垂直線ではないのだ。

近代とは、下よりの線が多く引かれた時代であった。その線は、多くは曲線であったし、その中には、実に美しい曲線もあったのである。マルクスの「下部構造」もフロイトの「意識下」も、みな下よりの線であった。それは、ある意味で魅力に満ちた直線や曲線であり、近代の思想や芸術はそれらから形作られたのであった。

「上よりの垂直線」を希求して

今日、水平線が多く引かれ、「水平性」が重く精神にのしかかっているが、そもそも精神が精神として覚醒するのは、それは「上よりの垂直線」に差し貫かれる「時」ではあるまいか。「突然現はれ出でたる上よりの垂直線によつて切断さ

れる」「時」（波多野精一）ではあるまいか。キルケゴールは、「少しばかりの」という言葉を痛烈な批判を込めて使っている。「少しばかりの幻想」「少しばかりの決心」「少しばかりの勇気」「少しばかりの信仰」「少しばかりの行動」といった具合に、「水平化」の時代の人間の精神の「微温《ぬるき》」特徴を抉っている。

今日のように、「少しばかりの永遠」と「少しばかりの」超越と「少しばかりの純粋」と「少しばかりの」理想と「少しばかりの」彼岸と「少しばかりの」愛と「少しばかりの」絶対と「少しばかりの」他者といった調子で、全てを「少しばかりの」という及び腰の姿勢で取り扱っている現代の人間は、その「安住し」た文化の中にいる現代の人間は、今や再び「突然現はれ出でたる上よりの垂直線によつて切断される」ことが必要になっているのではあるまいか。もはや、近代は終焉を迎えている。ということは、下よりの線から、人間からの線から、意義あるものが生まれる時代が終わったということなのだ。

▲新保祐司氏（1953-　）

私が、水平化の世界に生きつつ、いつも願っていたものは、「上よりの垂直線」を招来することに他ならなかった。そこに「見るべき程の事」は、「不意の出現」をし、そこから詩情が生まれるからだ。そして、人間に出来ることは、それをスケッチすることだけである。

（全文は本書所収　構成・編集部）

（しんぽ・ゆうじ／文芸批評家）

六月十六日に行われた「金時鐘さん生誕九十年、渡日七十年」の会

知らず知らずで、戦前回帰。

金時鐘

戦争をしでかした側として

長年の日本の友人たちの心づかいがありがたくて、本日の集まりとはなりました。このようにも私的な集まりにもかかわらず、わざわざ出向いてくださったばかりか、飾り付けの花環から身に余る祝辞までたまわりました、駐大阪大韓民国総領事、呉泰奎《オテギュ》先生の特段のご厚誼に、ふかぶかと感謝申し上げます。（中略）

九旬とありがたがられる九十歳の年波なんぞ、今ではざらにそこらにいる一人の私にすぎません。私が齢《とし》を取ったのは年月が流れていったせいではないのです。私を置き去りにして年月は永遠に、アンドロメダ星雲の彼方へ去ってしまいました。取り残されて、私がしなびたのです。

移りゆく時代からさえ落ちこぼれてきた私の、思いの一端でも並べて、あいさつに代えるとします。

戦争をしなくちゃどうにもならないなどと、余りにも明け透けに憲法九条に悖る発言をした衆議院議員、丸山何がしに対して、市民からの批判がこのところ相次いでいます。おとなしい日本人にしては珍しい、表立った非難です。まっとうな批判がいま起きているわけではありますが、本当に日本の国民は怒っているのでしょうか？

平和憲法といわれている現憲法を「みにくい憲法」とまで見下げてきたのは、長期政権を誇っている現総理大臣の安倍首相でした。その安倍内閣によって安保関連法制法案は強行採決され、禁じられていた集団的自衛権行使まで容易になりました。これでアメリカ軍が赴《おもむ》くところなら世界のどこへなりと連れ立って自衛隊派兵ができる、戦争ができる国の日本になれたというわけです。丸山議員の発言はむしろ、そのような防衛政策に裏打ちされて浮かれてしまった、発言だったとさえ私には思えます。ですのに、政府の安保政策に市民の声が広く、表立つことは依然としてありませんよね?!

戦前の国家主義教育に比べての評価で

はあったのでしょうけど、戦後の教育を民主教育と呼んできました。ところが実際は、明治以後百数十年にわたる近現代史に、戸を立ててきた教育でした。近隣諸国を侵して富国強兵を目指した史実の一切を、教育からはずしてきたのです。丸山議員はその典型の一人と言っていいでしょう。戦後世代の親からついに、純粋培養の子が生まれて、少壮気鋭の政治家に育っているのです。そのように育てた人たちが今、政治家としての丸山議員の資質を問うています。

▲金時鐘氏(1929-)

丸山議員への反発は新聞の読者の声欄にも現れていて、戦争のむごさ、悲惨さを語り継がねばと親から聞いた話や、自己体験を記した投書をよく目にします。その思いは大いに共感をそそるものではありますが、このような良心の発露はやはり、一般論にすぎる反戦意識だと、敢えて言わねばなりません。戦争をしでかした側の悔やみよりも、戦争で蒙った悲惨さにより重点がかかっているからです。

偏っているのはどちらか?

最近目立つことの一つに、公民館等の公共施設を反政府気運の集会や、憲法擁護、反原発、辺野古基地反対等の色彩を帯びた市民集会には使わせない動きが、各地で起きていることがあります。政治的に片寄っているとか、左翼的で内容が過激にすぎるとかがその主な理由だそうですが、結社、集会、言論の自由を言い立てるのも殊更なことのようで鼻白んでしまいます。定住外国人の私が身ぶるいを感じるのは、周辺住民のその無反応ぶりです。左翼、過激はイコール「アカ」に連動する感覚を、日本の国民は明治以後の伝統的な習い性のように受け継いでいますので、それはそのまま意識しない賛同ともなってつながり合っている、共通の気質みたいなものでもあります。このような拒否感覚は保守系の集まりには一切働きません。本当に、どっち側が片寄っているのでしょうか?

加えて昨今とみに、サムライ礼賛がつづいていますね。スポーツにまで「サムライ日本」とはやしたてられ、先だって大関に昇進した力士は「武士道精神を尊び」とまで、誓いを立てていました。サムライとは主君のために死ぬ者のことです。明治維新以後その「主君」が「天皇」

に置き変えられて、「大君の辺《へ》にこそ死なめ」の軍国思想の下地ともなりました。「サムライ」は今もって国粋主義の苗床でありつづけている、日本人的誇りの感情です。

文学という、多岐多様な人間模様を作者の想像力によって構築した世界を通して描きだす芸術創造の世界にあっても、腑に落ちないことが依然としてつづいています。三島由紀夫文学賞と言えば、小説家を志す新人の登龍門として名だたる賞です。小説家で劇作家でもあった三島由紀夫は、それほどにも社会的信望を集めている文学者ということにもなります。が実際は、絶対者への希求が高まって急激なナショナリズムに執り着き、自衛隊員の決起を声高に叫んで割腹自殺した、いかにもサムライらしい方法で最後を遂げた強烈な現憲法否定者でした。それこそ過激に片寄った文学者であるにもかかわらず、「文学賞」を通して礼賛されつづけているのです。朝鮮人の私にはまったくもって理解がつきません。

戦力放棄をうたった憲法九条の「改正」に熱心な安倍首相はじめ、政権与党の使命感すらも、言葉の綾《あや》でもって国民の共感をそそっているのですから、その操作のほどを見すごしてはなりませんね。「改正」とはよくないことを正しく改めることです。正しく改めることに異存などあろうはずはないのです。現憲法はよくない憲法、という大前提があっての「改正」呼称ですのに、マスメディアまでも改憲派の「改正」をそのまま使用します。百歩ゆずって「改定」どまりの呼称でなくてはならない、憲法論議というべきでしょう。

死を強いられた側、強いた側

無残に死んだ死や戦火に追われた苦難の体験は同じであっても、死を強いた側の死や苦難と、死を強いられた側の死と恐怖は決して同じではありません。国民皆兵の召集を受け、成人した日本男児は誰彼なしに戦地へと出征してゆきました。行った先でくりひろげられた無慈悲きわまりない殺戮、凌辱、暴行は、兵隊さんだった日本人なら誰ひとり知らない者はいない、目をおおうばかりの歴史的事実です。それはそのまま余りのむごさに口を噤《つぐ》まざるをえなかった、良心の閉じ込めともなっているものでもあります。

ために語り継ぐ戦争のむごさは一般論的な戦争被害者の語りにとどまって、満蒙開拓団の逐われた悲劇や、空襲で焼かれ逃げまどった辛さや悲しみ、ひいては原爆被災の地獄絵図を語る、戦争被害の体験に終始します。そこには「聖戦」をかかげて戦争をしでかした側の、加害者の意識は影すらさしません。

突如「満洲事変」が勃発し、ついにはアメリカとまで戦争するに至った「十五年戦争」とはいかなる戦争で、太平洋戦争とはどのような経緯を経て終結したのか。絶対知らねばならないことから遠ざけられてきた日本人が、またぞろ、戦前回帰へのうねりに気にもとめずに乗せられていっています。

因みに戦後の民主主義国家へと導きもしたポツダム宣言の表紙をめくれば、私の国、朝鮮半島の戦後の悲劇まで顔をだしてきます。**日本に対する降服勧告がなされたポツダム宣言は、終戦の年の一九四五年七月二十六日発せられました。**ところが日本は国体護持（万世一系の現人《あらひとの》神《かみ》であらせられる天皇がしろしめす国）をめぐってもたついているうちに、広島、長崎に原爆を落とされました。降服勧告をすぐさま受け入れていたなら東京、大阪大空襲、硫黄島、沖縄、広島、長崎の大惨劇はなかったでしょうし、ソ連参戦による朝鮮半島北半部の占領もなくて、朝鮮半島の南北分断も当然現出しませんでした。自ら努めなくては、知らねばならないことすら、知りはしないのです。

私は日本に来たことで、命を長らえた者です。愛憎こもごものしがらみを超えて、私はこの上なく日本が好きです。何事につけ控え目な日本人を、同族同等に愛してさえいます。どうか関わることなく変わってしまう日本の国とはなりませんように、心から願いながら私のグチっぽい演説を終えるとします。

ご静聴ありがとうございました。

（キム・シジョン／詩人）

＊シンポジウム「越境する言葉」でのスピーチ全文

〈短期集中連載〉2　レギュラシオン理論とは何か

レギュラシオンの基礎と展開

原田裕治

制度的・歴史的マクロ経済学

ロベール・ボワイエ著『資本主義の政治経済学——調整と危機の理論』はレギュラシオン理論に立脚した政治経済学の教科書としてフランスで出版され、フランス経済学会「最優秀テキスト賞」（二〇一五/二〇一六年）を受賞し、高い評価を受けている。

この理論は、フォーディズム（一九五〇〜一九六〇年代アメリカにおける国民経済レベルの好循環）における成長と危機のメカニズムの解明によって、制度的歴史的マクロ経済学として人口に膾炙した。

その基本認識は、次のようにまとめられる。**第一に**、資本主義経済において、異質な利害をもつ集団・組織としての主体が相互作用することでシステムが構成され、動態《ダイナミクス》が生み出される。**第二に**、異質な主体の調整では制度が決定的な役割を果たす。**第三に**、制度の成立に寄与するのは経済効率の論理よりも、政治的過程である。**第四に**、相互作用や調整は経済社会ごとに異なり、時間を通じてシステムと動態は変化する。**第五に**、こうした相互作用や調整が好循環の体制を生み出す場合でも、それが持続する保証はない。好循環を構成する要素はそれぞれ少しずつ変化し、そのことが体制全体の整合性を掘り崩す可能性がある。

このような認識の多くが、レギュラシオン理論の基礎概念にもとづいて整理されるのが、本書の第I部基礎編である。

レギュラシオン理論の進化

この理論の創設以来、こうした認識が適用されたのは、国民経済のレベルであったが、それは他の水準においても適用可能である。また相互作用と調整は、さまざまな領域で生じ、相互作用は異なる領域間でも存在する。本書第II部の展開編では、そのような認識の拡張が新たな展開として提示される。

例えば生産モデル論では、国民レベルの制度に規定された企業戦略の多様性が明らかにされる。また部門別・地域別の制度装置にかんする議論や、イノベーション、技能形成、社会保障にかんするシステム論では、相互作用や調整がメゾ・レベルで成立することが示される一方（第六章）、国民レベルを超える地域や国際レベルの調整もまた議論の対象となる（第九章）。さらに異質な主体の調整を司る制度の成立や、複数領域の制度からなる構造の整合性を保証する政治的過程（政治的なもの）と、経済的論理（経済的なもの）との連関が議論される（第七章）。

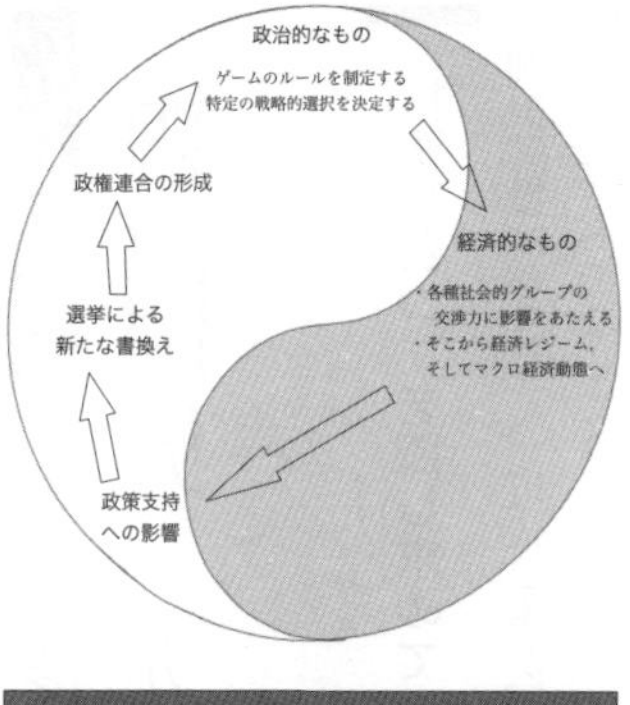

陰と陽：政治的なものと経済的なもの

続いて政治的過程を経て成立する諸制度のもとでの資本主義経済及びその動態の多様性が議論されるが（第八章）、経済動態を生み出す制度構造の変容においても政治的過程が重要な役割を果たすことが示される（第十章）。

第Ⅱ部で提示される議論は、ボワイエ自身が様々な形で関与したものであるが、同時に、多くのレギュラシオン派による研究成果が含まれる。例えばB・アマーブル（『五つの資本主義』藤原書店、二〇〇五年）やS・パロンバリーニによる政治的過程の分析、B・テレの社会保障モデルの類型論、GERPISA（自動車産業研究の国際ネットワーク）による生産モデル論、そして日本のレギュラシオン派との共同研究によるアジア分析（植村・宇仁・磯谷・山田『転換期のアジア資本主義』藤原書店、二〇一四年）が挙げられる。その際、理論の創設当初に着想を得たマルクス、アナール歴史学、ポストケインズ派の議論はもちろん、グラムシ、プーランザスの政治的アプローチ、比較歴史分析、コンヴァンシオン理論など各種社会科学の研究成果も積極的に参照される。

このことは、異質な主体や多様な領域の相互作用と調整という観点から資本主義経済の進化を分析するレギュラシオン理論自体もまた、さまざまな議論と絡み合うことで、適用範囲を拡大しつつ進化していることを示しているといえよう。

（はらだ・ゆうじ／摂南大学准教授）

リレー連載　近代日本を作った100人　64

柳田国男——下方からの近代日本の受肉をめざした思想家

赤坂憲雄

「根源ひとつ」を探し求めて

柳田国男はおそらく、近代日本が国民国家として形をなしてゆく現場に立ち会いながら、それをあくまで下方から受肉することをめざした思想家であった。郷土研究といい、民俗学という、その知の方法には一貫した作法が沈められている。上からの、統治者の眼差しによっては、少なくともそれだけでは近代を豊かに受肉させることはできないという信念が、柳田に固有の経世済民の志には貼りついていた。東京帝大で農政学を学び、農業政策や法制度にかかわる官僚として活躍し、貴族院書記官長にまで昇りつめ、ついには権力闘争に巻き込まれて下野するにいたった柳田は、その経歴からして、国家とはなにか、権力とはなにか、といったテーマを体験的に熟知していたはずだ。だからこそ、柳田は下方から国民国家としての受肉をはかることをめざしたのである。

明治・大正期の柳田の論考を読んでいると、まるで呪文かなにかのように、「根源ひとつ」という言葉が散見することに気づかされる。それはいわば、社会の表層に、まるで脈絡もなく、繋がりもなく転がっている人やモノや現象を前にして、柳田がときおり呟くように洩らす言葉のひとつだった。

たとえば、柳田がその前期、つまり明治・大正期に取り組んだ重要なテーマに、エタ・非人から雑種賤民などにいたる差別された人々＝非常民の歴史の掘り起こしがあった。社会的な表われとしては、およそ有機的な繋がりを見いだしにくい人やモノや現象のなかに、ある共通性らしきものを手探りしながら、そこに秘め隠された意味を浮き彫りにしてゆく。漂泊と定住という枠組みのなかで、漂泊・遍歴や遊行、浮浪といった生存の固有の様式に光が当てられる。そして、共同体に囲われた常民たちと、その外部を遍歴する非常民とが交わすやり取りのなかに、異質なるものが対等に交流しあう文化が見いだされた。そこに、差別を越えてゆくための思想的な契機が、まさに経世済民の志とともに浮上してきたのである。

それはまた、折口信夫とは異なった方位からの、宗教と芸能をめぐる民俗史の試みでもあった。たとえば、柳田の「毛坊主考」／「巫女考」という画期的な対をなす論考において、宗教と芸能とが交歓する史の景観がもっとも鮮やかに語られていた。それら被差別の民と天皇との秘められた関係が、つかの間露出する瞬間があった。

共通の民俗文化と「ひとつの日本」

「根源ひとつ」という呪文は、こうした歴史的な時間の相においてばかりではなく、日本列島のうえに展開する空間の相においても、とても興味深い形で顕在化してくる。柳田は昭和期に入ると、稲作や祖霊信仰にまつわる常民生活史に向けて、みずからの民俗学の体系化を推し進めてゆく。その過程に、「南北の一致」や「東西の一致」といった、やはり呪文のような言葉がくりかえし登場する。

柳田は大正後期、野（の／や）に下ると間もなく、列島の北の東北へ、南の沖縄へと精力的な旅をおこなっている。その紀行である『雪国の春』や『海南小記』のなかに、それら「南北の一致」や「東西の一致」という言葉が、あきらかに鍵をなす呪文の言葉として姿を現わすのである。明治以降、日本という国民国家の版図のなかに、ひとつの日本・ひとつの日本人・ひとつの日本文化が自明なるものとして存在していたわけではない。**柳田が民俗学の組織化のなかで強調したのは、日本列島の遠く隔てられた南や北、東や西の地方に、互いに知ることなく共通する民俗文化が営まれていることだった。そうした遠隔の一致を手がかりとして、ひとつの知の体系として民俗学を編み上げることがめざされたのである。**

柳田はくりかえすが、下方からの近代日本の受肉をめざした思想家であった。はたして、民俗学の命脈は尽きたのか。わたしはいまだに、この問いの前に立ちすくんでいる。（あかさか・のりお／民俗学）

▲柳田国男（1875-1962）
漢学者・医師松岡操の6男、井上通泰他「松岡五兄弟の一人」。大審院判事柳田直平の養子。農商務省に入り、法制局、宮内省をへて、1914年貴族院書記官長。退官し20年朝日新聞社の客員、次いで論説委員。早くから全国を行脚し、山間辺地をも訪ね、09年日本民俗学の出発点といわれる「後狩詞記」を出版。以来、「石神問答」「遠野物語」「山島民譚集」など多数の著書がある。35年日本民俗学会の前身「民間伝承の会」、47年民俗学研究所を創設。編著は100余にのぼる。

連載　今、日本は　3

非正規大国

鎌田　慧

「トヨタ、ダットサン、ホンダ、そしてパールハーバー」

米国・五大湖そば、モータウン（デトロイト市）。ＵＡＷ（全米自動車労組）本部の門に掲げられていたスローガンである。「ダットサン」は日産のことだが日本車輸出攻勢が真珠湾攻撃とおなじような、自動車「戦争」とされていた時代があった。一九八三年、三六年ほど前である。

米国を走る乗用車の四台に一台が日本車。トヨタ車がハンマーで叩かれるパフォーマンスがＴＶで放映されたり、中国人が日本人とまちがえられて襲われたりした。それもあって、トヨタなども米国に工場建設、雇用に貢献するようになるのだが、自動車の街・デトロイトは不景気で、ポンコツ車がよたよた走っている状態だった。

それからも衰退がつづき、ついに「ラストベルト」（錆びついた工業地帯）が、自由貿易を否定したいトランプ大統領を産みだした。祖父がした、保身のための「日米一体化」を、さらに強める首相は、トランプとのゴルフのあいまに、数兆円におよぶ戦闘機・イージスアショアなどの爆買いのあと、こんどは農産物の輸入拡大に踏み切ろうとしている。

日本の儲け頭・トヨタの豊田章男社長は五月中旬、「なかなか終身雇用を守っていくというのは難しい局面に入ってきたのではないか」と発言した。すでに非正規労働者が三分の一強の現状をみれば、いよいよ「正規社員」の身分も非正規予備軍、になった、というべきか。

政府は「人生一〇〇歳」を謳い老後資金は二〇〇〇万が必要といい、麻生金融相は二〇〇〇万円ではない、三〇〇〇万円、といいだした。老後は年金で生きていける、と国を信じてきた善良なる人びとは、ここにきて年金は赤字になるぞ、利殖で補え、と政府がいうのだから、まさにうっちゃりを食った形である。

トランプが経営していた「カジノ」まで進出してきそうだ。戦争はしない、老後は安心して暮らせます、というのが国の約束ではなかったのか。それでも怒らない、不思議な国民だ。（かまた・さとし／ルポライター）

■〈連載〉沖縄からの声［第V期最終回］3

琉球弧の果ての島・喜界島の不思議

安里英子

十四世紀、琉球王府は奄美諸島を我が物とした。喜界島はその果ての小さな島である。琉球王府の正史『中山世譜』によると「尚徳王は自ら二千余騎を率い、大船五〇隻に乗って喜界島に至った」とある。

二〇一七年に喜界島を訪ねた。那覇から奄美空港に降り立ち、そこから小型機に乗り継いでわずか五分ほどで島に着く。人口およそ七〇〇〇人。サンゴ石灰岩からなる平坦な島である。かつての琉球人の役人の墓や、王府から任命されたノロの首飾りや勾玉が残されているなど琉球支配の痕跡が残されている。

しかし、私の喜界島への興味は、琉球の支配以前の古代史にある。シマの中央にあたる台地に「城久《グスク》遺跡群」と呼ばれる八カ所の遺跡群がある。土地改良事業の際に発見されたもので、そこから古代～中世にかけての中国、朝鮮、日本本土からもたらされた陶器や磁器、石鍋などが大量に発掘された。とりわけ中国産である越窯系青磁は一七九点と琉球弧内で突出しているという。徳之島で生産されたカムィヤキも大量に出土している。そして四八四棟の掘立柱建物跡も発見された。

いったい誰がそこに住み、利用していたのだろうか。そして大量の品々はどのようにして運んだのか。そこには大宰府の出先機関があったとか、あるいは宋の商人の住まいだったという説もある。小さな喜界島に、と謎が深まるばかりだが、近年の考古学の研究では、喜界島こそ古代から中世にかけての、東アジア（環東中国海）の交易の拠点ではなかったかという仮説がなされている。「古代、中世日本の境界領域の研究」では、奄美大島と喜界島が焦点になっているという。中国、朝鮮、日本、琉球の境界領域に位置する島だからこそ多様な文化の波が寄せ、蓄積されたのだろう。琉球が攻め入った理由はそこにあったのかも知れない。

奄美世、那覇世、ヤマト世と世替わりに翻弄された島だが、壮大な石垣に囲われた阿伝集落の風景は基層文化の厚みを感じさせる。海上交通で世界がつながった古代、島は辺境ではなく交易の中心でもあったという証である。琉球弧の南の果ての宮古や八重山諸島がそうであったように。

（あさと・えいこ／ライター）

Le Monde

■連載・『ル・モンド』から世界を読む［第Ⅱ期］35

令和日本

加藤晴久

「五月三日、平和主義憲法七二周年記念日に、日本の安倍首相は二〇二〇年までに憲法改正をおこなうという公約を再言した。国際紛争を解決する手段として戦争、威嚇、武力に頼ることを断念するという九条の制約から日本を解放するためである。彼はまた、同盟国の防衛に日本が参加できるようになることを願っている。日本を「ふつう」[normal]の国にしようという保守政権陣営の宿願を、新天皇が即位した二日後に繰り返すということは令和時代の成り行きに疑念を抱かせるものがある」

「日本　令和時代の課題」と題する五月六日付『ル・モンド』の社説の書き出しである。

「これに対し、政治的権限は持たないながらも、神聖なるオーラに包まれた徳仁新天皇は歯止め[contrepoids]として行動している。軍国主義日本の犠牲者たち、また、自然災害、原発事故の犠牲者たちに寄り添った両親の平和主義的・人道主義的姿勢を新天皇が継承することは明白である。明仁天皇と美智子皇后は、その初期に経済的成功に酔い痴れ傲然としていた平成の時代に、謙虚と献身を、滅私と思われるほど、体現していたのだった」

前・現天皇が果たし、果たそうとしている「政治的」役割を、これほど明確に述べた日本の新聞があっただろうか？

令和日本が立ち向かうべき対外的課題は「すさまじい中国の海外拡張主義、米国の脱同盟的政策、北朝鮮のミサイルである。これらはいずれも、現政権のナショナリスト的政策に好都合に作用している」

国内的には「男女不平等。二〇一八年、一四九カ国中、一一〇位だった」「フクシマにもかかわらず、日本では、真の意味でのエコロジスト運動が存在しない」「増大する諸格差にもかかわらず批判的言論が抑圧されている」「同性婚問題、難民問題、移民問題でも立ち遅れている」「死刑、苛酷な拘留など司法の問題で人権擁護NGOから告発されている」

「たしかに、日本の政治界はポピュリズムと過激主義に侵されることはなかった。しかし、こうした保守主義は革新を阻《はば》むコルセットになっている」

（かとう・はるひさ／東京大学名誉教授）

■連載・花満径 40

オホーツク文化の保存

中西　進

文化財を保存また修理して後世に伝える仕事は、これほどに機械文明が発達して人びとがとかく便利一方に向かうようになった現代、今までより一層大切になっている。

そのことにいち早く目をつけて、読売新聞がこの面での功労者を顕彰する「あをによし賞」を設定してから、もう十二年が経過し、今年はつい先ごろ第十三回目の授賞式を行なった。

受賞したのは北海道在住の北構《きたがまえ》保男さんであった。いま百歳、そのことが大きく話題となった。もちろんこれまでの受賞者のなかではもっとも高齢である。

氏の業績は前人未踏のオホーツク文化に関する文物の蒐集、整理、保存である。その点数は一三万点に及ぶという。

じつはわたしも、アイヌ文化に先立つオホーツク文化の実体に前々から関心をもってきた。そしてその解明が強く求められながら、いちじるしく遅れていることを残念がっていたから、今回の授賞を大いに喜んだことだった。

冬、アムール川河口あたりから間宮海峡、サハリン近海は深く結氷に閉ざされ、また春がくると解けだす流氷に乗って、人もクマも、オホーツク海域にやってくるらしい。そして流氷が太平洋に流れでて姿を消すように、オホーツク人もその文化も、いまに姿をとどめていない。

日本北端の古代文化の解明は、日本歴史の重要な課題であろう。わたしは繊細な骨細工の夢幻さや、埋葬の方法が故郷を向いているのではないかといった空想を、エッセーに書いたことがある。

何よりもあの可憐なクリオネが象徴のように思われるオホーツク文化は、いとおしい。

隣人のアイヌは広範な日本列島の先住民のようだから、オホーツク人こそ純粋な北の民かもしれない。北方領土の問題もかかえる日本にとって、オホーツク文化はいっそう大切である。

（なかにし・すすむ／国際日本文化研究センター名誉教授）

＊前号中段一〇行目「五〇〇〇年以上も」を「二〇〇〇年以上も」に訂正いたします。

〈連載〉生きているを見つめ、生きるを考える 52

寝てばかりいるマウスは見つかったけれど

中村桂子

「春眠暁を覚えず」と言うが、私の場合、春夏秋冬ゆっくり眠るのが一番の幸せである。枕が変わろうが、寝しなにコーヒーを飲もうが、横になったらすぐ眠れる。一方、徹夜が得意な友人は、「なぜ人間は眠らなければならないの」と不満気に言う。

眠りについては、今世紀初めに、脳内物質であるオレキシンが重要物質として浮かび上がった。脳内には覚醒中枢と睡眠中枢があり、覚醒中枢がノルアドレナリンなどの神経伝達物質を出して覚醒状態をつくり、その保持にオレキシンがはたらくというのだ。ところで、これは寝たり起きたりのメカニズムを教えてくれるだけで、睡眠を引き起こすものへの答ではない。

睡眠誘引物質探しは難しい。マウスを眠らせないようにした時に増える物質の探究が続いたが、ストレスの影響が除けないのである。ここで、筑波大学の柳沢正史教授が睡眠異常の変異マウスづくりという新しい方法を始め、変異マウスの精子による人工授精で生まれた子マウス八〇〇〇匹を調べたところ、寝てばかりいるマウスが見つかったのである。二行ほどで書いたが、存在するかどうかわからない中でのこの実験は大変だったろう。研究は信念と根気に支えられ、そこに運もはたらいて進むものと言われるが、ここでもそれを感じる。

このマウスは、以前からよく知られていたタンパク質リン酸化酵素の遺伝子に異常があった。これは私たちヒトはもちろん、ニワトリ、ツメガエル、ショウジョウバエ、線虫などほとんどの生きものがもっている大事なタンパク質である。この遺伝子にショウジョウバエや線虫で変異を起こさせたところ、睡眠に異常が出たという報告もある。

いつも眠たいマウスは脳内の八〇種ものタンパク質のリン酸化が普通のマウスより進んでいることがわかった。眠いという状態は一つの物質で起こるものではなくとても複雑なはたらきが関わるらしいというわけだ。睡眠研究が格段に進んだことは確かだが、ここでもまた複雑さに向き合うことになったと言える。

（なかむら・けいこ／JT生命誌研究館館長）

連載 国宝『医心方』からみる 28

河骨の薬効の今昔

槇 佐知子

河骨《こうほね》の高き 莟《つぼみ》をあげにけり　風生《ふうせい》
河骨の金鈴《きんれい》ふるふ流れかな　茅舎《ぼうしゃ》
河骨の咲けば明るき雨となり　咲子

日本では北海道から九州までの小川や池沼の浅い所に生えるスイレン科多年草コウホネは、水底の泥の中に根を這わせ、その先端から葉を出す。円柱状の葉柄は水面を突き抜け、楕円形の先が尖った長い葉を出す。七・八月になると、葉柄よりも長い円柱形の花柄の先に、直径五cmくらいの黄色い花を咲かせる。五枚の花弁のような萼《がく》と沢山のこまかな花弁、多数の雄しべが中心の子房をめぐって螺旋状に並ぶ。

茅舎は、その莟《つぼみ》が川のせせらぎに揺れるのを「金鈴《きんれい》ふるふ」と詠んだのであろう。

黄色い花が一せいに咲けば、あたりは雨にけむっていても明るく感じられる。

『医心方』ではこの河骨を骨蓬《こつぼう》と書き、和名を加波保祢《カハホネ》として、巻三十食養篇の五菜34に掲載している。

そして隋代には中国で佚書《いっしょ》とされていた食養学者の崔禹錫《さいうしゃく》の『食経』からの抄録が、一つだけ採録されている。即ち、

○味は鹹《かん》で（性は）大冷であり、無毒である。黄疸や消渇《しょうかち》を主治する

と。（『崔禹錫食経』は和名抄引用漢籍）

日本で野生したり栽培されたりしているコウホネはNuphar, japonica DC.だが、中薬で薬用にしているのは、Nuphar, pumilum DC.（日本名ネムロカワホネ、エゾカワホネ）の根茎である。

この河骨は現代中国では萍蓬草《へいほうそう》とし、その太い根茎と種子を薬用にしている。エゾカワホネの葉は広い卵型で長さ六〜一七cm、幅六〜一二cmでハスの葉のように深い心臓型で水に浮かんでいる。

秋に種子が熟したら、種子と根を採取する。

○種子は滋養強壮、月経不順、健胃剤
○根茎も健胃剤、補虚剤、消化不良、月経不順

の主治の効能を挙げている。味が栗に似ているので水栗《すいりつ》ともいう。

（まき・さちこ／古典医学研究家）

六月新刊

戦後、未だ日ロ間で平和条約が締結されないのはなぜか

対ロ交渉学
歴史・比較・展望

木村 汎

「俺のもの（＝領土）は俺のもの、お前のもの（＝経済力）をどう分けるか、交渉しよう」――これこそがロシア式交渉の真髄である。旧ソ連からプーチンに至るロシアの対外交渉を、交渉学の諸理論から紐解き、対ロ外交の修羅場を経験した専門家の証言をもとに緻密に分析・検討し、日ロ関係の展望を考察する。

Ａ５上製　六七二頁　四八〇〇円

「本も男も、"うらぶれ"がいい。――ことに男は。」

書物のエスプリ

山田登世子

古典から新刊まで様々な本を切り口に、水、ブランド、モード、エロスなど著者ならではのテーマを横断的に語る「エッセイ篇」と、四半世紀にわたり各紙誌に寄せた約一二〇本を集めた「書評篇」。時には書評の枠を逸脱しつつ、書物の世界を自在に逍遥する。単行本未収録論考集最終第４弾！

四六変上製　三二八頁　二八〇〇円

21世紀の新しい知「生命誌」

中村桂子コレクション　いのち愛づる生命誌　全8巻

1 ひらく　生命科学から生命誌へ　［第2回配本］

生命科学への疑問から創出した新しい知「生命誌」は、ゲノムを基本に、あらゆる生物の"歴史"と"関係"を読み解く。ヒトクローン、遺伝子組換えなどの現代生物学の問題に、科学と日常の眼で答える。

口絵2頁

〈解説〉鷲谷いづみ

〈月報〉末盛千枝子／藤森照信／毛利衛／梶田真章

四六変上製　二八八頁　二六〇〇円

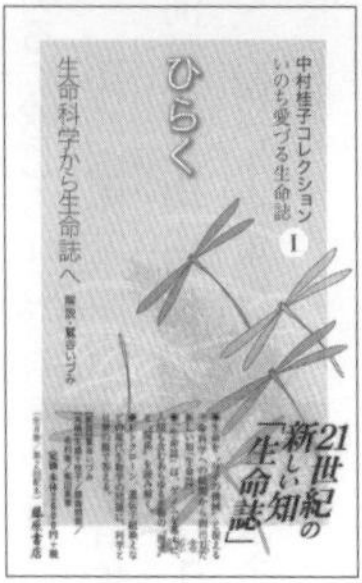

現在90歳、渡日70年を迎えた詩人の集大成

金時鐘コレクション　全12巻

4 「猪飼野」を生きるひとびと
『猪飼野詩集』ほか未刊詩篇、エッセイ　［第5回配本］

金時鐘

一九七三年二月一日を期してなくなった日本最大の在日朝鮮人の集住地、大阪「猪飼野」に暮らす人々を描いた連作『猪飼野詩集』（一九七八年）ほか。

口絵4頁

〈解説〉冨山一郎

〈月報〉登尾明彦／藤石貴代／丁章／呉世宗

四六変上製　四四〇頁　四八〇〇円

読者の声

生命科学の未来■

▼さすがにノーベル賞もらうだけの基礎研究による思いがけない大きな発見だが、その説明している内容も理論整然だと思うが、素人にも完ぺきにわかるようにPD‐1遺伝子、そしてその発現による分子構造、それに対する抗体の構造、ガンはどのようにしてPD‐1のブレーキを押すのか説明の本を出してほしい。一万円?でもよいので!

又、理解できる本を紹介してもらえたらよいと思うが、たいへんおもしろく読ませていただきました。

（高知　農業　**矢野章**　65歳）

▼非常に興味深かった。PD‐1抗体発見の道のりがすばらしく高度な実験の数々で圧倒された。

ありがとうございました。

（東京　家事手伝い　**榎本浩子**　50歳）

人生の選択■

▼「小学生でも、人生の選択をしなければならない時がある。ナチを選んだら、それは精神的な死だと思った」。日本の多くの小学生に読んでもらいたいです。

（東京　医師　**山田多佳子**　64歳）

▼長野県茅野市中央病院（当時鎌田實院長）で行われていた勉強会（ほろよい勉強会）で、デーケン氏のお話はとても楽しかった。私は一九三一年生れ。次の絵本に期待をつなぎます。

（長野　**河西立子**　87歳）

宿命に生き　運命に挑む■

▼『範は歴史にあり』に続く五郎さんの名コラム集第二弾。「五郎ワールド」は、切り抜きするほどの大ファン。鳥の目、虫の目で、時に厳しく、そして優しく。厖大な読書量を駆使しつつ、人間味あふれる観察眼で人を敬いつつ、時代に警鐘を鳴らす文言は、一読はおろか何度も読み返す価値ある一冊。五郎さんの語り口が胸に響く一冊でもある。

（北海道　会社員　**平泉尚登**　61歳）

静寂と沈黙の歴史■

▼静寂と沈黙が心を豊かにし、内省の時をはぐくむ場所であることを知る。

（千葉　**三迺昭子**　81歳）

▼叡知の実りということを考える。収穫された知恵、大地のごとく豊かな静寂……アラン・コルバンは正しくそれらの顕然であろう。『空と海』『風景と人間』……歴史を豊かな実りの中で展開する力がアラン・コルバンにはある。すべて貴書店の出版により読むことが叶った。感謝したい。

（東京　会社員　**山内聖一郎**　60歳）

義のアウトサイダー■

▼待ちわびていたテーマの好著。取り上げられた人々も実に納得できるものでした。

「義」は、人の、そして、社会の目標として至高の徳でありましょうが、いまの日本は遠く及ばないどころか、「義」そのものを忘れているように見えます。この書が、多くの人々に、そのことを思い出させてくれますように。（北海道　人文社会科学系教授

中村公亮　80歳）

昭和12年とは何か■

▼私が12年生れなので買った。読んで12年が色々のポイント……の年であったと云うことが判った。読みやすい対談だったので一気に読んでしまった。歴史の面白さ……が改めて感じられた。

（大阪　**樋口正吉**　81歳）

兜太 vol.1■

▼兜太の俳句は大正・昭和時代を見事に表現しており、ファンの一人でもありました……。

（長崎　画家　**一瀬比郎**　84歳）

■書簡で読み解くゴッホ■

▼興味深く読ませてもらいました。ゴッホファンの私は、二〇〇九年版最新研究の書簡集の日本語訳を望みながら一〇年が経ちました。是非、仏語の先生に書簡全集を出版して頂きたいと思います。

何度かゴッホを巡る旅をし、オーヴェールの代表作に馬車と汽車の通る風景を選ばれたのは新鮮でした。オワーズ川沿いに走る列車が畑の中を通る光景は探せませんでした。

（東京 外山栄治 70歳）

※みなさまのご感想・お便りをお待ちしています。お気軽に小社「読者の声」係まで、お送り下さい。掲載の方には粗品を進呈いたします。

書評日誌（四月号〜六・一六）

(書) 書評 (紹) 紹介 (記) 関連記事 (TV) テレビ (イ) インタビュー

四月号 (記)歴史研究「『雪風』に乗った少年」（「わが著書を語る」／小川万海子）
(紹)家庭の友「人生の選択」
(紹)ミセス「人生の選択」（「今月の本」／斎藤美奈子）
春号 (書)季論21「フロムと神秘主義」（米田祐介）
五・八〜 (記)共同配信「中村桂子コレクション」（「ブレークスルー」／「二重らせんに魅せられて」／「生命誌」を提唱し研究」／「子どもたちへの思い」／「中村さん著作集 刊行開始」）
五・一〇 (記)朝日新聞（東海三県版）「『雪風』に乗った少年」（「語り継ぐ戦争」／「水上特攻 大和沈没を目撃」／伊藤智章）
五・一三 (紹)静岡新聞「義のアウトサイダー」
(紹)しんぶん赤旗「中村桂子コレクション5 あそぶ」
五・二二〜 (紹)共同配信「長崎の痕」
五・二三 (紹)産経新聞［後藤新平賞］（「後藤新平賞に黒柳徹子さん」）
(紹)読売新聞［後藤新平賞］（「後藤新平賞に黒柳さん」）
五・二二〜 (記)共同配信［後藤新平賞］
五・二六 (紹)東京新聞［後藤新平賞］（「NEWS」／「後藤新平賞に黒柳徹子」）
五・二七 (書)日刊ゲンダイ「長崎の痕」（「長崎の被爆者が生きてきたそれぞれの戦後」）
五・二九 (記)毎日新聞「渋沢栄一の国民外交」（「この3冊」／「渋沢栄一」／片桐庸夫）
(書)毎日新聞「セレモニー」（「AI技術が悪用される未来図描く」／張競）
(書)産経新聞「長崎の痕」（「アート」／「戦禍と凛としたほほ笑み」／「写真家大石芳野さんが集大成」／花房壮）
(イ)北海道新聞「長崎の痕」（「訪問」／「被爆者の思い レンズ通し向き合う」／伴野昭人）
五・二三 (記)毎日新聞（夕刊）「長崎の痕」（「人・模・様」／「『戦禍の傷』焦点 写真集刊行」／明珍美紀）
五・二五 (記)毎日新聞（夕刊）［岡田英弘三回忌］（「イベント」）
(記)東京新聞（夕刊）［岡田英弘三回忌］（「イブニングスポット」）
(書)西日本新聞「女とフィクション」（「カリスマ書店員の激オシ本」／「複数の『私』を明かす『鏡』」／徳永圭子（丸善博多店））
(紹)西日本新聞「長崎の痕」
(書)朝日新聞「長崎の痕」（「穏やかな笑み 被爆者の人生は」／長谷川逸子）
五・二六 (書)京都民報「象徴でなかった天皇」（「元首にして大元帥の天皇」／猪原透）
(書)読売新聞「作ること 使うこと」（藤原辰史）
六・六 (紹)毎日新聞「転生する文明」

歴史家・岡田英弘（一九三一―二〇一七）三回忌

岡田英弘の歴史学とは何か

二〇一九年　五月二十六日（日）14時　於・早稲田大学3号館704教室

朝鮮史を出発点に、満洲史、モンゴル史と深めてゆくなかで、「十三世紀のモンゴル帝国がユーラシア大陸の東西をつなぎ、〝世界史〟が始まった」と、「世界史とは何か」を提示した歴史家、岡田英弘さん。藤原書店では**『岡田英弘著作集』全八巻**を刊行しているが、その仕事の全体を改めて見直す催しを行った。

　挨拶は藤原良雄（藤原書店社主）。「非常に厳しい出版界で、『岡田英弘著作集』は異例の重版を重ねている。本質を見抜いた、世界を見る眼差しが、これからの世界には必要」。

　前日の二十五日が、三回忌の命日だった。弟子であり夫人であった**宮脇淳子氏**（東洋史）からは、三回忌を迎え「一緒に学んでゆく」との言葉、岡田氏の著書が多く外国語に翻訳されていることの紹介、また「岡田英弘発言抄」について紹介。

　パネリスト各氏からの問題提起では、**杉山清彦氏**（大清帝国史／東大准教授）「〝歴史〟というより〝歴史学〟とは何かを語る本が多い中で常に〝歴史〟を問い続け、緻密な史料踏査を基礎に、虫の眼と鳥の眼を兼ね備えた岡田史学は、イデオロギーや国を超えて惹き付ける」。

内藤陽介氏（郵便学）「切手を見れば、いつ、どこで使われたかが分かる。切手は公文書であり、国家の政策を反映する。消印という公印が押される。例えば岡田先生のフィールドの一つであるモンゴルの切手から周辺のロシア、チベット、中国等との関係、当時の世界地図が分かる」。

古田博司氏（朝鮮史／筑波大名誉教授）「岡田史学は〝社会科学〟。天才だから、人文科学と社会科学を繋げた。例えば『文明とは政治・経済・軍事の複合体である』のように〝直観〟で本質を見抜き、結論を述べる。西洋の所謂社会科学が普遍でないことがバレた今こそ読み直されるべき」。

　南モンゴル・オルドス出身の**楊海英氏**（文化人類学／静岡大教授）は黒板にモンゴルの地図を描き、漢語／モンゴル語の地名を示し、見る向きによって世界は変わると。「岡田先生が辿った『康熙帝の手紙』の行程、年代記『蒙古源流』を使った研究は、漢語でなく、当事者たるモンゴルが見るモンゴル世界を展開した」。

全員での討論は宮脇淳子氏がコーディネート。

＊協力・昭和12年学会

（記・編集部）

八月新刊予定

＊タイトルは仮題

気候と人間の関係を描く記念碑的著作

気候と人間の歴史 I（全三巻）

猛暑と氷河　13世紀から18世紀

E・ル＝ロワ＝ラデュリ

稲垣文雄訳

「気候」そのものを初めて歴史の対象とした嚆矢の書、『気候の歴史』から三七年を経て、アナール第三世代の第一人者が、気候と気象の変動が人間社会に与えた影響を圧倒的なスケールで描いた記念碑的著作、遂に完訳。第I巻は「小氷期」を含む一三〜一八世紀を描く。

いまこそ、後藤新平の声に耳を傾けるべき時だ

国難来（こくなんきたる）

後藤新平　鈴木一策＝解説

一九二四年三月五日、六十七歳の後藤新平が東北帝国大学でおこなった「国難来」の演説。機能しない国際・国内会議、第二次世界大戦の予感、米国と中国で高まる排日の動き、国内政治の腐敗と堕落を「国難」と断じ、国民と政治家がお互いを信じて立憲政治の真髄を実現せよという渾身の訴えは、現在の日本と日本を取り巻く状況を予見したかのようである。

レギュラシオン理論の集大成

資本主義の政治経済学

調整と危機の理論

R・ボワイエ

山田鋭夫監修　原田裕治訳

フォーディズムの発展と危機に回答を示したレギュラシオン理論は、七〇年代以降、マルクスからは資本主義を、アナール歴史学からは歴史の意義を、ポスト・ケインズ派からはマクロ経済学の手法を学び、変化に対応していった。その考え方の基礎と理論を集大成。フランス経済学会最優秀経済教科書部門賞受賞作。

ラフェリエールとは何者か？　自伝！

書くこと生きること

ダニー・ラフェリエール

小倉和子訳

書くことは、生きること。生きることは、書くこと——。

「私が〝アメリカ的自伝〟を書いたのは、自分の人生がどのようなものだったかを知るためだった」。

一八年前、四十七歳のハイチ出身のカナダ・ケベックの国民的作家が、「アメリカ的自伝」と題された自伝的小説群の完結を迎え、幼年期から現在までを、初めて明かす。

7月の新刊

タイトルは仮題、定価は予価。

後藤新平と五人の実業家 ＊
渋沢栄一・益田孝・安田善次郎・大倉喜八郎・浅野総一郎
後藤新平研究会編著　序＝由井常彦
A5判　二四〇頁　二五〇〇円

移動する民 ＊
「国境」に満ちた世界で
M・アジエ　吉田裕訳
四六変上製　一六八頁　二二〇〇円

ヒロシマの『河』 ＊
劇作家・土屋清の青春群像劇
土屋時子・八木良広編
A5判　三六〇頁　カラー口絵12頁　三三〇〇円

詩情のスケッチ ＊
批評の即興
新保祐司
四六上製　二八八頁　二五〇〇円

いのちの森づくり
宮脇昭自伝
宮脇昭
四六変上製　四一六頁　二六〇〇円

8月新刊予定

気候と人間の歴史 I（全3巻） ＊
猛暑と氷河（13世紀から18世紀）
E・ル＝ロワ＝ラデュリ　稲垣文雄訳

書くこと　生きること ＊
D・ラフェリエール　小倉和子訳

国難来 ＊
後藤新平　鈴木一策＝解説

資本主義の政治経済学 ＊
調整と危機の理論
R・ボワイエ　山田鋭夫監修　原田裕治訳

好評既刊書

対口交渉学 ＊
歴史・比較・展望
木村汎
A5上製　六七二頁　四八〇〇円

書物のエスプリ ＊
山田登世子
四六変上製　三二八頁　二八〇〇円

中村桂子コレクション　いのち愛づる生命誌（全8巻）
1 **ひらく**　生命科学から生命誌へ ＊
〈解説〉鷲谷いづみ　内容見本呈
〈月報〉末盛千枝子／藤森照信／毛利衛／梶田真章
四六変上製　二八八頁　口絵2頁　二六〇〇円

金時鐘コレクション（全12巻）　内容見本呈
4 **「猪飼野」を生きるひとびと** ＊
『猪飼野詩集』ほか未刊詩篇、エッセイ
〈解説〉冨山一郎　口絵4頁
〈月報〉登尾明彦／藤石貴代／丁章／呉世宗
四六変上製　四四〇頁　四八〇〇円

別冊『環』㉕
日本ネシア論
長嶋俊介編　伊東豊雄／岩下明裕／三木健ほか
菊大判　四八〇頁　四二〇〇円

現代美術茶話
海上雅臣
四六上製　四八〇頁　口絵16頁　三〇〇〇円

転生する文明
服部英二
四六上製　三二八頁　三〇〇〇円

歴史家ミシュレの誕生
一歴史学徒がミシュレから何を学んだか
立川孝一
四六上製　四〇〇頁　三八〇〇円

別冊『環』㉔
開かれた移民社会へ
宮島喬・藤巻秀樹・石原進・鈴木江理子編
菊大判　三一二頁　二八〇〇円

セレモニー
王力雄　金谷譲訳　推薦のことば＝王柯
四六上製　四四八頁　二八〇〇円

中国が世界を動かした「1968」
楊海英編
梅﨑透・金野純・西田慎・馬場公彦・楊海英・劉燕子
四六上製　三二八頁　三〇〇〇円

＊の商品は今号に紹介記事を掲載しております。併せてご覧戴ければ幸いです。

書店様へ

▼5／19(日)『毎日』「今週の本棚」欄にて張競さん絶賛大書評、5／12(水)『中日・東京』夕刊著者**王力雄**さんインタビューに引き続き、6／29(土)『朝日』書評欄「好日好書」にて、いとうせいこうさんが『**セレモニー**』を絶賛大書評!!
▼5／26(日)『読売』藤原辰史さん書評に続き、6／29(土)『朝日』「折々のことば」欄にて、鷲田清一さんが、**A・G・オードリクール**の大著『**作ること　使うこと**』の訳者山田慶兒さんの言葉「尊敬に価しない民族は存在しない。」を紹介!
▼『**大石芳野写真集　長崎の痕**（**きずあと**）』著者**大石芳野**さん写真展「長崎の痕　それでも、ほほえみを湛えて、生きる。」が、7／4(木)～10(水)キヤノンギャラリー銀座、7／25(木)～31(水)キヤノンギャラリー大阪にて開催。今後のパブリシティにご期待ください!
▼6／16(日)『毎日』「今週の本棚」にて、ユネスコ「世界遺産」の仕掛け人の著者が見出した文明の転生と変貌の姿を描く、初の「文明誌」の試み、『**転生する文明**』の書評掲載! 在庫のご確認をよろしくお願いいたします!!　(**営業部**)

『セレモニー』続々紹介！

王力雄　金谷譲訳　4月刊行　二八〇〇円

『セレモニー』

5／19(日)『毎日』張競氏評
6／29(土)『朝日』いとうせいこう氏評
7／7(日)『東京・中日』麻生晴一郎氏評

大石芳野写真展 長崎の痕

それでも、ほほえみを湛えて、生きる。

キヤノンギャラリー【大阪】

7月25日(木)〜31日(水)　日祝休館
10時〜18時(最終日15時)
大阪市北区中之島3-2-4 中之島フェスティバルタワー・ウエスト1F
Tel 06-7739-2125
＊9月には長崎にて開催(詳細は続報)

●〈藤原書店ブッククラブ〉ご案内●

▼会員特典は、①本誌『機』を発行の都度ご送付／②(小社への直接注文に限り)小社商品購入時に10%のポイント還元／③送料のサービス。その他小社催しへのご優待等。詳細は小社営業部まで問い合せ下さい。
▼年会費二〇〇〇円。ご希望の方はその旨お書添えの上、左記口座までご送金下さい。

振替・00160-4-17013　藤原書店

出版随想

▼今、小社では、二人のコレクションの刊行中である。一人は、昨春から始まった在日詩人の金時鐘氏。もう一人は、今春から刊行が始まった「生命誌」を提唱された中村桂子氏。

▼先日、大阪で、有志主催の「金時鐘氏の卒寿記念と渡日七〇年の集い」があり参加した。金時鐘氏とは、今から一七年前、学芸総合誌『環――歴史・環境・文明』の対談で大阪の上六のホテルでお会いした。初めて詩人とお会いしたが、想像をはるかに超えた氏の態度に圧倒された。大学人が語る言葉とは全く違う言葉で躰の底から絞り出すように訥々と語られた。まだ四・三事件のことは語れないし語りたくないとはっきり明言された。その後、四・三事件について少しずつ語られるようになったが、済州島での肉親との惜別や色々な思い出がこみ上げてこられるようだ。

▼今、日韓関係はかなり厳しい時にさしかかっている。つまりわれわれは、隣国について殆んど何も知らないで戦後育ってきた。勿論積極的に学校で教えられないで。近くなるためには、やはりまず知ることから、学ぶことから始まるのではないか。鶴橋や新大久保に行ったから朝鮮半島のことがわかるわけではない。一時、韓国ブームに沸いた時もあったが流行で終ってしまった。自分の身近かな所から対話を始めるのも良し、「金時鐘コレクション」(全12巻)を一冊どの巻からでもいいから繙いて欲しい。きっと何かを発見することと思う。

▼先日、中村桂子さんが社に立ち寄られた。「コレクション」(全8巻)の第二回配本のお祝いである。中村さんによると、「生命誌」という言葉は、「生命誌」だけではなく「生命誌研究館」という六文字として浮んだといわれる。つまり、研究所ではなく研究館、生命史ではなく生命誌。この二点が、中村桂子のオリジナルといえる。七〇年代から急速に生命科学が発展していった中で中村さんは、この生命科学を「いのちの物語」として、ふつうの人々が集い楽しめる場を作りたいと思った。一九九三年JTの支援の下、「生命誌研究館」が誕生した。

▼中村さんは、食事をしながら「今生きてるってことが不思議なのよね」と云われた。生命科学者の言葉の奥深い意味を考えながら「そうですね」と言葉を交わしたものの、あの生命誌の土台のような扇形の絵や'13年に到達したという「生命誌曼荼羅」の絵を見ながら、「生きていることの不思議さ」に思い到るひとときであった。(亮)